水滸有點派

跟著梁山一百零八將在宋朝熱血革命

劉燁，山陽 著

笑談宋朝綠林與王朝的恩怨情仇
揭密一百零八位可愛又迷人的反派角色

四大奇書、六大才子書、宇宙內五大文章
一本堪比史家絕唱的鴻篇巨作
重新解讀！全面解析水滸重重懸疑！

崧燁文化

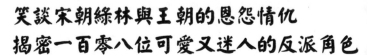

序言

《水滸傳》是一部膾炙人口的古典文學名著，在中國文學史上有著十分重要的地位，與《紅樓夢》、《三國演義》、《西遊記》合稱為「四大奇書」。

《水滸傳》自問世以來就備受世人的關注。李贄稱之為「宇宙內五大文章」之一，金聖嘆稱之為「六大才子書」，是一部堪比史家絕唱的鴻篇巨作。「《水滸傳》方法，都從《史記》出來，卻有許多勝似《史記》處。若《史記》妙處，《水滸傳》已是件件有。」可以說《水滸傳》是一部長盛不衰的經典著作。

但每個時代有不同的解讀方式，《水滸傳》流傳至今，也給後人留下了無盡的話題：《水滸傳》的作者究竟是誰？宋江起義是在梁山泊嗎？施耐庵為什麼叫「耐庵」？燕青為什麼叫「浪子」？李逵為什麼叫「黑旋風」？九天玄女究竟是何許人？梁山好漢如何排座次？《水滸傳》裡都用了哪些計謀？歷代名家是如何評點《水滸傳》的……。

本書從多層次、多角度，全面解析水滸重重懸疑，全書共分八章。「《水滸傳》考實」，主要論述《水滸傳》的作者、版本以及《水滸傳》中人物和事件的歷史事實，便於讀者了解《水滸傳》成書的來龍去脈，知曉相關的歷史真相。「《水滸傳》一百零八將人物小傳」，分天罡、地煞兩卷，是將《水滸傳》一百零八將中每個人的故事分別從原著中提煉出來，採用「紀傳體」的形式，對每個人物籍貫、綽號來歷、武藝（技能）、上梁山經過、職務和排名以及結局均有完整的介紹。

《水滸傳》是一部男人的戲，女性在其中只是起了穿針引線的作用。如何用現代的眼光，以全新的視角，重新審視這些女性呢？《水滸傳》裡除了勇武，也有智謀，透過對《水滸傳》裡智謀的了解和分析，使我們深深領會到有勇有謀才是真英雄。

《水滸傳》實際上描繪的是一個江湖世界。《水滸傳》裡多次提到江湖，對後世產生了深遠的影響，並形成了特有的「江湖文化」。

《水滸傳》只是一部小說，後世的讀者在閱讀《水滸傳》時，都會或多或少產生各式各樣的疑問。這些疑問有的是在《水滸傳》成書之時就有的，有的可能是由於時代的隔閡，對於今天的讀者來說，就無法理解了，還有一些是在《水滸傳》研究過程中提出的疑問。但不管怎麼說，懸疑並不「懸」，但是答案可能不止一個，在有些問題上可就是各說各有理了。

水滸的傳說，是獨立於《水滸傳》故事之外、流傳於民間的「水滸外傳」。這些故事大多都帶有強烈的傳奇色彩和地域特點，有很明顯的自由發揮的痕跡，可能是在《水滸傳》成書之後，為借助其影響，後人將《水滸傳》中未述及的故事加以演繹，成為《水滸傳》有益的補充，或在原有故事基礎上加以改編、敷衍甚至推翻後重新表述而成。這些故事大多沒有什麼歷史依據，只是經過一代代人口傳心授，添枝加葉，成了民間口頭文學的一部分。但讀完《水滸傳》後再看一些這樣的文字，會獲得一種別樣的感受。

當然，本書未必面面俱到，有些只是一家之言，但是若能以這種全新的視角去解讀名著，也能讓讀者獲得閱讀原著所未有的精神享受。這正是：水泊八百里，草澤隱驕龍。若論英雄事，盡在此書中。

目錄

《水滸傳》考實

《水滸傳》一百零八將小傳．天罡卷

《水滸傳》一百零八將小傳・地煞卷

《水滸傳》裡的女性

《水滸傳》裡的計謀

《水滸傳》與江湖

《水滸傳》懸疑

《水滸傳》的傳說

《水滸傳》考實

《水滸傳》的內容及成書版本的演變，是一個相當複雜而漫長的歷史過程，並且帶有種種傳奇和神祕的色彩。《水滸傳》的作者是誰？《水滸傳》有哪些版本？宋江在歷史上確有其人嗎？宋江起義真在梁山泊嗎？歷史上的四賊落得怎樣的下場？《水滸傳》裡的人物都有哪些原型？這些雖然與《水滸傳》書中的內容並沒有太大的連繫，但對於讀者了解《水滸傳》成書的來龍去脈，知曉相關的歷史卻大有裨益。

《水滸傳》的作者究竟是誰？

關於《水滸傳》的作者，學術界主要有兩種說法，一種認為是施耐庵，一種認為是羅貫中。之所以出現這個問題，關鍵是施耐庵、羅貫中這兩個人有無其人，生於何地，生於何時，其生平事蹟如何等，都不清楚。

關於施耐庵，有人認為並無其人，是別人託名；有人認為是杭州人施惠；有人認為是興化人施彥端。各有各的理由，但又不能令人信服。不過有一點：就是在《靖康稗史》一書上，編者的署名和作序者都是「耐庵」。學術界認為，這個耐庵就是施耐庵。也就是說，施耐庵編寫了一部《靖康稗史》，而且這部書在當時很受歡迎，施耐庵也就成了很有名氣的稗史家，即小說家。

關於羅貫中，《水滸傳》刻本曾有署名為「東原羅貫中編輯」。「東原」是什麼地方，羅貫中是「東原」人嗎？學術界爭論也很激烈。有人據此認為他是東原人，進而考證出就是現在的山東東平人。有人認為他是太原人；還有人認為他是中原人、杭州人、錢塘人等。羅貫中的生平事蹟雖不十分清楚，但有幾部分作品卻已被學術界認可是他編寫的，如《三國志通俗演義》、《三遂平妖傳》、《隋唐志傳》、《殘唐五代史演義》和雜劇劇本《龍虎風雲會》。由此可以看出，羅貫中也是一個很有名氣的小說家。

中國古代的小說野史，有很多是不署名的，特別是民間一些無名作者編寫的小說野史，或者是在民間流傳的故事、在前人作品基礎上重新加工、改造、編寫的小說野史，一般是不署自己的名字的，而對於刊刻書籍的書商來說，作者的名氣對書的發行又至關重要。所以，有些書商就在刊印時署上某個名人的名字，或者說是某某名人「本」，某某名人編撰，而真正的作者或編撰者卻被隱藏。高儒在《百川書志》中說：「《忠義水滸傳》一百卷，錢塘施耐庵的本，羅貫中編次。」我們可以據此認為《水滸傳》是先由施耐庵撰寫，後由羅貫中編輯、整理，作者為施、羅二人；也可以認為是由其中一人撰寫，另外一人是書商硬加上去的；也可以認為施、羅二人都不是此書的真正撰寫者，因為他們在當時名氣很大，書商為了抬高此書的地位，藉以促銷，便硬把二人的名字署了上去，而且為了真實可信，還做了分工，「施耐庵的本」，「羅貫中編次」。

所以，關於《水滸傳》的作者，至今仍然是個懸而未解的謎。

003｜施耐庵和羅貫中是師生關係嗎？

施耐庵和羅貫中師生關係這一說法，出自清人胡應麟的《少室山房筆叢》。在此書中，談起《水滸傳》的創作緣起時，胡應麟說施耐庵「得宋張叔夜擒賊招語一通，備悉其一百零八人所由起，因潤飾成此編。其門人羅本亦效之為《三國志演義》，絕淺陋可嗤也。」

在這段話中，胡應麟不但把羅本，即羅貫中，當作施耐庵的門人即弟子，而且認為《水滸傳》早於《三國志演義》。這種說法受到後來許多人的質疑和否定。

首先，從有關史籍及二書的成書過程看，《三國志演義》早於《水滸傳》，《三國志演義》絕不是效仿《水滸傳》而寫成的。在宋代，就出現了說書人說三國故事的情況，《水滸傳》中還提到聽說書人說三國。

其次，據專家學者的考證，在羅貫中的籍貫問題上，以太原最為可信。施耐庵則被多數人認為是浙江錢塘人，那麼在那個時代，羅貫中千里迢迢到浙江去學習寫小說，令人不可思議。再說，羅貫中就怎麼知道浙江有個施耐庵呢？因為當時《水滸傳》還沒有寫完，沒有出版，施耐庵沒有任何名氣。

第三，《忠義水滸傳》上署名的「錢塘施耐庵的本，羅貫中編次」。如果是老師編的本，學生就不會再進行「編次」。

第四，從《三國演義》和《水滸傳》二書比較來看，兩者在行文風格、文字水準等方面差異較大，如果《水滸傳》確是由羅貫中編輯整理過，不會是現在這個樣子。由此也可看出，施、羅不會是師生關係。

所以，學術界許多人認為，胡應麟認為施、羅二人是師生關係，是沒有根據的。

《水滸傳》的書名有何含義？

什麼叫「水滸」？「滸」就是水邊；「水滸」，還是水邊。《詩經．王風．葛藟》：「綿綿葛藟，在河之滸。」

梁山英雄的故事為什麼名之為「水滸」，其說不一，主要有以下幾種：

一、農民革命說

現代史學家羅爾綱在《水滸真義考》一文中說，「水滸」一詞出自《詩經．大雅．綿》：「古公亶父，來朝走馬。率西水滸，至於岐下。爰及美女，聿來胥宇。」古公亶父，是周文王的祖父，因為他仁德，得到人民的擁戴，在岐下建立周朝開國的基業。水滸，指古公亶父來岐山時經過的漆、沮兩水的旁邊。這一典故含有歌頌周代發祥史的意味，羅貫中以「水滸」為書名，「表明梁山泊與宋皇朝對立，建立新政權」。這個說法有些牽強。不要說羅貫中那個時代還沒有用小說宣傳農民革命的意識，就是「水滸」這個詞與梁山起義的連繫，也不是從羅貫中開始，而是梁山所在的東平人。元雜劇作家高文秀的《黑旋風雙獻功》裡面唱詞說：「某聚三十六大夥，七十二小夥，半垓來小僂羅，威鎮梁山。寨名水滸，泊號梁山。」這裡還看不出它借用古公亶父的典故來鼓吹農民革命的用意。這種猜測似乎有些索隱派的嫌疑。

二、正名說

明朝萬曆年間袁無涯刻本《忠義水滸傳全書．發凡》說：宋江等身居水泊，但不敢承認水泊就是為他們所占有，他們只是「率土之王臣」，這一切都是朝廷的，他們也是心向朝廷的。他們暫居水泊是要學姜太公在渭水之濱，等候時機輔佐周文王。這是由水邊的意思聯想到渭水之濱，是望文生義而又牽強附會的猜測。因為宋江的盤踞水泊與姜太公的待價而沽不可同日而語，難免有穿鑿附會之嫌。

三、「驅逐出境」說

金聖嘆在他評點的《貫華堂水滸傳》序中說：宋江一夥是一些「凶物」、「惡物」，應作為垃圾「驅逐出境」，棄到水邊。金聖嘆的「驅逐出境」說，是他自己對宋江「惡之至，迸之至，不與同中國也」，借題發揮他的弭盜論。《水滸傳》作者如果對宋江們惡之至，會著書歌頌他們嗎？

四、「睡虎關」說

山東民間傳說，東平府有座「睡虎關」，當地人叫訛了，叫成了「水虎關」。後來編戲說書的人就取其諧音命名梁山水寨為「水滸寨」。由水滸戲演化為《水滸傳》。據調查，東平並無「睡虎關」或「水虎關」。因而「水滸」也不可能由「水虎」的諧音演化而成。

五、「虛其詞」說

「水滸」，顧名思義，就是泛指宋江一夥在水泊附近所發生的故事。不一定有什麼特別的含義，而是泛指。作者在命此名時也許只是信手拈來，沒有那麼多「微言大義」。以此為書名，既能準確概括書中的內容，又十分雅緻，應該說，是一個相當不錯的書名，反倒最能說明《水滸傳》這一書名的含義。

《水滸傳》有哪幾種版本？

在中國古代小說中，《水滸傳》是版本最複雜的小說之一。它大致可以分為繁本（或稱文繁事簡本）和簡本（或稱文簡事繁本）兩個系統。這裡「文」指文字，「事」指故事情節，「簡」或「繁」，主要指有無「平王慶」、「平田虎」的故事情節說的。繁本有「征遼」、「征方臘」部分，無「平王慶」、「平田虎」

部分，簡本已插入「平王慶」、「平田虎」部分。

繁本系統有一百回、一百二十回和七十回本三種。其中重要的一百回本有以下幾種：

《京本忠義傳》，明正德、嘉靖年間書坊刻。西元一九七五年發現，只存殘頁，現藏上海圖書館。

①《忠義水滸傳》，當為明嘉靖刻本。殘存八回，鄭振鐸藏。

②《忠義水滸傳》，明萬曆十七年（西元一五八九年）刊本，前有天都外臣（汪道昆）序。

③《李卓吾先生評忠義水滸傳》，明萬曆三十八年（西元一六一〇年）容與堂刊本。

④除了以上四種外，繁本一百回本還有：明萬曆芥子園刊本《李卓吾評忠義水滸傳》，前有大滌餘人序和李贄評語；還有李玄伯藏明刻本《忠義水滸傳》，前也有大滌餘人序和李贄評語。這兩種評本的評語相同，但與容與堂本不同。

在以上版本中，《京本忠義傳》雖然刊刻於明代正德、嘉靖年間，但成書可能在元末明初，是現存百回繁本中最早的本子。鄭振鐸藏本是介於《京本忠義傳》和天都外臣序本、容與堂本之間的本子。天都外臣序本雖然比容與堂本早，但現存的這個本子不是原刻本，而是清代康熙年間的補刊本。所以容與堂本是現存最完整的百回繁本，而且它還有署名李贄（實際上是明代葉晝）的評語，是《水滸傳》最重要的版本。

繁本一百二十回本有萬曆四十二年（西元一六一四年）的書種堂主人袁無涯刊本《忠義水滸全書》，前有李贄序，楊定見小引。其李贄評語與芥子園本和李玄伯藏本的評語相同，與容與堂本不同。一百二十回本是在百回本的基礎上，增加了據簡本改寫的征田虎、王慶故事而成的。這個版本可以說是「繁簡合流」、「事文均繁」的本子。

繁本七十回本係金聖嘆用百回繁本為底本的修改刪節本，截取其前七十回，並將「梁山泊英雄排座次」改寫為「梁山泊英雄驚惡夢」結束全書。金聖嘆又偽託施耐庵寫了三篇序文和全書評語。

簡本系統較為重要的版本有：

①《新刊京本全像插增田虎、王慶忠義水滸傳》，明刊殘本，現藏巴黎國家圖書館。

②《京本增補校正全像忠義水滸志傳評林》，明萬曆二十二年（西元一五九四年）雙峰堂刊本。還有雄飛館《英雄譜》本、《漢宋寄書》本等多種。回目不一，有一百二十回，一百一十五回，一百二十四回等，均有征田虎、王慶故事。

③至於繁本與簡本的關係，學者們歷來看法不一。有的說簡先繁後，繁本是在簡本基礎上加工而成的；有的說繁先簡後，簡本是繁本的刪節本；也有人說兩個本子各成系統，互不干擾，同時發展。究竟哪種看法正確，至今未有定論。

宋江在歷史上確有其人嗎？

《水滸傳》主要內容是寫宋江等人的武裝抗爭的。過去中小學的歷史教科書講到北宋歷史上的「農民起義」時，往往把宋江與方臘並列，但現在又有一些學者根本不承認歷史上有什麼「宋江」，說《宋史》上記載的都是「以訛傳訛」。

《宋史》是比較雜蕪的一部正史，其中舛訛之處也有不少學者指出。但最早記載宋江事的是宋朝王偁的《東都事略》，這還是一部良史，其經事、評論受到史學家的讚揚。其中《徽宗本紀》說：「宣和三年（西元一一二一年）二月……淮南盜宋江陷淮陽軍，又犯京東、河北，入楚海州。……五月丙申，宋江就擒。」儘管這段記載的具體事實可能有不實之處，但不能據此得出宋江不存在的結論。此書淳熙十二年（西元一一八五年）上呈朝廷，這只距宋江六十餘年。而且王偁生於史學世家，其父王賞在南宋紹興年間為「實錄」修撰，宋江事對王賞來說曾是「新聞」。

《東都事略》數度提到宋江事，如果宋江是當時的「假新聞」，王賞不會出來糾正？另外，與宋江同時代的名臣吏部侍郎李若水親眼看到宋江被招安，為此他寫了一首詩〈捕盜偶成〉，其中有句：「去年宋江起山東，白晝橫戈犯城郭。殺人紛紛剪草如，九重聞之慘不樂。大書黃紙飛敕來，三十六人同拜爵。獰卒肥參意氣驕，十女駢觀猶駭愕。」這是當時在汴京的高官的觀感。李若水詩中的「九重聞之慘遭不樂」是寫宋徽宗很為宋江之事憂心，可能是與宋江等一度曾犯京師有關。

這句詩所表達的皇帝的關注在張守為蔣圓寫的墓誌銘中也可以得到印證，文中說蔣圓「除開封府尹，輒乘驛詣闕，陛見，賜對，上問宋江事，公敷奏始末。」張守是崇寧元年（西元一一〇二年）進士，高郵人，一直在朝為官，對宋江事也是很清楚的。蔣圓在知沂州時曾打敗過宋江，所以徽宗在召見蔣圓時問到宋江事。徽宗儘管疏於朝政，但總不能關心一個毫無根由的事情吧。這些事實證明了宋江不是一個從「文學到史學」，「把文學作品中的人物當成真人真事」的子虛烏有的人物。

可以肯定，宋江在歷史上確有其人。但至於為什麼無碑無墳無墓？為什麼子孫鄉里不炫耀？為什麼一個宋江的部下、朋友也沒有發現？為什麼沒有人說他與宋江共過事？其實這些疑問並不難解釋。在歷史上顯赫一時，馬上又煙消雲散的人物不知有多少？這些人大多都掩沒在歷史的塵埃中，不為後人所知。而宋江等尚還能在史冊中找到片言隻語。更何況宋江當時事鬧得並不大，按史料考證，也只有區區三四十人，只是名聲在外而已。

在不同的史料中，一會把宋江說成是「淮南盜」，一會又是「橫行河朔」，縱橫數千里，一者是由於宋江人數較少，而且都是騎馬作戰，往來飄忽，縱橫馳騁數千里也是有可能的。二者想必也有一些不同的起事者冒充宋江之名，這也是到處都發現宋江蹤跡的原因，這同樣只是說明宋江名聲很大。

試想，如果歷史上果無其人，一個憑空想像的人物會有這麼大的影響力和威懾力嗎？正因為歷史上出了宋江此人，並且參與過抗遼或抗金的戰鬥，成了一名「忠義人」，所以南渡以後宋江就作為文學人物出場了，因為那時候民族矛盾已上升為社會的主要矛盾，人們把宋江的事蹟編成話本在臨安的勾欄演說起來，以懷念這位出身草莽的「忠義人」，並鼓勵千千萬萬正在前線與金人浴血奮戰的將士。

宋江起義是在梁山泊嗎？

宋江在梁山泊建立了起義根據地，看過《水滸傳》的人，對此都不會懷疑。然而，這是真實的歷史嗎？回答是否定的。

清代袁枚在《隨園隨筆．辨訛》中就已經提出：「俗傳宋江三十六人據梁山泊，此誤也。」清代汪師韓的《韓門綴學續編》也提出了同樣的看法。

方勺的《泊宅編》說：「（宣和二年十二月）初七日，歙守天章閣待制曾孝蘊，以京東賊宋江等出入青、齊、單、濮間，有旨移知青社。」又說：「宋江擾京東，曾公移守青社。」這已經說明宋江的活動範圍是在青、齊、單、濮一帶，而不是結寨於東平府的梁山，否則，也不會讓曾孝蘊到青州去上任。

《宋史》卷三百五十三記載宋江起義的範圍是「起河朔，轉略十郡」，而不是結寨於一地。對此，《三朝北盟會編》卷八十八引《張叔夜家傳．以病乞致仕宮觀劄子》說：「（臣）出守海壖，會劇賊猝至，偶遣兵斬捕，賊勢挫創，相與出降。」同書又說：「張叔夜知海州，破群盜宋江有功。」這與《宋史》的記載吻合。

《宋史》卷二十二又說：「淮南盜宋江等犯淮陽軍，遣將討捕。又犯京東、江北，入楚、海州界，命知州張叔夜招降之。」如果宋江是以梁山泊為根據地的話，恐怕不會稱他為「淮南盜」。《宋史》卷三百五十一載有侯蒙的上書，說宋江「以三十六人橫行齊、魏」。「齊魏」的範圍是指陝西西部到山東東部，橫貫四省，二千餘里，哪裡是以一地為守呢？〈王師心墓誌銘〉說：「河北劇賊宋江者，肆行莫之御。既轉掠京東，徑趨沭陽。」《桂林方氏宗譜》卷七〈忠義彥通方公（庚）傳〉說：「宋江三十六人猖獗淮甸。」〈蔣圓墓誌銘〉說宋江「剽掠山東」，被蔣圓截擊，乃「北走龜蒙」（沂蒙山）。這些都說明宋江的活動範圍很大，絕非梁山泊一地。

更有意思的是，《大清一統志．泰安府山川》記載說：「梁山在東平州西南五十里……舊志：『山周二十餘里，上有虎頭崖，下有黑風洞。宋政和中，盜宋江等保據於此。』」而後重修《一統志》時，竟刪去了「舊志」以下的話。這是什麼原因呢？除了作者後來發現宋江「保據於此」的記載與事實不符外，很難找到別的解釋。

梁山的實際地形與《水滸傳》的描寫也有很大出入，不大適合作為長久的起義根據地。清代康熙年間，曹玉珂奉命到壽張去當縣令。他原以為梁山「必峰峻壑深，過於孟門、劍閣，為天下之險，若輩（指宋江一夥）方得憑恃為雄」，可是到了那裡一看，不免大失所望，只見梁山不過是：「塿然一阜，坦首無銳。外有二三小山，亦斷而不聯。村落比密，塍疇交錯，居人以桔槔灌禾，一溪一泉不可得，其險無可恃者。乃其上果有宋江寨焉，於是進父老而問之，對曰：『昔黃河環山夾流，巨浸遠匯山足，即桃花之潭，因以泊名，險不在山而在水也。』」

山上的「宋江寨」大概說明不了什麼問題，後人附會的「水滸」遺址還遠不止這一處。儘管當年有方圓八百里的水泊，但以這樣一個小土山作為偌大起義大軍的根據地，也實在不可信。

梁山泊今在何處？

梁山泊是《水滸傳》英雄活動的主要場所，那麼它今天在什麼地方，還是原來的樣子嗎？

梁山位於今山東省梁山縣境內，主峰在梁山縣城南附近，北面是龜山、鳳凰山、小安山、金山（東平湖湖心島）和銀山等。它北起聊城（即《水滸傳》中「東昌府」），東到泰山，西至河北大名府，南達荷澤（雷州）、巨野（即《水滸傳》中「濟州」），方圓一百餘里。其中名勝有七十餘處之多。

根據顧祖禹《讀史方輿紀要》的記載，梁山的古名叫「良山」，後來因為西漢文帝次子梁孝王曾在此遊獵，死後又葬於此山，遂用「梁」字代「良」，稱為「梁山」。這是「梁山」的歷史記載和今天的位置，它的今昔變化雖不算大，但當年環繞「梁山」的水泊，卻已蕩然無存。

元代於欽的《齊乘》載：「汶水西南流，與濟水合於梁山之東北，回合而成泊。」後來的《五代史》、《宋史》記載，後晉開運元年（西元九四四年）、北宋天禧三年（西元一〇一九年）和熙寧十年（西元一〇七七年），黃河三次決口，大水彙集於此，致使梁山水泊一再擴大，浩浩湯湯，無邊無際；所以清顧祖禹《讀史方輿紀要》總結梁山泊的形成經過說：「後晉開運初，滑州（河南滑縣）河決，浸汴（開封）、曹（曹州，今菏澤）、單（單縣）、濮（濮陽）、鄆（鄆城）五州之境，環梁山而合於汶，與南旺、蜀山湖相連，瀰漫數百里。宋天禧三年，滑州河復決，歷澶、濮、曹、鄆，注梁山泊。」在西元一〇七七年至西元一一八〇年這百年間，梁山泊成為黃河必經之路，水勢最盛，所以當時人有「梁山泊八百里水」之說。可見《水滸傳》所寫其「山排巨浪，水接遙天」、「有無限斷頭巷陌」的形容是真實的。北宋韓琦〈過梁山泊〉詩「巨浪渺無際，齋船撐日難」，正可與《水滸傳》所記相佐證。

梁山水泊消失的主要原因是黃河攜帶大量的泥沙進入，泥沙淤積填平了凹形窪底，造成地勢高於黃河，致使黃河改道而行。隨著梁山泊水的減弱，泊邊出現大面積可耕田地。從金大定二十一年（西元一一八一年）起，梁山泊周圍便開始屯田，十幾年以後，梁山泊以前的水道兩旁出現很多屯田軍戶。《大清一統志》記載黃河改道情況說：「……其後河徙而南，……歲夕填淤，遂成平陸。」但由於還有汶水的流入，所以黃河改道後梁山泊並沒有立刻消失，水泊風景還十存二三。元人陸友詩云：「我嘗舟過梁山泊，春水方生何渺漠。」元代人袁桷也有讚美水泊的詩作：「大野瀦東原，狂瀾陋左里」、「碧瀾渺無律，綠樹失其誤。」這說明元雜劇「水滸戲」如火如荼的上演和《水滸傳》小說醞釀時，梁山泊還可以算作劇作家和小說家取材的背景。

到了明代永樂年間，梁山泊就已經名存實亡了，後來梁山泊更名為「積水湖」。因為它位於安民山下，所以又稱「安山湖」。到了明末清初時，顧炎武來梁山考察後在《日知錄》卷十二「河渠」條中寫道：「予行山東巨野、壽張諸邑，古時瀦水之地，無尺寸不耕。」可知這時梁山泊已經完全變成耕地了。而梁山附近的東平湖卻依然煙波浩淼，以致今天人們權把這東平湖當成當年的梁山泊來旅遊觀光。

但是元代文學家的戲曲和小說中的梁山泊有沒有東平湖的成分，恐怕還是個很大的疑問。

歷史上的高俅是個大奸臣嗎？

在《水滸傳》中，高俅是個大奸臣，水滸英雄逼上梁山，基本上也是因高俅而起。《水滸傳》也是從高俅開始寫起的。金聖嘆說：「蓋不寫高俅便寫一百八人，則亂自下生出；不寫一百八人，先寫高俅，則是亂自上作也。」高俅是朝廷顯貴，歷史上實有其人，而且確實官至太尉。高俅又確實是一個奸臣贓官，是宋徽宗時臭名昭著的六賊之一，是敗壞軍政，造成金人長驅入宋的罪魁禍首之一。正因為如此，《宋史》未為其立傳，但對他的罪行劣跡《宋史》仍有記載。

關於歷史上的高俅，《宋史》多處載錄。《宋史》卷二十一：「（政和）七年正月，……庚子，以殿前都指揮使高俅為太尉。」卷二十二：「（宣和）四年五月壬戌，以高俅為開府儀同三司。丁卯，封子柄為昌國公。」

《宋史》卷一六六：「元五年，太師平章軍國重事文彥博為開府儀同三司、守太師、充護國軍山南西道節度使致壯。自崇寧五年，司空、左僕射蔡京為開府儀同三司、安遠軍節度使，……前執政則有蔡攸（蔡京子）、梁子美，外戚則有向宗……殿帥則有高俅，內侍則有童貫、梁師成……。」

以上是高俅飛黃騰達的情況。《宋史》記載說，節度使這個官銜最初是「不輕授」的，後來授給了蔡京父子、高俅、童貫、梁師成等人。這說明高俅的官階與蔡京、童貫等位極人臣的顯宦不相上下。

宋《建炎以來繫年要錄》卷五十七：「紹興二年八月，胡安國言：『本朝鑒觀前代，命三衙分掌親軍。雖崇寧間，舊規猶在。及高俅得用，遂以陵夷。』」

這裡所說的「親軍」就是《水滸傳》中的「八十萬禁軍」。原來趙匡胤實行「分權制」，「命三衙分掌親軍」。但是後來由權力分散變為高俅大權獨攬，事情就「遂以陵夷」。

什麼是「遂以陵夷」呢？宋《兩朝綱目備要》卷十五說，南宋嘉定九年（西元一二一六年）十二月，真德秀論邊事云：「自童貫、高俅迭主兵柄，教閱訓練之事盡廢，上下階級之法不行，潰敗者不誅，而招以金帛；死敵者不恤，而誣以逃亡，於是賞罰無章，而軍政大壞矣。」

這裡，真德秀和胡安國都是反映的同一個人，同一件事：高俅「主兵權」，「軍政大壞」。這就叫「遂以陵夷」。高俅不只是「賞罰無章」，而且以權謀私。《宋會要輯稿》卷七十九冊，職官三十六記載說：「自大觀、政和以後，蔡京紊亂法度，郡臣始有以轉官回授為蔭補者……其後蔡攸又回授轉官以為職名，其子蔡衛、蔡術，皆自待制以回授而遷學士。由是武臣高俅亦用此例，其子堯康以回授自遙郡轉正任，堯輔以回授自觀察而承宣。名器之濫，有不可勝言者。」

從這則史料可以看出，蔡京「紊亂法度」，把他的兒子蔡衛、蔡術由待制提拔為直學士，「由是武臣高俅亦用此例」，把他的兒子高堯康從遙郡轉為正任，另一個兒子高堯輔由觀察使提拔為承宣使。承宣使的官是很大的。《水滸傳》第三回魯提轄說「灑家始投老種經略相公處」，這位「老種經略相公」就是承宣使。高俅把他的兒子一下子就提拔為高官，所以《宋會要輯稿》評議為「名器之濫，不可勝言」。

《宋史》卷三五八《李綱傳．上》說，金兵南侵，太上皇宋徽宗南逃，童貫、高俅護駕。陳東上書欽宗，乞誅蔡京、蔡攸、童貫、朱勔、高俅、盧宗原等人。欽宗納奏，打算命聶山去斬此數人，但李綱諫阻說，聶山去斬此六賊，無論能不能辦到，都不好。這六賊都是太上皇徽宗的「幸臣」親信。如果不經過太上皇而直接殺這六人，這要「震驚太上」，太上皇會對陛下產生疑懼，對陛下不利。萬一要殺不成，後果不堪設想。不如建議太上皇自己除掉這些人。結果欽宗採納了李綱之言。宋徽宗後來果然先後除掉了蔡京、蔡攸、童貫、朱勔，但沒有殺高俅。徽宗和欽宗是一個一個收拾這些人的，還沒等到收拾高俅他就病死了。《宋史》卷四四六《李若水傳》記述了高俅死後的情況：「靖康元年，太學士、天府儀同三司高俅死。天子當掛服舉哀。若水言：『俅以幸臣躐躋顯位，敗壞軍政，金人長驅，其罪當與童貫等；得全首領以沒，尚當追削官秩，示與眾棄，而有司循常習故，俗加縟禮，非所以靖公議也。』章再上，乃止。」

李若水反對「循常習故」，按「故事」（慣例）為高俅治喪。他說，高俅「以幸臣躐躋顯位，敗壞軍政」，造成「金人長驅」，其罪應該與童貫相等。讓高俅「得全首領以沒」就不錯了，怎麼還讓天子「掛服舉哀」。李若水認為高俅不但不應按「故事」（慣例）治喪，還應「追削官職」，不允許他兒子繼承封號。

事實上，高俅的確被追削了官職。《宋史》卷二十三：「（靖康元年）五月，開府儀同三司高俅卒……追削高俅官職。」

這些史料刻畫出了高俅的醜相。《水滸傳》作者就是根據歷史事實和人們對高俅的評價來塑造高俅形象。

楊志是歷史上的楊志和「花面獸」嗎？

王利器先生在《水滸爭鳴》第一輯發表《水滸傳真人真事》一文，舉出許多歷史資料，證明楊志等人屬真人真事。王先生引宋朝徐夢莘《三朝北盟會編》卷三十：「楊志昨在燕，曾受高托山賄賂，志貪財色，今聞在軍，可說之要擊。」王先生認為，這證明楊志「與高托山結識，則楊志由『盜賊』出身，證據確鑿」。王先生又據《三朝北盟會編》卷一三四：「劉忠初聚兵於京東，號『花面獸』，其眾皆戴白氈笠，又號『白氈笠』。」王先生說，白氈笠子是范陽物產。楊志綽號「青面獸」，在《水滸傳》中第一次出現時，是頭戴著一頂范陽氈笠，不難證明，施耐庵創造楊志這個典型人物時，是摻合了許多劉忠的成分在內。

何心《水滸研究》引《三朝北盟會編》卷六：「宣和四年六月，童貫至河間府，分雄州、廣信軍為東西路：以種師道總東路之兵，屯白溝，王稟將前軍，楊唯忠將左軍，種師中將右軍，王坪將後軍，趙明、楊志將選鋒軍……。」

該《會編》卷四十七引張匯《金虜節要》云：「自賊人寇兩河，河北更無一戰。河東……唯孫翊、折可求、種師中之戰，有可以與賊相持勝負之理，至於敗也，誠可惜哉……焦安節敗於團柏……楊志敗於盂縣……。」

又同卷引《靖康小雅》云：「始幹離不擁眾北還，公（謂種師中）尾襲其後……金人先屯兵縣中，公遣兵擊走之……時軍中乏食三日矣，戰士人給豆一勺，皆有飢色。翌日，賊遣重兵迎戰。招安巨寇楊志為選鋒，首不戰，由間道歸。前軍參謀官黃友戰沒……公獨與親兵小校數百搏戰，遂力戰而死。」何心說這楊志是「招安巨寇」，那無疑就是梁山英雄青面獸楊志了。「選鋒」即是「先鋒」，是大軍的先頭部隊。無名氏所撰《宋公明排九宮八卦陣》雜劇，謂宋江征遼時以楊志為先鋒。與《三朝北盟會編》所記符合。

以上是王利器、何心的論述。「青面獸」這一藝術形象的原型，可能來自「花面獸」。不過給楊志起這個綽號的不是施耐庵，而是山西民間藝人。《青面獸》楊志故事是楊家將故事的續篇。王敬徐《宋元話本鉤沉》中有一個〈青面獸〉的片段，大致內容是：楊志原是梁師成手下一員猛將。在梁師成壽辰時，諸將都送厚禮，唯獨楊志未送禮。梁師成誣楊志裡通外國，在逮捕楊志時，楊志奪路而逃，因無盤纏而賣刀，殺一無賴，逃上山去落草。種師道征遼選先鋒官，張榜招賢，在校場比武，楊志化裝參加了比武，奪得魁首，當了先鋒官，在征遼中立了大功。班師回朝，天子要封楊志為元帥去打宋江，蔡京參本說楊志暗通宋江，受了宋江賄賂……楊志在蔡京派兵捉他時再次逃走。

由於楊志的傳說地區是山西一帶，所以在《水滸傳》中留下痕跡。《水滸傳》第十二回楊志路過梁山和林冲交手後，被王倫邀上山去，楊志對王倫說：「灑家是三代將門之後，五侯楊令公之孫，姓楊，名志，流落在此關西。」

正是這些歷史人物的各種事蹟逐漸被糅進傳說之中，也就逐漸形成了楊志的形象。從宋代起，就有了楊志的傳說故事，羅燁《醉翁談錄》所收錄的宋人話本名目中就有「青面獸」一種，《大宋宣和遺事》中也有楊志賣刀等故事的記載。施耐庵就是在這些傳說和史實的基礎上，寫成了《水滸傳》中楊志的故事。

梁青是浪子燕青的原型嗎？

王利器先生在其《水滸傳真人真事》中引用了宋代熊克《中興小紀》卷十九一則史料云：「自靖康以來，中原之民，不從金者，於太行山相保聚……梁小哥者，有眾四千，破神山縣……副總管判官鄧將而討之，金軍遙見小哥旗幟，不敢進。既而有都統馬五者……與小哥戰，敗而死。小哥名青，懷衛間人也。」

王利器先生認為：「龔聖與贊燕青：『太行春色，有一丈青』，則燕青亦太行好漢，亦當即保聚於太行山之梁青。由於燕青係在北方地區與金人作鬥爭，道路傳聞，易致失實。燕青之一作梁青，正如就在同一故事中鄭奭一作鄧奭一樣。燕青在《水滸傳》中被呼作小乙，小乙也是當時普通百姓常用的名字。小乙又作小一，由於燕青在太行地區對侵略的敵人，作了一個又一個的勝利鬥爭，為人民所熱愛，他雖不失勞動人民的本色，自呼其名為小乙，但人民都尊敬他，稱之為小哥。在《水滸傳》第八十一回，李師師稱燕青為小哥，即其明證。」

然而，也有人認為，鄭傳成鄧，這可以理解，而說姓梁傳成了姓燕，則不可理解。不能因為李師師稱燕青為小哥，就證明燕青就是梁小哥。

其實「梁青」變「燕青」，既不是道路傳聞失實，也不是不可理解。這也是有一定歷史依據的。首先由梁姓變燕姓，可能基於某種考慮，或是鬥爭形勢的需要，不便透露自己的真實姓名。至於為什麼改燕姓而不是改他姓，可能是梁青在太行山一帶活動，太行山地處河北，而河北古稱燕，故以燕為姓。

另外，歷史上的梁青與《水滸傳》中的燕青有兩點相似之處：一是抗命不回。梁青或作梁興，原是岳飛的部下，岳飛被十二道金牌召回時，梁興卻抗命不歸。同樣，燕青在平方臘後，凱旋途中，也是不辭而別，沒有一同回去；二是生辰綱之事。史載，梁青劫過金人的金帛綱和馬綱，在《大宋宣和遺事》中，搶劫生辰綱的七位好漢中也有燕青，這可能是從梁青的故事裡移植過來的。只是到了《水滸傳》裡，燕青成了盧俊義的僕人，無法再在劫取生辰綱中出場了，而且水滸故事越往後發展，梁青與燕青接近的部分越少，但我們仍然可以從一些細微的行跡中看出梁青與燕青的相似之處。可以完全肯定，在最初的水滸故事裡，是以梁青為原型來塑造水滸裡燕青的形象。

呼延灼的原型是呼延通嗎？

呼延灼在龔聖與《宋江三十六人贊》和《大宋宣和遺事》中叫做「鐵鞭呼延綽」。在《水滸傳》中變成了「雙鞭呼延灼」。《水滸傳》第五十四回呼延灼出場時寫道：「此人乃開國之初，河東名將呼延贊嫡派子孫，單名喚個灼字；使兩條銅鞭，有萬夫不當之勇。」後面一闋〈西江月〉讚道：「家傳鞭法最通神，英武慣經戰陣。」這個呼延灼被描寫成呼延贊的後代，但是歷史上卻找不到名叫呼延灼（或叫呼延綽）的呼延贊的後代。而歷史上卻有一個叫呼延通的呼延贊的後代，其事蹟倒是有些與呼延贊的故事相似。

《水滸傳》第七十九回，呼延灼與韓存保交戰，只見呼延灼「兜住馬，橫著槍，立在陣前。高太尉看見……便差雲中節度使韓存保出馬迎敵。這韓存保善使一支方天畫戟。兩個在陣前，更不打話。一個使戟去搠，一個用槍來迎。兩個戰到五十餘合，呼延灼賣個破綻，閃出去，拍著馬，望山坡下便去。韓存保緊要處，跑著馬趕來……兩個卻好在溪邊相迎著。……韓存保一戟，望呼延灼軟脅搠來，呼延灼一槍，望韓存保前心刺去。兩個各把身軀一閃，兩般軍器都從脅下搠來。呼延灼挾住韓存保戟桿，韓存保握住呼延灼槍桿。兩個都在馬上，你拉我拽，挾住腰胯，用力相爭。韓存保的馬，後蹄先踏下溪裡去了。呼延灼連人和馬，也拽下溪裡去了。兩個在水中扭做一塊……呼延灼棄了手裡的槍，挾住他的戟桿，急去掣鞭時，韓存保也撇了他的槍桿，雙手按住呼延灼的兩條臂。你揪我扯，兩個都滾下水去……兩個在溪水中都滾沒了軍器……只把空拳來在水中廝打……正解拆不開，岸上一彪軍馬趕到，為頭的是沒羽箭張清，眾人下手，活捉了韓存保。」

再請看下面一段呼延通與金人牙合孛堇交戰的記錄。宋人徐夢莘《三朝北盟會編》卷一六九：「紹興六年……韓世忠欲進趨淮陽城下，令呼延通攔前。……金人出猛將牙合孛堇，呼令通解甲投拜。通曰：『我乃呼延通也……』即持槍刺牙合孛堇。牙合孛墓與通交鋒，轉戰移時不解，皆失杖，並馬，以手相擊，各抱持不相捨，去陣已遠，於是皆附於坑坎中。陣兩皆不知……通搦牙合孛堇喉，氣欲絕而就擒。」

這兩段交戰記錄十分相似，可以推測《水滸傳》作者在寫這段故事時，至少是參考了《三朝北盟會編》的那段故事。另外，《水滸傳》第一百二十回寫呼延灼招安受封後統領大軍破大金兀朮四太子。而呼延通作為韓世忠軍中的統制官，多次隨韓世忠與金兵作戰，大破金兵。由此可見，呼延灼的原型可能就是呼延通。

沂州起義的王倫是白衣秀士王倫的原型嗎？

宋朝歐陽脩《歐陽文忠公全集》卷九十八〈論沂州軍賊王倫事宜劄子〉說，慶曆三年（西元一〇四三年），「臣近聞沂州軍賊王倫等，殺卻忠佐朱進，打劫沂、密、海、揚、泗、楚等州，邀呼官吏，橫行涯海，如履無人。比至高郵軍，已及二三百人，皆面刺『天降聖捷指揮』字號，其王倫仍衣黃衫。據其所為，豈是常賊。」

宋人蔡絛《鐵圍山叢談》卷一：「山東有王倫者起，轉鬥千餘里，至涯南，郡縣暨多預備，故即得以殺捕矣。」

《宋史．仁宗本紀》：「慶曆三年五月，虎翼卒王倫叛於沂州，七月乙酉，獲王倫。」

《三朝北盟會編》卷六十二：「……大盗王倫，轉掠江涯。」

除了上述材料，還有《東都事略》、《麈史》、《厚德錄》、《續資治通鑑長編》等都一再地提到王倫，可見王倫起義是歷史上重要的事件。

王倫起義於慶曆三年（西元一〇四三年），下距宣和三年（西元一一二一年）宋江投降，時間相隔七十八年。儘管如此，今天的學者一般認為他就是《水滸傳》中王倫的原型。王利器先生認為：王倫是北宋第一個在京東涯南地區（其地區大半與宋江活動地區相同）豎起農民革命旗幟的。那一次革命，也確實轟轟烈烈，震撼了趙宋王朝。何心在他的《水滸研究》中說：「或許因為他是個聚眾起義的首領，與宋江、晁蓋有些相像，所以《水滸傳》作者不管年代先後，也把他扯進了梁山泊去了。」由此可見，沂州起義的王倫就是《水滸傳》裡王倫的原型。

史進的原型是據興州稱帝的史斌嗎？

龔聖與的《宋江三十六人贊》所錄三十六人中就有史進，綽號是「九紋龍」，排在第十七位。元代《大宋宣和遺事》記宋江在玄女娘娘那裡見到天書中，三十六人姓名也有史進，綽號「九紋龍」，排在第五位。

《建炎以來繫年要錄》卷七：「建炎元年七月，賊史斌據興州，僭號稱帝。斌本宋江之黨，至是作亂。」

《宋史．高帝本紀》也記載了這個事件：「建炎元年，秋七月，關中賊史斌犯興州，僭號稱帝。」這個稱帝的史斌可能就是梁山泊九紋龍史進的原型。原因有二：其一，《建炎以來繫年要錄》明言史斌是宋江之黨，以其稱帝之能量，當在三十六人之內，而三十六人中唯有一位姓史者，即史進；其二，《水滸傳》記史進籍貫為華陰縣人，《宋史》也稱史斌為「關中賊」，華陰即在關中。二者並視，姓氏與地域均相合。所以，余嘉錫《宋江三十六人考實》認為：「然則史斌者，其即九紋龍歟？」況且北方口音「進」與「斌」還比較接近，也許是口誤，史進便成了史斌。

另外，《宋史．盧法原傳》提到此事時又稱史斌為「叛將」。所謂「叛將」，當指史斌與宋江等一同招安後，被授官，後又造反，才稱為「叛將」。宋江三十六人後來都下落不明，只有這個九紋龍仍然造反之心不死，再次舉起造反大旗。儘管他後來被吳玠鎮壓下去了，但這種造反精神還是足以令梁山好漢含笑九泉了。

雙尾蠍解寶是濟州山口賊解寶嗎？

《三朝北盟會編》卷二一七：「……建御營，以王（韓世忠）為左軍統制，詔平濟州山口賊解寶、王大力、李顯等，所向剿除，升定國軍承宣使。」王利器先生認為這個被韓世忠剿除的濟州山口「賊」

解寶，當是《水滸傳》中綽號「雙尾蠍」的解寶。「他在老家登州受土豪壓迫，才逼到濟州山口去作賊耳。」

這是把《水滸傳》中的「解毛爭虎」這個故事當成了歷史事實了，小說中的人物複製到現實生活中來了。對於歷史事實的考證，要「考」，要「證」，不能憑猜想推測。

《宋元話本鉤沉》中的〈石頭孫立〉有一個片段，說到「雙尾蠍解寶」。解寶、解珍是兩個地頭蛇，由於是兄弟倆，人們稱他們是「雙頭蛇」、「雙尾蠍」。爭虎原來不是與毛太公爭虎，而是跟石秀。是石秀打死了一隻老虎去登州城賣，被解珍、解寶所奪，結果被石秀打敗。龔聖與《三十六人贊》說雙頭蛇解珍「左嚙又噬，其毒可畏」，說雙尾蠍解寶「反其常性，雷公汝嫌」。他們的綽號說明他們原來是反面人物。《水滸傳》中把爭虎的故事進行了改造，目的是引出孫立反出登州，以便讓孫立參加三打祝家莊當內應。由於把解珍兄弟由惡霸型改造成善弱型，《水滸傳》對解珍兄弟的綽號就沒有解釋——也沒法解釋。不但綽號沒法解釋，孫立反出登州的整個故事都叫人難以置信。這是由於《水滸傳》把解家的家庭成分改了的緣故。一個獵戶，會有提轄作靠山；獵戶受欺負，會引出那麼大的事件。這都是為了故事之「情」，而違事實之「理」。

總之，解寶是一個文學人物，而不是歷史人物。

一丈青扈三娘是馬皋之妻嗎？

南北宋之間，確實有一位女將，綽號一丈青。《三朝北盟會編》卷一三八：「閭至濠州，遇張用，說用歸朝廷，以馬皋之妻『一丈青』嫁用為妻。初皋為郭仲荀所誅，閭恤之，收（一丈青）為義女。（一丈青）既嫁用，遂為中軍統領。有面旗在馬前，題曰：『關西貞烈女，護國馬夫人』。」這是說有一位綽號叫「一丈青」的女將，先是靖康時期潰卒首領之一馬皋的妻子。馬皋被郭仲荀殺掉後，一丈青被負責招撫江淮一帶潰兵流寇的軍官閭勍收為義女。閭勍為了招降濠州流寇張用，就把一丈青嫁給了張用，並擔任了中軍統領，作戰時還打出自己的旗號「關西貞烈女，護國馬夫人」。由於這位女中豪傑的風采很有一點《水滸傳》中扈三娘引軍紅旗上大書「女將一丈青」的影子，而且綽號又相同，許多人認為扈三娘的原型就是這位馬皋之妻。

其實，「一丈青」這樣的綽號是宋代民間較為流行的取名，不是專指哪一個人。龔聖與讚燕青，說燕青是「太行春色，有一丈青」。《大宋宣和遺事》中又有一個「一丈青」張横。在宋代的其他史料和筆記中還有外號叫「一丈白」、「一條黑」、「一條白」等的。扈三娘一丈青，跟馬夫人一丈青只是綽號相同而已。「一丈青」這種外號，大概只是形容人個子高，沒有什麼獨特之處，跟現在「大塊頭」、「電線桿」一樣，這樣的外號是十分普遍的。另外，《會編》中的這位女將，改嫁張用後，還在馬前打出旗子，上寫「貞烈女」、「馬夫人」。烈女還嫁二夫？馬夫人變成了張夫人，還打「馬夫人」的旗子？這顯然是不合常規和倫理的，馬皋之妻的真實性也是很值得人懷疑的，故而也無法得出一丈青扈三娘的原型就是馬皋之妻的結論。

《水滸傳》一百零八將小傳·天罡卷

水滸一百零八將天罡星三十六員，以宋江為首，以燕青為末，大都占據了梁山泊的主要領導位置。其中正副兩名統帥、正副兩名軍師、五虎將形成了梁山集團的核心領導集體。這三十六員主將或以勇力見長，或以權謀為能，或以身價著世，或以技藝為重，都絕非等閒之輩。

天魁星呼保義宋江

宋江，鄆城縣（在今山東鄆城縣）宋家村人，表字公明，排行第三。綽號「呼保義」、「山東及時雨」、「孝義黑三郎」，三十六天罡星之首天魁星。宋江面黑身矮，為人仗義疏財，在家大孝，故人稱「孝義黑三郎」。宋江在江湖上又多被稱作「山東及時雨」，此稱呼則是因為他常常救人疾苦，濟人貧困。除了這兩個綽號外，宋江還有個綽號「呼保義」，所謂「保義」，指保義郎。保義郎是趙宋王朝武職中最低品階的第三級，當時朝廷曾明文規定，以此官階贈賞忠義社及忠義軍首領。宋江有忠於朝廷為國出力之心，故有此號，「呼保義」，就是自稱或被人稱為保義郎的意思。《水滸傳》中，宋江的不同綽號用法有其差別。「及時雨」多用於口頭，而「保義郎」則多用於比較鄭重的場合。石碣上所開列的天罡地煞姓名諢號稱宋江為呼保義，聚義堂前的旗幟上繡的也是「山東保義郎」，均不用「及時雨」。

宋江整日舞文弄墨，書寫文書，是一刀筆小吏。但他經常賙濟別人，喜為人排難解危，如散施棺材藥物，送錢財給那些窮苦老百姓和末路的江湖好漢等，在山東、河北兩地最為聞名，人們把他比作是天上的及時雨一樣可以普救萬物。晁蓋、吳用、公孫勝等七個好漢智取生辰綱事發，宋江當時正好從縣衙裡出來，遇見從知府衙門派下來的緝捕使臣何（清）觀察。宋江獲悉欲抓捕晁蓋的消息後，立即將何清穩住，自己則快馬加鞭趕到晁蓋莊上，勸眾人三十六計走為上計。然後宋江返回縣衙，與何觀察一起稟明知縣，又建議晚上去捉人，晁蓋等人得以脫逃。此情節即題目之「宋公明私放晁天王」。晁蓋派劉唐給宋江送來了金子和書信。宋江的老婆閻婆惜發現宋江私通梁山，趁機要挾，宋江一怒之下殺了閻婆惜，逃往滄州投奔柴進。柴進熱情款待到來的宋江。在柴進莊上，宋江結識了武松並結拜為兄弟。後來宋江又被孔太公派人接到了白虎山孔家莊上，巧遇醉打孔亮的行者武松。

宋江與武松二人分手後，武松到二龍山投魯智深、楊志入夥，宋江則去投奔清風寨花榮。路上，宋江被清風山的小嘍囉抓獲，宋江遂與王英、燕順等人結識，義釋了清風寨文知寨官員劉高的老婆，並許下給王英找老婆。宋江到了清風寨武知寨官員花榮的府上，拜會了花榮的妻子崔氏和花榮妹妹。元宵佳節，宋江在市鎮上看花燈時被劉高夫婦派人捉住。劉高老婆忘恩負義唆使其丈夫迫害宋江，把宋江打得皮開肉綻鮮血淋漓。花榮在獲知消息後，帶人殺入劉高寨裡救了宋江。劉知寨見花榮救了人去，急忙聚集一二百人，來花榮寨裡搶人，又被花榮的神箭震退。宋江怕連累花榮，要到清風山上躲避，花榮無奈只好答應，誰知在半路上宋江又被劉高的人馬神不知鬼不覺地捉回劉高寨裡。劉高很有心計，上報知府慕容彥達派軍官下來捕捉「私通賊人」的花榮。花榮毫不知情，還以為宋江已經到了清風山，所以也不去找劉高要人。青州知府慕容彥達派都監「鎮三山」黃信設鴻門宴招待花榮，捉拿花榮歸案，將宋江、花榮一起押往青州府。清風山燕順、王英和鄭天壽獲知宋江、花榮被押解青州的消息後，率人馬攔住了黃信和劉高的隊伍，劫了囚車殺了劉高，跑了黃信。

黃信逃回後申報慕容知府，夥同青州兵馬統制霹靂火秦明，一起圍攻清風山。宋江和花榮定計活捉了秦明，還盜用了秦明的衣冠夜打青州城，慕容知府於是殺了秦氏滿門，秦明後路被斷絕。宋江勸降了秦明，以花榮的妹妹嫁給他為妻。秦明又勸降了黃信。為躲避朝廷的圍剿，宋江等人兵分三路，投奔梁山。去梁山的路上，宋江、花榮等人巧遇「小溫侯」呂方和「賽仁貴」郭盛二人持戟打鬥，戟上絲條攪纏在一起，花榮一箭射斷絲條分開二戟，二人聽從了宋江的勸說，與宋江等人一起上了梁山。

在路上的一家酒店，宋江見到了前來投書的石將軍石勇，石勇說宋江父親亡故，宋江於是留書於燕順，隻身趕回宋家莊。宋江回家一看，父親宋太公健在，原來朝廷大赦天下，宋江罪責可以減輕，再者宋太公怕兒子落草為寇，做了不忠不孝之人，故寫假信騙他回來。然而新來的兩位趙都頭獲知消息後，把宋江拿回了知縣衙門。知縣時文彬有意開脫宋江，將罪責判輕，刺配江州牢城。宋江和兩個公人路經梁山，被劉唐、吳用、花榮等請上山寨。晁蓋等人勸宋江落草，宋江執意不肯違背父親意願，堅決去江州服刑。晁蓋等眾人只好為宋江安排宴席送行，吳用為宋江舉薦了他的摯友江州押牢官「神行太保」戴宗。

宋江和兩個公人取路江州，路經揭陽嶺被「催命判官」李立麻醉，幸虧「混江龍」李俊及時趕到救下，宋江又結識了「出洞蛟」童威和「翻江蜃」童猛兩兄弟。宋江辭別了李俊、李立、童威、童猛等人後，在揭陽鎮結識並幫助了「病大蟲」薛永，可卻因此得罪了地頭蛇「沒遮攔」穆弘，遭到了穆弘的追趕，無處歇宿，後得到了好心的穆太公的款待。當得知穆太公就是穆弘父親時，宋江和兩個公人慌忙逃走。到了潯陽江上，又碰到了打劫過往客商的船火兒張橫，後多虧李俊和童威、童猛兄弟及時解救，李俊又叫來穆弘、穆春兄弟前來見面，雙方冰釋前嫌。眾人同到穆家莊上相聚，放了薛永，大夥把酒言歡。宋江到了江州牢城，與戴宗結識。又結義了「黑旋風」李逵、「浪裡白條」張順。

宋江獨自一人來到潯陽樓喝酒，看了潯陽江上的美景，乘興喝得大醉，忽然想到自己的身世，感慨萬千，在潯陽樓上寫下了一闋西江月詞和一首七絕。黃文炳看到後，上報蔡九知府抓住宋江，不僅嚴刑拷打，還要解往京師，幸得李逵一路看護。戴宗被差往東京送信，途中為朱貴所獲，眾人上梁山商議營救宋江的方法。吳用使人請來「聖手書生」蕭讓和「玉臂匠」金大堅，偽造回信以為緩兵之計。黃文炳識破假書信。蔡九知府把戴宗也關押起來，要將他和宋江一起處死。宋江和戴宗正要被斬之時，梁山好漢一齊到來劫了法場。眾位好漢殺散官兵，齊到白龍廟聚會。宋江思量前後都是黃文炳奸計，恨此人從中作梗，於是和晁蓋帶領眾人在「通臂猿」侯健的指引下智取無為軍，張順活捉黃文炳，李逵動手剮割了他。宋江感謝眾人搭救之恩，這時才肯上梁山入夥，眾人大喜一起上了梁山。宋江在回家接父親的時候又遭到趙都頭的追捕，慌亂中躲進還道村的一間破廟，神遇九天玄女並得到三卷天書。醒來時發現官兵未退，幸好晁蓋、李逵等好漢到來解救，方得宋太公和晁蓋等人一起返回梁山。

宋江上山後率眾三打祝家莊，打破高唐州，大破連環馬，又大鬧華州，在諸多戰役中，宋江逐步樹立了自己在寨中的領導地位，同時在征戰中又吸納了許多新的頭領上山，使得他們都團結在宋江的周圍。晁蓋在曾頭市中箭身亡後，宋江終接替晁蓋做了梁山泊寨主。隨後又打破大名府，數敗朝廷徵調圍剿梁山的官軍，並夜打曾頭市，為晁蓋報了一箭之仇。又與盧俊義分兵攻破東平、東昌二府，最後英雄大聚義。梁山排座次時，宋江任梁山泊總兵都頭領二員之首，排梁山頭領第一位。宋江打出了「替天行道」的大旗，兩贏童貫、三敗高俅。梁山被朝廷正式招安，宋江進京面聖。招安後，宋江率領梁山人馬破遼國、平田虎、掃王慶、征方臘，為趙宋王朝平定四方立下了汗馬功勞。

征討方臘凱旋還朝後，宋江被宋徽宗封為武德大夫、楚州安撫使兼兵馬都總管。他衣錦還鄉，其時宋太公已經亡故，於是他將他的父親好好安葬，還命人重建了九天玄女娘娘的廟宇。宋江回到東京後與眾兄弟團聚，然後各自去任所赴職。但是朝中的奸臣蔡京、高俅等人合謀欲害死宋江，以皇帝的名義給在楚州的宋江送來御酒，宋江飲後發覺酒中有毒，心知已經中了奸計，但又擔心死後李逵為他報仇，遂派人請來李逵也給他喝了毒酒，兄弟倆死後都葬於楚州南門外的蓼兒窪。

天罡星玉麒麟盧俊義

盧俊義，祖籍北京大名府（在今河北省大名縣），綽號「玉麒麟」，三十六天罡星之第二天罡星。盧俊義又被人稱為「盧大員外」，其綽號「玉麒麟」之「麒麟」，是中國古代傳說中的一種動物，形體像鹿，獨角，全身生鱗甲，尾巴像牛，多為吉祥物。麒麟也用來比喻才能傑出的人。所謂玉麒麟，字面意思是玉做的麒麟，因為玉是高貴的象徵。以此為綽號，表示這個人尊貴而賢達。盧俊義是有名的「河北三絕」。北京城裡的員外大戶，遠近聞名，家道殷實，德才兼備，一身武藝，棍棒天下無雙，綽號玉麒麟與其身分相符。

梁山為了借助盧大員外的聲威，宋江和吳用便用計把盧俊義騙到梁山。盧俊義與梁山英雄大戰，不敵而逃，乘船逃走時被浪裡白條張順活捉。梁山眾好漢要拖延時間輪流給他做宴席慶賀，但是盧俊義不願在梁山落草為寇，心裡惦念著家中妻子和財產，執意要回北京城。宋江等苦留不住，只好送他下山。

盧俊義回到北京城，正好遇到了自己的忠實奴僕浪子燕青。此時燕青衣衫襤褸，盧俊義忙問緣故。

燕青告訴盧俊義，說他的妻子賈氏已經與管家李固做了夫妻，勸他不要回家，以免遭其毒手。盧俊義不信，踢倒燕青，趕回家中，家中李固等管家僕人大驚。盧俊義吃飯時，北京大名府梁中書派來的官兵趕到，將其抓獲。原來賈氏與李固暗中報信，已經將他出賣。盧俊義被誣下獄。盧俊義刺配沙門島途中，險遭公差謀害，幸被浪子燕青解救。解救後又遭捉拿，盧俊義終被屈打成招，下到死牢。拚命三郎石秀獨力劫法場，反被捉拿，但卻保住了盧俊義的性命。宋江率梁山泊英雄攻克北京城，救出盧俊義和石秀。到梁山後，盧俊義手拿短刀，將李固、賈氏割腹剜心，凌遲處死。

梁山打破曾頭市時，盧俊義活捉了史文恭，被推為忠義堂第二把交椅。梁山排座次時，盧俊義任梁山泊總兵都頭領二員之一，排梁山頭領第二位。其後，梁山在與朝廷的較量中，兩贏童貫、三敗高俅，盧俊義屢立戰功。在兩贏童貫中，盧俊義活捉敵將酆美。後被朝廷正式招安。招安後，盧俊義等率領梁山人馬征遼國，平田虎、王慶和方臘等。征遼打薊州時，盧俊義割了遼將耶律宗霖的首級，立下大功。征討方臘凱旋還朝後，盧俊義被封為武功大夫、廬州安撫使兼兵馬副總管。盧俊義後被高俅等四賊誣陷欲謀反，騙至京城後，高俅等人在皇帝的御酒裡放入水銀，盧俊義飲後墜了腰腎，不能騎馬，乘船返回任所時失足落水而亡。

天機星智多星吳用

吳用，鄆城縣（在今山東鄆城縣）人，表字學究，道號加亮先生，人稱「智多星」，三十六天罡星之第三天機星。吳用頭腦靈活，妙計頗多，因此有了「智多星」這個綽號。

吳用使兩條銅鍊，原為財主家門館教授。智取生辰綱時，吳用獻計，用藥酒麻倒了青面獸楊志，奪了北京大名府梁中書送給蔡太師慶賀生辰的十萬貫金銀珠寶。宋江在潯陽樓念反詩被捉，和戴宗一起被押赴刑場，快行斬時，吳用用計劫了法場，救了宋江、戴宗。宋江兩打祝家莊均未果，第三次攻打祝家莊時，吳用利用雙掌連環計終於攻克了祝家莊。為破呼延灼的連環馬，吳用又設計派時遷偷甲騙徐寧上了梁山。宋江鬧華州時，吳用又出計借用宿太尉金鈴吊掛，救出了九紋龍史進、花和尚魯智深。吳用一生屢出奇謀，屢建戰功，任梁山掌管機密軍師二員之首，梁山排座次時他排梁山頭領第三位。梁山在宋江的率領下兩贏童貫、三敗高俅。在兩贏童貫時吳用用「十面埋伏計」贏了童貫，在一敗高俅中，吳用用計引誘敵人；二敗高俅時，吳用用「追趕計」嚇跑高俅。招安後，他跟隨宋江征討遼國，平田虎、王慶和方臘等，多次立功。凱旋歸來後，吳用被封為武勝軍承宣使。宋江、李逵被害後，吳用與花榮一同在宋江墳前自吊身亡，後被人將他們與宋江合葬為一處。

天閒星入雲龍公孫勝

公孫勝，河北薊州（今屬天津市北薊縣）人，道號「一清先生」，綽號「入雲龍」，三十六天罡星之第四天閒星。公孫勝自幼習武，能以道術呼風喚雨、騰雲駕霧，故江湖上人稱「入雲龍」。

公孫勝是羅真人的大徒弟，名叫「清道人」，自幼好習槍棒，武藝高強，公孫勝投見晁蓋，應了七星聚義，他與晁蓋、劉唐、吳用和阮氏三兄弟合夥打劫了生辰綱，並一同上梁山。晁蓋等人在石碣村湖蕩裡首次擊敗何觀察率領的官兵，便得利於他的神機妙算。梁山人馬攻打高唐州時，高廉手下有三百飛天神兵，高廉會用妖法，使宋江損兵折將。宋江讓戴宗請公孫勝來破高廉，公孫勝與高廉鬥法，大獲全勝。高廉駕起一片黑雲想逃走，被公孫勝用法術從雲中打落後殺死。宋江率梁山好漢鬧華州後，一日，朱貴上山報說，徐州沛縣芒碭山，新有一夥強人，聚集了三千人馬，為頭一個喚作混世魔王樊瑞，能呼風喚雨，手下兩員副將叫八臂哪吒項充和飛天大聖李袞。揚言要吞併梁山泊大寨。宋江率眾征討，公孫勝見芒碭山內盡是青色燈籠，就知道有會使用妖法的人在內。公孫勝獻計用法術破了三人，勸他們歸順了梁山。梁山泊一百零八人大聚義，宋江要建羅天大醮，公孫勝率領四十八員道眾，作高功主持齋事。梁山泊英雄排座次時，公孫勝任掌管機密軍師二員之副軍師，排梁山首領第四位。後來，梁山在與朝廷的較量中，兩贏童貫、三敗高俅，公孫勝屢立戰功。招安後，公孫勝參加了征討遼國、平定田虎和王慶等的戰爭。公孫勝謹記師父真言，他沒有去京師，而是回薊州，一面贍養家中老母，一面在師父羅真人處修煉道術。

天勇星大刀關勝

關勝，蒲東（今屬山西省蒲縣）巡檢（官名，掌巡邏、捕盜、緝私、消防等。與縣尉分掌治安之事），人稱「大刀關勝」，三十六天罡星之第五天勇星。關勝是三國時漢壽亭侯關羽的嫡系子孫，自幼熟習兵法，精通武藝，有萬夫不當之勇。關勝相貌與關雲長相似，也手使一口青龍偃月刀，故人稱之為大刀關勝。

宋江率領梁山兵馬圍攻北京城，醜郡馬宣贊向蔡太師舉薦了關勝，蔡太師也很賞識他，關勝由此贏來了人生一次最大的機遇——三十二歲那年，被太師蔡京由「巡檢」（受州縣節制的低等武官）破格提升為領兵指揮使（從二品）。並調撥山東、河北精兵萬餘讓他攻打梁山泊，圍魏救趙解了北京之圍。宋江率領人馬及時地趕回梁山，和關勝兵馬相遇。梁山泊水寨內張橫、阮小七欲早建功，率人夜襲官軍被關勝活捉。大刀關勝武藝非凡，豹子頭林冲、霹靂火秦明二人一齊上陣，打鬥中欲生擒關勝，宋江擔心關勝被傷，於是鳴金收軍。宋江意欲招關勝入夥，派呼延灼用假降的辦法引關勝兵馬進入宋江的大寨，被撓鉤拖下馬鞍活捉。關勝感激宋江有膽識重義氣，便歸順了梁山。梁山兵馬破了北京城後，蔡京又調凌州水火二將進攻梁山，關勝和水火二將，原本交情很深，三人都曾在凌州任職。關勝立功心切，主動請纓，在凌州截住水火二將。雙方交鋒，初次交手，關勝便陷了副手宣贊、郝思文，而關勝自己也被對手殺得「大敗輸虧，望後便退」。幸得林冲和楊志「恰到好處」的增援，關勝才得以脫身。最後關勝使用拖刀計，才將聖水將軍單廷珪拍落馬下。關勝收了單廷珪後，又說服了魏定國投降。

上梁山後，梁山頭領排座次時，關勝為山寨馬軍五虎將之首，排梁山頭領第五位。後來，梁山在與朝廷的較量中，兩贏童貫、三敗高俅，關勝也屢立戰功。招安後，關勝參加了征討遼國、平定田虎、王慶和方臘等的戰爭。凱旋還朝後，關勝升任大名府正兵馬總管。他在北京大名府，總管兵馬，甚得軍心，眾皆欽服。關勝一日操練軍馬，回來時大醉失腳落馬，病亡。

天雄星豹子頭林冲

林冲，東京（在今河南開封）人，綽號「豹子頭」，三十六天罡星之第六天雄星。元代戲曲形容張飛為「虎豹頭」，意謂虎豹的頭領。《水滸傳》把林冲比作小張飛，故以「豹子頭」稱之。與張飛一樣，林冲也使一根丈八蛇矛。

林冲武藝高強，為人謙和，與娘子張氏十分恩愛，生活本來安定溫馨。林冲攜妻至岳廟還香，得以結識魯智深，說話間，林娘子竟遭到高俅義子高衙內的調戲，林冲及時解救，因其是高俅義子，所以未加懲治。但高衙內並未就此罷手，而是夥同其奸人屢次設計對林冲娘子進行調戲，欲施以汙辱，然均未得逞。其後高俅採納陸虞侯、富安二人奸計，派人先賣寶刀於林冲，再令他人冒充新來的承局（低等軍職名，地位在虞侯之下，押官之上）騙林冲去白虎堂獻刀觀看。白虎堂是朝廷商議軍機的重地，他人不得擅入，更不允許帶武器入內。林冲被騙，持刀誤入白虎堂，高俅因此得以將林冲拿下，送開封府審理。此一情節即人們所說的誤入白虎堂。陸虞侯奉高俅旨意將十兩金子送給了押解差人董超、薛霸，令他們「不必遠去，只就前面僻靜去處，把林冲結果了。」然後揭取林冲面上金印回來做表證，再給十兩金子相謝。差人領命，處處刁難、折磨林冲。在客店，薛霸先是燒來開水，將林冲的腳按入開水中燙傷，然後又將林冲的舊草鞋扔掉，給林冲換上硬的新草鞋。讓林冲難以行路。去滄州途中有一險惡去處，叫野豬林。到野豬林後，林冲被二人哄騙綁到了樹上，二人欲施毒手用水火棍打死林冲，幸被暗中護送的魯智深所救。

在滄州附近，林冲慕名去拜見柴大官人柴進。得到了柴進熱情的款待與禮遇。席間，林冲與柴進莊上教師洪教頭相會。洪教頭待林冲輕慢，出言不遜。柴進有意讓二人比武。一來想看林冲本事，二來想殺洪教頭的威風。柴進告訴林冲洪教頭到此亦不多時，打消了林冲顧慮後，二人開始比武。幾個回合後，林冲馬上認輸，原來林冲項上有枷，施展不便。柴進拿出銀兩讓解差開了枷，並準備一錠二十五兩的銀子賞給勝者。洪教頭還以為林冲怕他，滿心要營利物獲勝，結果卻讓林冲一棒直掃到臁兒骨上，被打倒在地。林冲到滄州後，只想安心服刑，以待期滿，從而能和家人團聚。不料高俅一計未成，又生毒計，差陸謙、富安追至滄州對林冲繼續進行迫害。此事被曾得到林冲救濟的李小二發現端倪，告知了林冲。林冲後來被安置去了草料場，陸謙、富安為陷害林冲，將草料場點燃起沖天大火，欲借此害死林冲。林冲天冷去買酒喝，回來時，因所住草廳被大雪壓毀，不得已到山神廟歇息。於山神廟內，林冲聽到了廟外陸謙、富安等的對話，得知了內情，怒不可遏，手刃了陸謙、富安等人，終至走投無路，林冲懷揣柴進書信，雪夜上梁山。此時梁山頭領是白衣秀士王倫，王倫嫉賢妒能，本不欲收容林冲，但礙於柴進顏面，兼有杜遷、宋萬說情，於是決定讓林冲三日內殺一人來方許入夥。至第三日，林冲與楊志相遇，相戰不下，王倫亦意欲讓楊志入夥，楊志雖不肯，也同意了林冲落草。

晁蓋等人劫取生辰綱後，也來投奔梁山，首領王倫故技重施，無心收留，林冲於是怒殺王倫，與眾人共同推選晁蓋為首領，為開創梁山事業奠定了基礎。隨後，林冲派人赴京取妻，得知娘子因被高太尉威逼親事已自縊身死，岳父張教頭也因憂鬱而染患身故，林冲自此也絕了心中掛念。此後在梁山南征北戰的大業中，林冲立下了汗馬功勞。

梁山排座次時林冲任梁山馬軍五虎將第二位，排梁山首領第六位。後來，梁山在與朝廷的較量中，兩贏童貫、三敗高俅，林冲身為五虎上將，戰功卓著。梁山被朝廷正式招安後，林冲參加了征討遼國、平定田虎、王慶和方臘等的戰爭。平定方臘回京時，林冲患風病癱瘓，留在杭州六和寺中，因武松在六和寺出家，故武松照顧林冲，時過半載，林冲亡故。

天猛星霹靂火秦明

秦明，開州（今屬四川省開縣）人，將門之後，因他性格急躁，聲若雷霆，人稱他為「霹靂火秦明」，三十六天罡星之第七天猛星。霹靂火，是驚雷閃電發出的火光，來勢凶猛，消失也快。以此來比喻性情急躁的人，頗為形象。「霹靂火」也可以看作秦明的武藝高強，如雷霆萬鈞，難以阻擋。他手使一根狼牙棒，有萬夫不當之勇。

宋江去清風寨投靠花榮時，被清風寨文官劉高陷害，宋江與花榮被黃信捉拿押往青州，又被清風山好漢燕順等截住相救。青州指揮司統領本州兵馬，時任統制的秦明得知花榮謀反，便點起五百人馬前去捉拿。秦明同花榮展開廝殺，鬥了四、五十回合不分勝負，清風寨力量終歸強大，秦明損兵折將後，自己也中計掉入陷坑被捉，秦明不肯歸順清風山，仍要回青州。卻被宋江用計斷了退路，宋江又將花榮的妹妹許配秦明為妻。後一同上了梁山。

秦明武藝高強，梁山排座次時秦明任馬軍五虎將頭領第三位，排梁山泊頭領第七位。其後，梁山在與朝廷的較量中，兩贏童貫、三敗高俅，秦明也屢立戰功。在兩贏童貫中，秦明打死童貫的大將陳翥；秦明、關勝打敗敵將酆美、畢勝。招安後，秦明參加了征討遼國、平定田虎、王慶和方臘等的戰爭。在宋江征討方臘時，秦明被方臘的姪子方傑一戟刺倒馬下，死於非命。

天威星雙鞭呼延灼

呼延灼，汝寧郡（今屬河南省汝南縣）都統制，人稱「雙鞭呼延灼」，三十六天罡星之第八天威星。呼延灼系河東（治所在並州，今山西太原市）名將呼延贊嫡系子孫，呼延贊的兵器即兩條水磨八棱鋼鞭，左手的重十二斤，右手的重十三斤。呼延灼的先祖呼延贊在宋太祖時曾奉命入川作戰，為先鋒，立有大功。宋太宗時從征太原，率先登上城樓。其勇武善戰是得到當時人的公認的。呼延贊使的是雙鞭，呼延灼承繼祖風，也使用雙鞭為兵器，以此被稱為「雙鞭呼延灼」。

宋江率領梁山眾好漢攻下了高唐州，殺了高俅的弟弟高廉後，高俅稟報宋徽宗要將梁山賊寇早行誅滅，徽宗立即委託高俅調兵遣將，務必要蕩平梁山掃清水泊。高俅當即保奏呼延灼升任兵馬指揮使，率領精兵良將，剋日掃清山寨。後徽宗見呼延灼儀表非凡，特賜踢雪烏騅馬一匹。呼延灼謝恩，進殿帥府與高俅商議軍事。呼延灼保百勝將韓滔、天目將彭玘為正副先鋒，三人立下了軍令狀，同提兵馬到梁山。

呼延灼雖有本事，但他性情急躁，故行事每每適得其反。他與宋江人馬頭一陣交鋒，宋江命秦明、林冲、花榮、扈三娘、孫立運用車輪陣作戰。扈三娘上陣交戰之時取出紅錦套索，將呼延灼的副先鋒彭玘擒住。呼延灼大怒，恨不得一口吞了一丈青扈三娘，兩個鬥到十回合之上，呼延灼急切又不能取勝。然呼延灼有自己的絕活——連環馬：馬帶馬甲，只露出四蹄落地，人披鎧甲，只露出一雙眼睛。連環馬隊有鎧甲，能擋住射來之箭，騎兵佩帶弓箭刀槍，遠能箭射敵軍，近能刀劈敵人。因此當呼延灼一運用連環馬戰術，放出三面連環馬，漫山遍野直衝過來時，宋江率領的梁山兵馬立即抵擋不住，人馬折損大半。呼延灼又差遣炮手凌振前來，以火炮攻打，而凌振上陣不久，就被宋江等人設計抓走，降順了梁山，反倒幫助了梁山隊伍，壯大了梁山的聲威。上山入夥後的凌振，用「子母炮」大轟呼延灼兵馬，一個母炮接著四十九個子炮，響處風威大作，呼延灼不戰自亂。金錢豹子湯隆說徐寧的鉤鐮槍可以破連環馬，吳用於是設計派時遷去東京偷盜徐寧的雁翎鎖子甲，將徐寧騙到梁山。徐寧到梁山後，日夜教習梁山兵馬鉤鐮槍法，半月之後已經教成了五六百人，擺下了「藏兵捉將」的陣勢，而呼延灼卻一點也不知道，依舊道：「休問他何處軍，只顧把連環馬衝將去。」誰知連環馬碰到鉤鐮槍，被殺得大敗，呼延灼的正先鋒百勝將韓滔也被擒，到了梁山上也被宋江的大義所感化入夥做了頭領。

呼延灼折了人馬，不敢回京，想起青州慕容知府與自己有一面之識，於是便去那裡投奔，還想打通慕容貴妃的關節，那時再引兵報仇不遲。在路旁一家酒店投宿時，吩咐酒保：「你好生與我餵養這匹馬——是當今皇上賜的，名為踢雪烏騅馬，明日我重重賞你。」酒保提醒他說附近有桃花山強人李忠、周通，官府累次收捕不得時，呼延灼笑道：「我有萬夫不當之勇，便道那廝們全夥都來，也待怎生！只與我好好餵養這匹馬。」呼延灼大意之下，他的寶馬真的被桃花山強人偷去了，追了兩三里也沒有追上，卻道：「若無了御賜的馬，卻怎的是好！」呼延灼到了青州，參拜了慕容知府。慕容知府讓他先掃清桃花山，奪取那匹御賜的馬，收伏二龍山、白虎山後，再一力保奏，教他引兵復仇。呼延灼於是從青州府借來兩千兵馬前去桃花山奪馬平寇，周通與李忠商議後，向二龍山求援，於是楊志就和魯智深、武松三人帶領人馬前去救援。呼延灼又遇到了勁敵，滿心「指望到此勢如破竹，便拿了這草寇，怎知卻又逢這般的對手，我真如此命苦！」就在這時，慕容知府請他回去救援。

白虎山孔明、孔亮兄弟的叔叔孔賓，被慕容知府下在牢房裡，故二人帶人前來打青州，救叔叔，呼延灼趕回後，活捉了孔明，孔亮帶領殘敗人馬不得已退到了城外，遇見武松後，以實情相告，並提議以義氣為重，聚集三山人馬，合夥攻打青州，最後各取府庫錢糧，以為山寨之用。楊志則進一步提出請梁山泊宋江一起攻城，於是最後就促成了三山聚義打青州，眾虎同心歸水泊的結果。宋江率領梁山三千人馬到來後，智多星吳用利用呼延灼的好勝心理，故意與宋江、花榮在城北門外土坡上私看地形。呼延灼建功心切，點了一百軍馬，趕上坡來就要活捉宋江，呼延灼因此中計，跌進了陷坑，結果呼延灼被擒。宋江先是命解開繩索，親自扶他帳上坐定，然後又把「小可怎敢背負朝廷？蓋為官吏汙濫，威逼得緊，誤犯大罪，因此權借水泊裡隨時避難，只待朝廷赦罪招安」這樣的話表白了一番，在宋江的勸導下，呼延灼這才沉思了半晌，嘆了一口氣，跪在地上道：「非是呼延灼不忠於國，實慕兄長義氣過人，不容呼延灼不依。原隨鞭鐙。事既如此，決無還理。」後來他假託逃歸，騙開城門，打下青州，殺了慕容知府，上梁山跟隨了宋江。

梁山排座次時呼延灼任馬軍五虎將頭領第四位，排梁山泊頭領第八位。其後，梁山在與朝廷的較量中，兩贏童貫，戰敗段鵬舉等。三敗高俅，呼延灼也屢立戰功。他用鋼鞭打死敵將荊忠，活捉韓存保。

招安後，呼延灼參加了征討遼國、平定田虎、王慶和方臘等的戰爭。蕩平方臘集團班師回朝後，呼延灼被授予武節將軍和御營兵馬指揮使，後呼延灼領大軍破大金兀朮四太子，率軍殺至淮西時陣亡。

天英星小李廣花榮

花榮，青州府（在今山東青州市）人，綽號「小李廣」，將門之子，三十六天罡星之第九天英星。花榮原是清風寨武寨門副知寨，使一桿長槍，箭法高超，有百步穿楊的功夫。《水滸傳》有詩贊花榮說：「齒白唇紅雙眼俊，兩眉入鬢常清，細腰寬膀似猿形。能騎乖劣馬，愛放海東青。百步穿楊神臂健，弓開秋月分明，雕翎箭發迸寒星。人稱小李廣，將種是花榮。」李廣是西漢名將，箭法高絕；花榮亦擅長射箭，故被稱為「小李廣」。

花榮齒白唇紅，面如冠玉，其神箭當是水滸中最出色的武學技術。「梁山泊射雁」、「祝家莊滅燈」給人留下了深刻的印象。「梁山泊射雁」，一舉奠定了花榮在梁山排位上的座次，可謂是未見其人先聞其聲，從而獲得「神臂將軍」的美譽；「攻打祝家莊」戰役中，花榮將敵方偵察紅燈一箭射落，方使梁山人馬轉危為安。

清風寨劉高誣陷宋江為賊，將他囚禁在家中，花榮大膽奪回。劉高不甘心，也派人前去爭奪，一行人到達花榮門前後，卻懼怕花榮武藝，不敢進。花榮坐於廳上，一箭射中左面門神的骨朵頭，又一箭射中右邊門神頭盔上的朱纓，第三箭聲稱要射前來奪人的教頭心窩，嚇得眾人一哄而散。花榮、宋江上清風山後，秦明來攻打時，花榮一箭射去秦明的盔纓，致使秦明不敢追趕。後在清風山上，宋江作媒，將花榮妹妹嫁給了秦明，秦明則成了花榮的妹夫。去梁山的途中，碰到小溫侯呂方和賽仁貴郭盛廝殺，二人方天畫戟上的豹尾絨絛纏在了一起難解難分之際，花榮引弓一箭，將豹尾絨絛齊刷刷射斷，眾人喝彩，二人也住手不戰。眾人相識後，一同歸順了梁山泊。上梁山後，花榮曾多次用箭法建立奇功。梁山大大小小近百戰中，小李廣就是一面旗幟，一種無形的震懾力量。方臘手下大將「小養由基」龐萬春，也是個神箭手，對於梁山好漢始終以「草寇」冠之，然而卻知道花榮，不敢大意。並讓花榮出來，與他比箭。

梁山泊頭領排座次時，花榮任馬軍八驃騎兼先鋒使之首，排梁山頭領第九位。後來，梁山在與朝廷的較量中，兩贏童貫、三敗高俅，花榮也屢立戰功。在三敗高俅中，朝廷的詔安書中有「除宋江」之句，花榮氣憤，用箭射死招安使。招安後，花榮參加了征討遼國、平定田虎、王慶和方臘等的戰爭。宋江率領的梁山人馬凱旋後，花榮被朝廷封為應天府兵馬統制。當宋江被權奸毒死後，花榮親到楚州看視，與吳用一起吊死在宋江、李逵墓前。

天貴星小旋風柴進

柴進，滄州橫海郡（在今河北滄州）人，綽號「小旋風」，三十六天罡星之第十天貴星。柴進，是大周皇帝柴世宗的後代，大周皇帝嫡系孫，祖上有陳橋讓位之功，太祖武德皇帝敕賜他「丹書鐵券在家中」，「也是龍子龍孫」，故人稱柴大官人，專愛結交江湖好漢。江湖上又美稱其為「小旋風」。柴進為何綽號叫小旋風，《水滸傳》沒有解釋。金時有火炮名旋風，可能由此而來。

刺配滄州的林冲到了柴進的莊上，柴進給予熱情款待。在林冲去滄州牢城後，他還為林冲送去衣服和銀兩；陸虞侯、富安等人火燒草料場，林冲被逼上梁山，也是柴進的舉薦；宋江殺閻婆惜後，去柴園躲避，時武松也居住在柴進莊上。殷天錫搶奪他叔叔柴皇城莊園事發，柴進去高唐州調停，結果魯莽的李逵打死殷天錫，導致柴進被關進高唐州牢獄。宋江率人馬打破高唐州，解救柴進出獄。出獄後，柴進上了梁山。

排座次時柴進排梁山頭領第十位。在梁山，柴進主要管理山寨的錢糧開支，相當於後勤總管。除此之外，柴進也不時參與梁山的重大活動：為救盧俊義，他和樂和扮作軍官，帶千兩金子打入大名府，托蔡福保全盧俊義的性命，終使宋江人馬在攻破北京城後請來河北玉麒麟；「柴進簪花入禁院，李逵元夜鬧東京」裡他更是扮演了一個非常重要的角色，他不僅潛入了皇宮將「山東宋江」四字刮掉，還和李師師那樣的京都名妓談笑風生，使得宋江等人了解東京的很多情況。後來，梁山在與朝廷的較量中，兩贏童貫、三敗高俅，柴進也屢立戰功。招安後，柴進參加了征討遼國、平定田虎、王慶和方臘等的戰爭。征討方臘時，柴進和燕青裝扮成主僕二人，自己裝作中原秀士柯引，神不知鬼不覺地打入了方臘軍中，做了方臘的駙馬。由於柴進博得了方臘的信任，得以了解到敵方的情況，為梁山人馬獲勝立下戰功。凱旋回朝後，柴進被封為「橫海軍滄州都統制」。柴進辭去官職，回鄉做普通百姓，安享晚年。

天富星撲天雕李應

李應，鄆州（在今山東鄆城縣）人，綽號「撲天雕」，三十六天罡星之第十一天富星。李應原是鄆州獨龍崗李家莊莊主，與祝家莊結盟。他因為長得鶻眼鷹睛，故江湖人稱「撲天雕」，雕即老鷹，十分凶猛，以撲天雕形容李應，既與其相貌符合，又可形容其勇猛。李應使一條渾鐵點鋼槍，背後藏有五口飛刀，神出鬼沒，能夠百步內傷人。

李應為人仗義疏財，平生喜好結交江湖豪傑，他原來同祝家莊莊主是生死之交，雙方約定相互救應。拚命三郎石秀火燒祝家莊、時遷村店偷雞被捉，杜興帶楊雄、石秀到了李家莊上見李應，求他幫忙。李應欲憑藉自己和祝家莊上多年的交情，想順利地要人回來。李應根本沒有考慮事情的複雜性，只是請門館先生寫了一封書信，寫好名諱、蓋上圖章，就讓一個副主管星火趕往祝家莊取時遷回來。李應還對楊雄和石秀說：「小人書去，便當放來。」還說：「各位壯士放心，少敘三杯等待。」楊雄和石秀感激不盡。不料副主管去了，祝家莊卻不肯放人，李應以為是副主管言語有失，因此又派杜興拿著他親筆書信去請求放人。而祝彪非但不放人，又當場撕毀了李應的親筆書信甚至還辱罵李應，並說要把李應也當做梁山賊寇一併押解官府。李應聽了回報後大怒，披上戰袍帶上兵器，點起三百莊兵，前往祝家莊，大罵廝殺，與祝彪打鬥起來。祝彪射傷李應，兩家聯盟因此破裂。楊雄和石秀不得已辭謝告別，李應無奈，只能以金銀相贈。

宋江攻打祝家莊時，楊雄說李應日前被祝彪射了一箭，如今還在莊上養傷，建議和他商議。宋江於是帶領眾人親往李家莊拜訪。李應雖然允諾不援助祝家莊，但因宋江又是梁山泊裡造反的人，故而託病不見，並把宋江送來的禮物原封不動地送回。當李應得知宋江等人打破祝家莊後，驚喜參半。後宋江命蕭讓等人假扮知府人等，以其「連結梁山泊賊寇」的罪名，要將他和杜興捉拿歸案。李應分辯道：「小人是知法度的人，如何敢受他的東西？」宋江又命林沖、花榮等中途救助，請他上梁山泊暫住時，李應又說：「卻是使不得。知府是你們殺了，不干我事。」直到宋江派人將他的家眷接到山寨中，把他的莊園燒為平地，李應才只好答應入夥。直到見到蕭讓等人後，李應才恍然大悟。

梁山排座次時，李應任山寨掌管錢糧二頭領之末，同柴進一起掌管錢糧財物，排梁山首領第十一位。李應其實並無多大才幹，功勞也不大，但卻被排在新上山的十二位頭領的第一位，後來又當了掌管錢糧的二頭領之一，排座次時又排在了前面，道理其實很簡單，這除了他義氣深重待人仁義外，更重要的是因為他乃是一個大財主，在社會上有很高的地位（只要細心分析一下，我們就可發現，梁山首領的排名，排在前面的不是元老名將，就是大財主大地主）。當然，他在梁山事業的發展中起了很大的作用。後來李應跟隨宋江攻打高唐州、青州、北京大名府、鬧華山，和柴進等共同掌管山寨的錢糧支出和預算。梁山後來在與朝廷的較量中，兩贏童貫、三敗高俅，李應也屢立戰功。招安後，李應參加了征討遼國、平定出虎、王慶和方臘等的戰爭。宋江率領的梁山人馬征討方臘奏凱還朝之後，李應被封為中山府鄆城都統制。李應在中山府都統制任上只做了半年，聽說柴進求閒去了，自己也推託說得了風癱病不能為官。於是他辭官復還故鄉獨龍崗村，過上了平靜、富裕的生活，得以善終。

天滿星美髯公朱仝

朱仝，山東鄆城縣（今山東鄆城縣）人氏，綽號「美髯公」，三十六天罡星之第十二天滿星。朱仝為人性情溫和，身長八尺四五；有一虎鬚髯，長一尺五寸；面如重棗，目若朗星，似關雲長模樣，故人稱他為「美髯公」。朱仝出身富戶，原是鄆城縣巡捕馬兵都頭，喜歡結識江湖好漢，仗義疏財，有一身好武藝。

晁蓋等眾位好漢打劫生辰綱事發，朱仝和雷橫二人奉命前去捉拿，朱仝有意要放走晁蓋，但又怕雷橫不肯，因此在捉拿晁蓋時，先把雷橫支開，私自放走了要犯。後來雷橫察覺，也沒有與他計較，因為雷橫也有此意，只是未能在晁蓋面前做得人情。宋江殺死閻婆惜後，又是朱仝幫助宋江連夜逃走，還答應為他照看家中的宋太公。

雷橫在勾欄裡聽戲時，因用枷板打死了白秀英被捉下獄，多虧了當時已經升做當牢節級朱仝的關照。雷橫的母親來牢裡送飯，哭著哀告朱仝說：「老身年紀六旬之上，眼睜地只看著這個孩兒。望煩節級哥哥，可看日常間弟兄面上，可憐見我這個孩兒，看覷看覷！」朱仝一口應承，先是央人去知縣那裡打通關節，又上下替他說好話送禮物做人情。那知縣雖然愛朱仝，只是恨雷橫打死了他的相好白秀英，又怎奈白秀英的父親白玉喬催促，要知縣殺雷橫償命。在這種情況下，朱仝只好在押解雷橫去濟州的路途中私自開枷放走雷橫，並吩咐說：「賢弟自回，快去家裡取了老母，星夜去別處逃難。這裡我自替你吃官司。」雷橫拜謝，星夜趕回家中，引老母親投奔梁山泊而去。朱仝真是難得的捨己救人的好漢，不但不顧自己的官身，搭救兄弟於危難，還祝福別人前程萬里。放走雷橫後，朱仝卻因此被發配滄州。在滄州，滄州知府愛他儀表不俗，因而沒讓他到牢城營去，而是留在自己的府衙裡聽用。這和楊志留在大名府裡不一樣，那裡梁中書留他是因為他的武藝不凡，這裡知府留朱仝乃是因為他儀表不俗，面如重棗、美髯過腹。朱仝有錢，在滄州府裡上上下下都送了些人情，那些人又見朱仝和氣，因此都很喜歡他。知府問及所犯之罪，知他義氣，更多添幾許好感。再加上知府四歲的小衙內喜歡他的鬍子，一定要他抱，還要和他玩耍，知府於是讓他看護小衙內，朱仝則十分盡心，知府全府上下都喜歡他，對他十分的信任和愛護。

晁蓋、宋江為感謝他的救助之恩，派吳用、雷橫和李逵等人前往滄州邀他上山，到梁山水泊共聚大義。朱仝聽罷，半晌無語，然後道：「先生差矣！這話休題。恐被外人聽了不好。雷橫兄弟，他自犯了該死的罪，我因義氣放了他。上山入夥，出身不得。我亦為他配在這裡。天可憐見，一年半載，掙扎還鄉，復為良民。我卻如何肯做這等事！」拒絕一起上山落草。吳用設計讓李逵殺了小衙內，因此朱仝必和李逵拚命，一路追到柴進莊上，柴進說明後朱仝方知是宋江故意叫李逵殺小衙內以絕其後路，以便能讓他上山坐把交椅。必須承認，梁山的許多行事既不正義，也缺少人道，對此應有清醒的認識。所以朱仝感慨地說：「是則是你們弟兄好情意，只是忒毒些個！」無奈之下，只好上了梁山，但是仍恨李逵，必要殺他出氣。後經過宋江等眾人的勸解，李逵又賠了不是，他的氣才稍微平和了下來。

排座次時朱仝任馬軍八驃騎兼先鋒使第六名，排梁山首領第十二位。梁山後來在與朝廷的較量中，兩贏童貫、三敗高俅，朱仝也屢立戰功。招安後，朱仝參加了征討遼國、平定田虎、王慶和方臘等的戰爭。征討方臘凱旋還朝後，朱仝被封為保定府都統制。朱仝在與金國的戰鬥中立下大功，官至太平軍節度使。

天孤星花和尚魯智深

魯智深，原名魯達，關西（古代地區名，漢唐時代泛指函谷關以西的地區）軍漢，綽號「花和尚」，三十六天罡星之第十三天孤星。魯智深綽號「花和尚」。是因為他的背上有花繡，但「花」也有另一層意思，即花裡胡哨冒牌之意。魯智深做和尚並不是因為信佛，而是為了逃避刑罰。他喝酒吃肉，不看經卷，自然是個冒牌和尚。

史進大鬧史家村後無法容身，不得已去延安經略府尋找師父王進。史進到渭州結識了魯提轄，魯提轄原系延安府老種經略府提轄，小種經略府因見沒有什麼有能耐的提轄，所以他被請到了小種經略處。魯提轄告訴史進聽說王進在延安府老種經略處勾當，這裡是渭州，是小種經略相公鎮守，因此王進不在這裡。魯提轄於是邀九紋龍史進去喝酒，路上碰到了賣膏藥的打虎將李忠。李忠因是史進的開手師父（即啟蒙老師），所以魯提轄邀請二人同去酒店。李忠欲先賣藥隨後再去，魯提轄不耐煩，推倒、攆散圍觀之人，李忠敢怒不敢言，見魯達凶猛，反倒陪笑說：「好急性的人！」

收拾了行頭藥囊後，去了一家酒店。席間聽到隔壁有人啼哭，提轄大怒，喝斥小二將金翠蓮父女叫了出來，一問方知乃是受了鎮關西欺凌的緣故。他本想立即去找鄭屠給金氏父女出氣，被一起吃酒的史進和李忠勸住。魯達籌備了二十兩銀子叫金氏父女趕快還鄉。為防備店小二通風報信，第二天他一大早就來到酒店，打發金氏父女動身，自己掇條長凳守在店裡。估計金氏父女去遠之後，才到狀元橋邊鎮關西鄭屠處尋事。一邊教訓鄭屠，一邊數落他的罪狀，最終三拳打死了鎮關西。魯提轄一看打死了鎮關西，為了脫身，假罵鄭屠裝死得以脫身。事發後，魯提轄為逃避官府追捕，到了代州雁門縣。在鬧市看榜文時，巧遇了金老漢。金老漢請他到了新家，其女金翠蓮已經嫁給了當地趙員外為妾。金翠蓮父女和趙員外對待恩人很是客氣，無奈官府追捕甚緊，趙員外資助魯提轄到五台山文殊院削髮為僧，改名魯智深。魯智深在五台山忍受不住佛門清規，既不唸佛又不守道，兩番私自下山，酗酒吃肉，還請人做了一條六十二斤重的水磨禪杖和一口戒刀。每次回來，必然生事，醉打山門，毀壞金身，最後被智真長老派往東京相國寺。魯智深在去東京的路上，痛打了欲強霸民女的小霸王周通。再遇打虎將李忠，因此與小霸王周通結識，使得桃花村的劉老太公退了親。二人請魯智深到桃花山，魯智深見二人小氣，所以趁二人下山打劫財物之時，捲走了他們的金銀酒器後離開。魯智深一路風塵趕到了瓦罐寺，因腹中飢餓，被飛天夜叉丘小乙和生鐵佛崔道成殺敗。好在赤松林巧遇史進，二人吃飽後合力殺死這無惡不作的一道一僧，火燒了瓦罐寺。魯智深和史進分了財物後，魯智深往東京，史進再回少華山投奔朱武入夥。

魯智深到了東京，相國寺住持智清禪師看了師兄智真禪師的信後，心知這種人物是很難招待的，好在一都寺（寺院裡的總管）提議讓魯智深前去看管酸棗門外的寺廟菜園，智清禪師立即同意，魯智深於是到菜園做了執事。看守菜園，並不是個好差使。菜園附近有二三十個賭博不成材的破落戶無賴經常到園裡偷菜，尋常執事奈何他們不得。魯智深到菜園後，那些人就想法來對付他，以參賀為名要把他顛下糞窖。魯智深識破了他們的奸計，將為首的無賴踢進了糞池，使這些無賴不敢再使壞。這些人也很識趣，經常請魯智深喝酒吃肉，魯智深也回請。一日他們在飲酒之時，門外綠楊樹上烏鴉巢裡的烏鴉攪擾了耳根清淨，為了免去吵鬧，魯智深竟將柳樹連根拔起，花和尚魯智深從此威名遠颺。破落戶無賴們請魯智深使兵器玩耍，被隔壁陪娘子來岳廟裡上香的林冲看見，二人結拜為兄弟。

林冲後來為高俅陷害，被發配滄州，董超、薛霸欲在野豬林害死林冲，幸虧暗中保護的魯智深及時解救，將林冲親自護送到滄州，高俅派人捉拿魯智深，迫使魯智深不能再在相國寺出家，因此不得已去了二龍山落草為寇。三山聚義打青州後，魯智深投奔梁山泊。

梁山排座次時，魯智深任步軍十頭領第一名，排梁山首領第十三位。梁山後來在與朝廷的較量中，兩贏童貫、三敗高俅，魯智深屢立戰功。招安後，魯智深參加了征討遼國、平定田虎、王慶和方臘等的戰爭。在跟隨宋江攻打方臘時，方臘戰敗，從幫源洞山頂落荒而逃時撞遇魯智深，被魯智深打翻生擒。後宋江率領人馬班師回朝經過杭州時，魯智深於杭州六合寺圓寂。後被朝廷追贈為義烈照暨禪師。

天傷星行者武松

武松，清河縣（今屬河北省清河縣）人。因排行第二，故人們又稱為「武二郎」，三十六天罡星之第十四天傷星。武松在鴛鴦樓殺人後，為了逃跑，聽從了母夜叉孫二娘的主意，剃掉頭髮，換上僧衣，脖子上掛一串佛珠，配兩把戒刀，像個行腳的僧人，武松故而又被人稱為「武行者」或「行者武松」。行者，即行腳僧。

武松幼年父母雙亡，由兄長武大郎撫養成人，他回鄉探兄過景陽崗時，藉著酒勁打死猛虎，威震天下，做了陽穀縣步兵都頭。武松與哥哥武大郎在陽穀縣團聚，原來武大郎已經與嫂子潘金蓮搬到了陽穀縣居住。武松去外地出差，結果哥哥武大郎被姦夫淫婦西門慶、潘金蓮殺害。武松回來後，得知真相，於是殺了姦夫淫婦並投案自首，遂被發配孟州牢城。武松在孟州安平寨牢營，結識了「金眼彪」施恩。為替施恩奪回店鋪，武松大鬧快活林，醉打蔣門神。武松被蔣門神勾結張團練所陷害，又被發配恩州。張團練、蔣門神等人還不放過武松，派殺手和押解公人要在半路結果其性命，但武松非常警覺，在飛雲浦武松殺死公差和蔣門神的兩個徒弟。武松返回孟州，找到鴛鴦樓，將張團練、蔣門神等人殺死。後武松在十字坡張青酒店改扮成行者，去二龍山落草。「三山聚義打青州」時一起投奔了梁山泊。

梁山排座次時，武松任步軍十頭領第二名，排梁山頭領第十四位。後來，梁山在與朝廷的較量中，兩贏童貫、三敗高俅，武松屢立戰功。招安後，武松參加了征討遼國、平定田虎、王慶和方臘等的戰爭。武松隨宋江平討方臘攻打睦州時，被「靈應天師」包道乙用玄元混天劍，施以魔法砍去左臂。還朝時武松留在六合寺照看林冲，後在六合寺出家，甘心做清閒道人，被朝廷封為清忠祖師。武松對封建統治階級一直保持著清醒的頭腦，當眾兄弟歡呼勝利還朝受封時，他已視爵祿為糞土，看破紅塵。武松活至八十，善終。

天立星雙槍將董平

董平，河東上黨郡（今屬山西省長治市）人，綽號「雙槍將」，三十六天罡星之第十五天立星。打仗時常打頭陣，被稱「董一撞」。董平善使雙槍，有萬夫不當之勇，其綽號即由其使用的兵器而來。

董平原是東平府兵馬都督，勇猛無比。宋江要履行托塔天王晁蓋的臨終遺言，一心要把梁山泊寨主之位讓給盧俊義，然而眾人不服。宋江只好另外想了一個辦法，要和盧俊義抓鬮確定各自攻打梁山泊東的兩個州府東平府和東昌府中的一個，誰先打破城池，誰就做梁山寨主。抓鬮的結果是宋江抓得東平府，盧俊義抓得東昌府。宋江把大量的精兵良將和軍師智多星吳用派給了盧俊義，自己則只帶一批力量較少的人馬前去攻打，擺明要盧俊義成功，讓其做梁山寨主，可東平府和東昌府的老百姓就不免遭了殃，他們因此成了梁山的攻擊目標。

宋江拈得東平府，心想雖然無故去打他城池，也要和他通個禮數，因此要差兩個人去東平府裡下一封戰書：若肯納降，就不用大動干戈刀槍相見；如若不降，那時才揮師進軍，打破城池。郁保四原來是認得董平的，因此向宋江請令，願意和王定六前去下戰書。到了城裡下了書，董平不顧舊情，便叫斬首，倒是太守程萬里以「兩國交兵，不斬來使」，斬首於禮不當，只將二人打了二十軍棍。董平怒氣未平，喝叫兵丁把郁保四和王定六兩人綁緊，打得皮開肉綻，方才送出城去。後來史進又潛入城去，想裡應外合，不料竟被官府抓住，董平以「這等賊骨頭，不打如何肯招！」對他施以重刑拷打，但是史進只是不言語。

如果說與梁山交鋒是公事公辦，那麼他與程太守的矛盾，則純屬其私心雜念。董平和程太守原是一文一武，共守城池，本當同心協力，共度難關，但他卻有自己的算計。程太守有個寶貝女兒，頗有姿色，董平其時尚未娶妻，故每每使人前去求親，可是程太守卻一直不肯答應，因此素日間董平和程太守於是就有些言語不和。當宋江率領梁山人馬兵臨城下，董平又趁機領兵入城，派人趁勢來問這門親事。程太守回說：「我是文官，他是武官。相贅為婿，正當其理。只是如今賊寇臨城，事在危急。若還便許，被人恥笑。待得退了賊兵保護城池無事，那時議親，未為晚矣。」董平得到這種回覆後，雖口裡認為「說得是」，內心卻很懷疑躊躇，怕日後不肯。等到陣前交鋒，董平被絆馬索絆倒，經過宋江的勸說，方答應歸降。宋江辯說自己只是「前來借糧，別無他意」，董平卻道：「程萬里那廝，原是童貫門下門館先生。得此美任，安得不害百姓。若是兄長肯容，董平今去賺開城門，殺入城中，共取錢糧，以為報效。」然而一旦賺開了城門，董平拍馬帶隊殺入城中，逕直奔往程太守的家裡，殺了程太守全家，奪了他的女兒，別的就全然不顧了。

上梁山後，排座次時董平任山寨馬軍五虎將五員之末，排梁山頭領第十五位。梁山後來在與朝廷的較量中，兩贏童貫、三敗高俅，董平也屢立戰功。兩贏童貫中，董平打死了敵將韓天麟，將王義砍下馬。「十節度議取梁山泊」時曾大戰上將王文德。招安後，董平參加了征討遼國、平定田虎、王慶和方臘等的戰爭。董平跟隨宋江出征之時，屢立戰功，在兩軍陣前，每每有英勇的表現。征討遼國時勇破混天象陣的水星陣。打檀州時，董平捌死遼將耶律國珍。攻打方臘時，董平在盧俊義帳下聽用。獨松關一役，董平被炮火傷了左臂，不待休整好，又與厲天閏、張韜交戰時，終歸左臂有傷，使槍不應，只得後退。為救張清，董平被張韜一刀，剁成兩段，與張清、周通先後陣亡。

天捷星沒羽箭張清

張清，彰德府（今屬河南安陽）人，綽號「沒羽箭」，三十六天罡星之第十六天捷星。其綽號「沒羽箭」，指射箭準確強勁，能使箭尾的羽毛都陷在被射的物體中。張清擅發石子，一石子飛過去，既準又狠，少有人能逃脫。因此，稱他為「沒羽箭」。也有人認為古代的箭桿尾部都裝有羽毛，用來控制箭的飛行方向，張清使用的是石子，沒有羽毛，但是卻像箭那樣又準又狠，故稱「沒羽箭」。

宋江和盧俊義抓鬮攻打東平、東昌二府，盧俊義攻打東昌府。守衛東昌府的將官正是張清，他是東昌府的兵馬都監，有萬夫不當之勇。有一首詞這樣稱讚他：「頭巾掩映茜紅纓，狼腰猿臂體彪形。錦衣繡襖，袍中微露透深青。雕鞍側坐，青驄玉勒馬輕迎。葵花寶鐙，振響熟銅鈴。倒拖雉尾，飛走四蹄輕。金環搖動，飄飄玉蟒撒朱纓。錦袋石子，輕輕飛動似流星。不用強弓硬弩，何須打彈飛鈴。但著處，命歸空。東昌馬騎將，沒羽箭張清。」

盧俊義率領一批梁山人馬攻打東昌府，被沒羽箭張清連贏兩陣，一連打傷盧俊義手下的十幾員大將。其實，張清用飛石先後打傷金槍手徐寧、錦毛虎燕順、百勝將韓滔、天目將彭玘、醜郡馬宣贊、雙鞭呼延灼、赤髮鬼劉唐、青面獸楊志、美髯公朱仝、插翅虎雷橫、大刀關勝、急先鋒索超等十二員戰將（書中謂十五員，實十二員，雙槍將董平飛石子抹耳根上擦過去，未中，後魯智深亦被張清飛石擊中，不當計在此內，即算此二人亦只十四員）。盧俊義只好派白日鼠白勝向宋江求援，因此宋江率領董平和攻打東平府的梁山人馬趕往東昌府支援。宋江領兵趕到後，但對張清也無可奈何。直到智多星吳用設棄糧之計，即於寨後西北角置百十輛糧車，河中又用五百餘艘船，水陸並進，引誘張清。張清果然中計，先奪得糧草大喜，往河港中又去奪載糧的戰船，才終被水軍捉住。張清被捉後，為宋江義氣所感動，得以歸降。

上梁山後，張清任梁山八驃騎兼先鋒使第五位，排梁山頭領第十六位。梁山人馬在與朝廷的較量中，兩贏童貫、三敗高俅，他多次立下戰功。在兩贏童貫中，張清用石子將敵將周信打下馬，龔旺、丁得孫將周信戳死；在一敗高俅中，張清用石子打中了王文德的盔頂；二敗高俅中，張清與呼延灼一起活捉韓存保，用石子打傷梅展；在三敗高俅中，張清用石子把丘岳打下馬來，打掉四顆門牙。在招安後的多次戰役中，張清以飛石絕技，也屢次立功。密雲縣與遼兵開戰，張清用石子打傷遼將阿里奇的左眼，活捉後死去；戰檀州時，張清用石子打在遼將耶律國寶的臉，使其滾下馬來，被割了首級，對遼國震懾很大。攻打田虎時，他在夢中教一個女子練習打石子，後來在戰場上見到了敵將瓊英，與夢中的女子相同。原來這女子十歲時，父親被田虎所害，母親被擄去做壓寨夫人，不從投崖而死，化為石室山中的一塊潔白如玉的奇石；女兒瓊英則被田虎的手下鄔梨擄去認作義女。

鄔梨管家葉清在石室山中採玉，得知瓊英父母的冤情後便告訴了瓊英。瓊英日夜哭泣，思報父母之仇，夜夢神仙引一綠袍將軍，教她飛石絕技，並且言明：「我特往高平（當時張清在高平縣養傷），請得天捷星到此，教汝異術，救汝離虎窟，報親仇。此位將軍又是汝宿世姻緣。」因此當宋江率領的梁山人馬兵臨城下時，葉清趁機來到宋營，訴說瓊英之冤，宋江於是派張清化名全羽往投，瓊英認出夢中之人張清，便招張清為婿，後來張清活捉田虎，瓊英賺開威勝城門，活捉了田豹、田彪。攻打方臘時，獨松關一役。張清與厲天閏交戰時，一槍搠在松樹上，一時又拔不出，被厲天閏一槍刺中腹部身亡。彼時妻子瓊英已經身懷六甲，後生下了兒子張節，得知消息後，瓊英悲痛萬分，隨即同葉清夫婦帶著孩子親自趕到了獨松關，將靈柩送回張清故鄉彰德府安葬。張清兒子張節後來長大成人，大敗金兀朮，博得高官厚爵，歸家贍養老母瓊英。

天暗星青面獸楊志

楊志，客籍關西（古代地區名，漢唐時代泛指函谷關、今在河南新安東以西的地區，古人以西為右，故又稱「關右」），綽號「青面獸」，三十六天罡星之第十七天暗星。楊志綽號青面獸，源於他「臉皮上老大一搭青記」，青面獸即由此而來。青為黑色，「青記」指黑色的胎記，「獸」字，狀其凶狠。

楊志是三代將門之後，五侯楊令公之孫，楊家將的後代，武舉出身，官至殿司制使，因押送花石綱在黃河裡翻了船畏罪逃避。林冲到梁山後為王倫不容，王倫讓他先下山取「投名狀」（殺一人）上山，正巧碰見的是青面獸楊志，兩人拔刀大戰三十多個回合，不分勝負，王倫欲二人互相牽制，因此想邀二人一起上山，楊志不肯入夥，因為他一心只想到東京找官做。楊志下山後，挑著一擔金銀珠寶到東京走關節，想謀得一官半職，以在邊關征戰博得個封妻蔭子。但是殿帥府太尉高俅不給情面，將其轟出。楊志在東京因花光了錢，不得已去賣祖傳寶刀，又遇無賴牛二糾纏。牛二是東京有名的破落戶無賴，開封府都對他無可奈何，牛二自然不把楊志放在眼裡，他無理強奪楊志的寶刀，楊志忍無可忍，殺死了牛二犯下了死罪，後死罪雖免，卻因此被發配去了北京大名府留守司充軍。

楊志到了大名府，留守司梁中書很賞識他，抬舉他做了一個副牌官。梁中書，是朝中奸臣魁首——蔡京的女婿，他有權有勢，上馬管軍，下馬管民。青面獸楊志為了實現求官的夢想，早晚殷勤聽候使喚，因此得到了梁中書的青睞。在演武廳比武中因打敗了副牌軍周謹、與正牌軍急先鋒索超不分上下，被梁中書升為管軍提轄使，並賞賜白銀和衣服，於是平步青雲。楊志多年的夢想實現，對梁中書自然感激涕零。梁中書為了給丈人蔡太師過生日，收拾了許多玩器和金銀珠寶準備慶壽，這些財物就是「生辰綱」。綱，古代指成批運送貨物的組織。北京到東京的路途遙遠，路上還要經過紫金山、二龍山、桃花山、傘蓋山、黃泥崗、白沙塢、野雲渡、赤松林等多有強人出沒的地方，因此必須由一個得力的人來護送。蔡夫人和梁中書選中了楊志，讓他把生辰綱安全送到東京後，就給予重賞。楊志感激梁中書的知遇之恩，當即寫下了「委領狀」。楊志聰明地將生辰綱分裝在十多條擔子裡，點起十多個軍漢，於夜間起程悄悄奔赴東京。不料卻在黃泥崗中了吳用的計謀，喝下蒙汗藥酒，眼睜睜地看著晁蓋一夥劫走生辰綱。楊志幾欲自殺，自覺得對不起先人，才鼓起勇氣活了下來。後巧遇林沖的徒弟操刀鬼曹正和花和尚魯智深，於是合夥殺了二龍山原山大王鄧龍，楊志和魯智深做了二龍山寨主，從此在二龍山落草。三山聚義打青州後，楊志同三山人馬一同上了梁山。

梁山排座次時楊志任馬軍八驃騎兼先鋒使第三位，排梁山頭領第十七位。在與朝廷的較量中，兩贏童貫時，楊志砍死敵將李明，三敗高俅，楊志也屢立戰功。招安後，楊志參加了征討遼國、平定田虎、王慶和方臘等的戰爭。在征討方臘的途中楊志病亡。

天祐星金槍手徐寧

徐寧，湯隆表兄，東京（在今河南開封）金槍班教頭，武藝高強，綽號「金槍手」，三十六天罡星之第十八天佑星。宋代騎軍殿前指揮使有金槍班，又稱左右班槍手。徐寧「金槍手」的綽號，源於他曾任東京金槍班教頭，其金槍法和鉤鐮槍法是天下數一數二的厲害絕技，尤其是他的鉤鐮槍法，是他家的祖傳絕技，不傳授於外人。豹子頭林冲在東京時，多與他相會，交往很密切，彼此切磋武藝，互相敬愛。

徐寧因為武藝上的專長，在當時的貴族階層中享有很高的地位。他每天五更便去內裡龍符宮隨值，常隨寶駕侍丹墀，跟隨在皇帝的身邊。他住在皇宮附近，有兩間小巧的樓房，家裡有賢妻，生活幸福美滿。他根本沒有上梁山落草的理由，他是被人騙上梁山的。之所以騙他上梁山，則是因為他的鉤鐮槍法，宋江等人要利用他的鉤鐮槍法戰勝呼延灼的連環馬。

呼延灼征剿梁山時，擺布連環馬衝陣，威力很大，梁山人馬無法抵擋，宋江等人苦無良策。此時剛剛上山的湯隆獻計，說只有鉤鐮槍可破連環馬。鐵匠出身的他雖然會打造這種槍，但卻不會使，當今會使鉤鐮槍法的又只有徐寧一人。同時與徐寧是表兄弟的湯隆還道出一個祕密：徐寧家有一件祖傳之寶——一副雁翎做成的金甲。此甲披在身上，又輕又穩，刀槍箭矢穿不透。此甲徐寧十分珍視，怕有閃失，徐寧將其用皮匣子裝著，掛在自己臥室的房梁上。宋江於是派鼓上蚤時遷和湯隆進東京行事，時遷潛入徐寧的家中，在夜晚五更時將徐寧裝雁翎金甲的皮匣子盜走。

第二天湯隆來訪，湯隆說夜來在離城四十里處的村店曾經見過一個鮮眼睛黑瘦漢子擔子上挑著皮匣子，又說他閃了腿，一步步挑著走，誘得徐寧前去追趕。徐寧雖然考慮到自己是個「官身」，倘若點名不到，必然見責，無奈湯隆一再慫恿，故此一個勁地追趕。等到兩人好不容易趕上，他一把揪住時遷，打開匣子一看，裡面不見了雁翎金甲。時遷又假說泰安州有個財主要結識老種經略相公，特地使他前來盜了寶甲，先派人來把甲拿走了，只留得空匣子在這裡。時遷還說：「你若要奈何我時，擺弄到官司，只是拼著命，就打死我也不招，休想我指出別人來；若還肯饒我官司時，我和你去討這副甲來還你。」徐寧躊躇半晌，決斷不下。結果經不住湯隆的攛掇，尋甲心切，只得跟隨時遷上路。路上又遇到樂和駕著一輛空車，湯隆說是以往結識的好友李榮，便一起上了車。徐寧一路上盤問時遷泰安州財主的姓名，又與樂和核對虛實，徐寧方覺放心。快到梁山時，樂和又以蒙汗藥將徐寧麻翻，徐寧終於被騙上山。

徐寧上梁山後，宋江、林冲等都來賠話，徐寧想到家中的妻子會被官府捉拿，而這些早被宋江等安排妥當，家眷已被接到了山上。為了斷絕徐寧回京之念，湯隆告訴他：在回梁山的路上，撞見一夥客人，他穿了雁翎金甲，搽畫了臉，說自己是徐寧，打劫了那夥人的財物，東京也已經遍行文書，捉拿他了。徐寧的後路被斷絕，無奈之下，只好於梁山落草。在梁山上，徐寧見眾頭領義氣深重，尤其是晁蓋、宋江兩位頭領更是待人寬厚，義薄雲天，他也就盡職盡責，挑選精銳壯健的馬軍兵卒，親自示範解說鉤鐮槍法，日夜練習，又教步兵藏林伏草，鉤蹄拽腿，學習下三路的槍法。因此，不到半月之間，山寨五六百人終被教成，最後得以大敗呼延灼連環馬，立下大功。

上梁山入夥後，梁山排座次時徐寧任馬軍八驃騎兼先鋒使頭領第二位，排梁山頭領第十八位。後來，梁山在與朝廷的較量中，兩贏童貫、三敗高俅，徐寧屢立戰功。招安後，徐寧參加了征討遼國、平定田虎、王慶和方臘等的戰爭。打薊州時，徐寧戰敗遼將天山勇。征討方臘時，徐寧的兵馬走到杭州城東新橋時，徐寧去救郝思文卻被毒箭射死。

天空星急先鋒索超

索超，大名府（今屬河北大名縣）人，綽號「急先鋒」，三十六天罡星之第十九天空星。索超性急，「掇鹽入火，為國家面上，只要爭氣，當先廝殺，以此人都叫他做急先鋒。」

索超原是大名府留守司梁中書手下的正牌軍。青面獸楊志殺了牛二被發配到大名府後，梁中書叫副牌軍周謹和楊志比武。楊志打敗周謹，氣壞了周謹的師父急先鋒索超，索超揮動大斧和楊志大戰五十幾個回合不分勝負。梁中書便將索超、楊志同時升做提轄。宋江為了解救盧俊義、石秀，親自率領大隊梁山人馬攻打大名府，梁中書命索超、李成為先鋒出戰，索超中計，落入陷坑被捉。楊志勸他歸順了梁山泊。

上梁山後，排座次時索超任梁山馬軍八驃騎兼先鋒使第四位，排梁山頭領第一十九位。梁山後來在與朝廷的較量中，兩贏童貫、三敗高俅，索超也屢立戰功。招安後，索超參加了征討遼國、平定田虎、王慶和方臘等的戰爭。在征遼打薊州時，索超劈死了遼大將咬兒唯康，立了大功。宋江率領梁山人馬平定方臘攻打杭州城時，石寶首先出馬來戰，宋軍中的急先鋒索超揮起大斧，也不搭話飛奔出來，便鬥石寶。兩馬相交，二將猛戰，還沒有鬥到十個回合，石寶賣個破綻，回馬便走，索超前去追趕。大刀關勝急叫休去時，索超臉上已經著了一錘，被打下馬去，當即陣亡。

天速星神行太保戴宗

戴宗，江州（今屬江西九江市）兩院押牢節級（唐宋時低等武職人員），綽號「神行太保」，三十六天罡星之第二十天速星。戴宗通道術，腿縛兩個甲馬（神符），能日行八百里，夜行一千里。他是吳用的至友，吳用曾介紹戴宗說：「為他有道術，一日能行八百里，人都喚他做神行太保。」宋元時多稱武人和巫師為「太保」。

宋江在潯陽樓寫下反詩，蔡九令戴宗前去捉拿宋江，戴宗讓宋江披頭散髮，把屎尿潑在身上，裝瘋以逃過捉拿。他自幼練就了一身行走如飛的功夫，故蔡九派戴宗往京城送禮給父親蔡京。在梁山泊朱貴開的酒店中，戴宗因被下了蒙汗藥而遭逮。在梁山，他與吳用商議讓人模仿蔡京筆跡寫成假書以救宋江，不料一時疏忽。在圖章上出了紕漏，結果竟連累戴宗也被捕入獄。後戴宗被梁山好漢從法場上救出，跟隨宋江一同上了梁山。

戴宗突出性格特點是精細謹慎。他與李逵尋訪公孫勝幾天沒有消息，心浮氣躁、累餓交加的李逵為了一碗麵與一位老者起了衝突，戴宗注意觀察分析老人的身分、到此的目的，及時制止了李逵的魯莽行為，巧妙地平息了老人的滿腔怒火，順利地打聽到了公孫勝的消息。神行太保戴宗做事老到，但同時也不失幽默。他與李逵到薊州尋訪公孫勝時，規定只能「吃素」，李逵不服約束，偷吃牛肉，戴宗發現後卻沒有馬上拆穿，他用小小的懲戒讓李逵「神行不止」，只能坦白認錯，不敢再犯。這一段繪聲繪色、形神兼備、情景交融的描寫展示了神行太保戴宗機敏、幽默和風趣，拉近了其神人與普通人的距離。

江州劫法場後戴宗上了梁山。梁山總探聲息頭領只有一位，由戴宗擔任。梁山排座次時戴宗排梁山頭領第二十位。後來，梁山在與朝廷的較量中，兩贏童貫、三敗高俅，戴宗也屢立戰功。招安後，戴宗參加了征討遼國、平定田虎、王慶和方臘等的戰爭。戴宗跟隨宋江蕩平方臘凱旋還朝後，被封充州府都統制，戴宗不接受，回到泰安岳廟陪堂，了此一生。

天異星赤髮鬼劉唐

劉唐，東潞州（今屬山西省長治市）人，綽號「赤髮鬼」，三十六天罡星之第二十一天異星。劉唐綽號「赤髮鬼」，書中有一段介紹，說他「露出一身黑肉，下面抓紮起兩條黑黝黝毛腿，赤著一雙腳」，「紫黑闊臉，鬢邊一搭硃砂記，上面生一片黑黃毛」，這副模樣，倒真像鬼，頭髮黑裡泛黃，顏色近棕紅，所以稱為赤髮鬼。

赤髮鬼劉唐打聽到生辰綱的訊息，找晁蓋報信時，先是吃醉了酒，躺在鄆城縣東溪村靈官廟的供桌上酣睡。當時奉知縣之命出外巡視的都頭雷橫，帶人來到了東門外的東溪村靈官廟，進入殿內，正巧看見劉唐在供桌上枕著破衣裳團成的枕頭，赤條條地睡著，於是便把他當做賊人抓了起來，押到東溪村保正晁蓋的莊上。晁蓋聽說拿住了一個小賊，一面相待眾人吃酒，穩住雷橫，一面拿了一盞燈籠，悄悄地出來照看，詢問後才知道原是投奔自己來的兄弟，二人約定以甥舅相稱將他救下。因於路打聽得北京大名府留守梁中書收買了十萬貫珍珠寶貝，為他丈人當朝太師蔡京慶賀生辰，早晚安排起程，要趕這六月十五日的生辰，所以前來送此消息，要合夥謀取這不義之財，晁蓋表示贊同，因此要劉唐在莊上先住下來慢慢商議。當時劉唐惱恨雷橫將他吊了一夜，還拿了晁蓋的銀兩而去，所以氣憤不過。持刀前去追趕雷橫要討回銀子，以發洩心中的惡氣。趕上後，兩人話不投機便動起手來，各逞本事鬥了五十餘回合不分勝敗。幸虧智多星吳用來勸解，晁蓋又及時趕到，方才罷休。晁蓋邀請吳用一造成莊上，商議打劫生辰綱，智多星吳用巧為謀劃，請來阮氏三兄弟，恰好公孫勝也趕來幫忙，七個好漢一起做下了智取生辰綱的大事。白勝被捕後，供出了晁蓋，生辰綱事發，宋江飛馬前來報信並叫他們走為上計，劉唐和吳用帶著打劫的珍珠寶貝投石碣村而去。官軍來石碣村捉人，七人商議投奔梁山泊。劉唐保護財物老少先到李家道口。後來他們一起在梁山泊殺敗官軍。上了梁山，在林冲大戰了王倫後，晁蓋做了梁山泊主。

赤髮鬼劉唐的精彩表現還有「鄆城縣月夜走劉唐」。眾人上了梁山後，晁蓋召集兄弟們商議：「俺們七人弟兄的性命，皆出於宋押司、朱都頭兩個。古人道：『知恩不報，非為人也。』今日富貴安樂，從何而來？早晚將些金銀，可使人親到鄆城縣走一遭。此是第一件要緊的事務。」這個要緊的事務就由赤髮鬼劉唐來辦理，不過也不好辦。為此，劉唐走得汗流浹背，氣喘吁吁，到了縣衙後，和宋江只有一面之識（在宋江走馬報信的時候匆匆地打過照面）的劉唐見了宋江，卻不認識。劉唐只好向路邊店鋪裡的人打聽，方才認出來。不過這是一件很危險的事情，連宋江見了之後都說：「賢弟，你好大膽！早是沒做公的看見。險些惹出事來。」劉唐倒是絲毫不懼，因為他早有心理準備，「感承大恩，不懼怕死」，所以「特地來酬謝大恩」，一番言語，英雄氣概，溢於言表。但是送禮並非劉唐所長，宋江推辭不受後，他只能以「保正哥哥進做頭領，學究軍師號令非比往日」苦苦央求，在宋江備細寫了一封回書後，對他說「你們七個弟兄，初到山寨，正要金銀使用。宋江隸中頗有些過活。且放在你山寨裡，等宋江缺少盤纏時，卻教兄弟宋清來取。今日非是宋江見外」後，直性子的劉唐，只好將金子依前包了，向宋江拜了四拜，就告辭回山了。小說中也很直率地寫道：劉唐背上包裹，拿了樸刀，跟著宋江下樓來。離了酒樓，出到巷口，天色昏黃。是八月半天氣，月輪上來。宋江攜住劉唐的手，吩咐道：「賢弟保重，再不可來。此間做公的多，不是要處。我更不遠送，只此相別。」劉唐見月色明朗，邁開腳步，望西路便走，連夜回梁山泊來。

梁山泊首領排座次時，他任步軍十頭領第三位，排梁山英雄第二十一位。後來，梁山在與朝廷的較量中，兩贏童貫、三敗高俅，劉唐也屢立戰功。招安後，劉唐參加了征討遼國、平定田虎、王慶和方臘等的戰爭。在平定方臘中，宋江人馬在攻打杭州時，劉唐被門閘重壓而身亡。

天殺星黑旋風李逵

李逵，沂州沂水縣（今屬山東省沂水縣）百丈村人。綽號「黑旋風」。三十六天罡星之第二十二天殺星。「旋風」，原是金代的一種火炮的名稱，這種炮打出去猛烈異常。李逵脾氣暴躁，性如烈火，再加上他長相黝黑粗魯，膚色猶如黑炭，故稱「黑旋風」。李逵綽號「黑旋風」也可說是因為他勇猛無比，每次上陣，必定赤膊，露出渾身的黑肉，衝鋒陷陣時猶如一股黑色的旋風而得名。此外李逵還有一個綽號叫「鐵牛」，用以形容其倔強如牛，力大如牛。從《水滸傳》中看，李逵更喜歡「鐵牛」這個稱呼，常常自稱「鐵牛」如何如何，這也很符合李逵的身分性格，因為鐵牛這個綽號有一種泥土氣息，不像「黑旋風」那樣文縐縐的。

李逵手使兩把板斧，打仗勇猛，就像一個帶刺的球往敵人堆裡滾將去，砍倒一大片。他酒品不好，經常喝酒鬧事，因此人們都很畏懼他。宋江發配江州，吳用寫信請江州兩院押牢節級戴宗為之照應，李逵當時正在戴宗手下做看守，於是得以和宋江相識結拜。因宋江要吃鮮魚，李逵到江邊尋魚時與張順發生衝突，李逵在陸上勝了張順後，被張順誘至船上，翻入江中，險些被淹死，後被宋江等勸解，並得以相識。宋江酒後在潯陽江頭寫下反詩，被黃文炳發現，宋江被抓進了牢房，此時戴宗又被差往東京辦事，多虧了李逵的照顧。戴宗傳梁山假書信被識破，和宋江兩人被押赴刑場砍頭，李逵率先動手與梁山好漢共同救下宋江和戴宗後，帶領眾人在白龍廟聚義，後來又身先士卒，殺退官府的追兵。宋江使用妙計打破無為軍，活捉黃文炳後，李逵動手將黃文炳剮割而食。上梁山不久，李逵想接老母到山上生活，於是趕回沂州家鄉，在路上遇見打劫財物的假李逵，因感其孝母之心沒有殺他並贈以銀兩。後來發現被騙大怒，殺了假李逵並燒了他的房屋。李逵背老母在翻越沂嶺時老母口渴要喝水，李逵找水返回時發現老母已經被老虎吃掉，李逵一怒之下殺死四虎。李逵因此得到富戶曹太公的盛情款待，不料僥倖逃脫的假李逵之妻告密，曹太公又使計活捉了李逵。知縣派都頭李雲解送李逵的途中，被朱貴朱富兄弟用計救下，李逵等人一齊回了梁山。

李逵在三打祝家莊時，身先士卒，勇往直前。在祝家莊被破時，李逵砍翻祝龍、祝彪，砍跑扈成，又火燒扈家莊。隨後為賺朱仝上山，依計砍死朱仝看護的小衙內。朱仝上山後，李逵留在柴進莊上。柴進入高唐州看視病重的叔叔，李逵隨同，並打死殷天錫，導致柴進失陷高唐州。為破高廉妖法，李逵與戴宗一道去請公孫勝，李逵斧劈羅真人，請來公孫勝，破了高唐州，救出了柴進。後來，李逵同宋江等到東京觀看元宵花燈，李逵元夜鬧東京。在返回梁山途中，路經劉太公莊，聽說宋江和柴進將劉太公女兒搶去，李逵怒氣沖沖地趕回山寨，砍倒「替天行道」的杏黃旗，提起板斧又闖進忠義堂，欲將宋江劈死。宋江等眾頭領弄明原委後，同意與柴進隨李逵下山對質，但言明若不是二人，李逵情願輸掉自己的腦袋。劉太公認說「不是」後（是強盜用宋江之名），宋江帶領眾人回了山寨，命燕青押回李逵聽候發落。李逵聽從燕青勸告，負荊請罪。宋江亦非真心要殺李逵，在眾人求情下，便順水推舟答應下來，命李逵和燕青下山擒盜。二人潛入牛頭山，救出了劉太公的女兒。

梁山排座次時李逵任梁山步軍十頭領第五位，排梁山頭領第二十二位。梁山人馬在和朝廷的較量中，兩贏童貫、三敗高俅，他也多次立下戰功。在兩贏童貫中，李逵、鮑旭殺得官兵四零八落，李逵砍死敵將段鵬。招安後，李逵跟隨宋江率領的人馬外征遼國，內平田虎、王慶和方臘。平定方臘回朝後，李逵被封為鎮江潤州都統制。當宋江喝了御賜的毒酒，心知自己死後李逵必定造反，因此把他也找了來一同喝了毒酒，從而喪命。

天微星九紋龍史進

史進，華州府華陰縣（在今陝西省華陰縣）史家村人，綽號「九紋龍」。三十六天罡星之第二十三天微星。史進，手使三尖兩刃四竅八環刀，是華陰縣史家莊莊主史太公的兒子。他從小喜歡舞槍弄棒，史太公請高手匠人給他刺了一身花繡，肩膊胸膛，共繡了九條龍，因此就有了「九紋龍史進」這一綽號。

史進是水滸中第一個出場的梁山好漢。東京八十萬禁軍教頭王進遭高俅陷害，攜老母逃往延安府，路過史家莊時老母病倒，王進就住在史家莊教史進武藝。史進打敗了在家鄉附近少華山上當強盜的好漢朱武、陳達、楊春，後又結義成了兄弟朋友，不料被獵戶李吉告了官，華陰縣派兵圍了史家莊，史進和朱武、陳達、楊春一起殺敗了官兵，上了少華山。史進不願在少華山落草為寇，便上延安府尋找師父王進，在渭州與魯達相識。史進在延安尋師未果，回到北京，住了幾時，盤纏用光，便在赤松林中打劫，不料又巧遇魯達（此時已出家五台山，法名智深，正要前往東京大相國寺掛職）。二人聯手打死生鐵佛崔道成和飛天夜叉丘小乙。史進與魯智深分別，上了少華山。自從史進上山之後，十分興旺。一日，史進帶人下山，因撞見一個畫匠，原是北京大名府人氏，姓王名義。因許下西嶽華山金天聖帝廟內裝畫影壁，前去還願。因為帶著一個女兒，名喚玉嬌枝同行，卻被本州賀太守——原是蔡太師門人（門生、弟子）看中。那廝為官貪濫，非理害民。一日因來廟裡行香，不想正見了玉嬌枝有些姿色，累次著人來說，要娶她為妾。王義不從，太守將他女兒強行奪去並納之為妾，又把王義刺配遠惡軍州。路經少華山，正撞見史進，告說這件事。史進把王義救在山上，將兩個防送公人殺了。直去府裡要刺賀太守，被人知覺，反倒被捉，關押在牢裡。賀太守又要聚集軍馬，掃蕩山寨。朱武等正在進退無路，無計可施時，恰逢三山聚義打青州後一同上梁山的魯智深、武松來訪。魯智深先行獨自去華州行刺賀太守，反被捉。宋江大鬧西嶽華山後，打破華州，救出史進、魯智深，一同上梁山入夥。史進上了梁山以後，做了兩件大事，一是去收伏芒碭山樊瑞、項充、李袞三人，結果大敗，險些中飛刀；二是攻打東平府，進城當臥底，結果被窯姐兒告發入獄。

梁山排座次時，史進為馬軍八驃騎兼先鋒第七名，排梁山首領第二十三位。後來，梁山在與朝廷的較量中，兩贏童貫、三敗高俅，史進也屢立戰功。在兩贏童貫中，史進砍死敵將吳秉彝。招安後，史進參加了征討遼國、平定田虎、王慶和方臘等的戰爭。征遼打薊州時，史進將遼將楚明王砍下馬，又將敵將曹明濟砍下馬。史進跟隨宋江率領的梁山大軍南攻方臘，史進、石秀、陳達、楊春、李忠、薛永六頭領前去昱嶺關探哨，忽然山頂上一聲鑼響，左右兩邊松樹林裡，一齊放箭，史進被龐萬春箭射身亡。

天究星沒遮攔穆弘

穆弘，江州揭陽鎮（在今江西九江）人，綽號「沒遮攔」。三十六天罡星之第二十四天究星。穆弘綽號「沒遮攔」是山東方言，意即無約束。穆弘是富家子弟，揭陽鎮上一霸，敢做敢為，沒有顧忌，誰也攔不住，故稱他為「沒遮攔」。

宋江刺配江州牢城經過揭陽鎮時，遇見「病大蟲」薛永使弄槍棒賣藝，給了五兩銀子，未料竟因此得罪了「沒遮攔」穆弘。原來薛永來到揭陽鎮上賣藝，不肯先去拜見穆弘，因此穆弘就不許別人給薛永賞錢。初來乍到的宋江不知內情，因賞給了薛永五兩銀子，結果得罪了穆弘，穆弘吩咐沿途酒店客店不讓宋江一行食宿。又帶人趕去客店，將薛永暴打了一頓，吊在都頭家裡，準備第二天抓住宋江捆做一塊，抛到江裡。宋江一行在揭陽鎮上無處安身，幸虧心地善良的穆太公留他們住了一晚。原來穆太公是穆弘的父親，宋江等得知這一情況後，和兩個公人立即逃了出來，穆弘發覺後一直追到了潯陽江上。在潯陽江，宋江等人遇到了張橫，在張橫要打劫宋江財物殺人的時候，恰好李俊趕到，李俊對張橫說是宋江，便下拜，並邀穆家兄弟一同相見。宋江答道：「我們如何省得。既然都是自家弟兄情分，望乞放還了薛永。」穆弘笑道：「便是使槍棒的那廝？哥哥放心，隨即便教兄弟穆春去取來還哥哥。且請仁兄到敝莊伏禮請罪。」李俊說道：「最好，最好。便到你莊上去。」穆弘叫莊客著兩個去看了船隻，就請童威、童猛一同都到莊上去相會。一面又著人去莊上報知，置辦酒食，殺羊宰豬，整理筵宴。一行眾人，等了童威、童猛，一同取路投莊上來，一處相會了。穆弘安排筵席，款待宋江等眾位飲宴。當日眾人在席上，所說各自經過的許多事務。至晚，都留在莊上宿歇。次日，宋江要行。穆弘哪裡肯放，把眾人都留莊上，陪侍宋江去鎮上閒玩，觀看揭陽市村景一遭。又住了三日，宋江怕違了限次，堅意要行。穆弘並眾人苦留不住。當日做個送路筵席。次日早起來，宋江作別穆太公，並眾位好漢。

宋江因為題「反詩」下在江州牢獄後，穆弘和張順、李俊等人前往營救，於白龍廟裡遇到打劫法場的晁蓋、吳用、李逵等人，於是一道結義上了梁山。梁山排座次時，穆弘排梁山頭領第二十四位，任梁山馬軍八驃騎兼先鋒使八頭領之末。招安後，穆弘跟隨宋江率領的人馬征遼國、平田虎、王慶和方臘等。征討方臘途中穆弘病亡。

天退星插翅虎雷橫

雷橫，鄆城縣（在今山東鄆城縣）人，綽號「插翅虎」，三十六天罡星之第二十五天退星。雷橫原來是鄆城縣步兵都頭，打鐵出身，有一身好武藝。雷橫能跳過兩三條寬闊的溪澗，就像是長了翅膀的老虎一般，因此有了「插翅虎」的綽號。

雷橫雖然仗義，但卻有些好小利要人情。雷橫奉命去東溪村巡夜時，捉到劉唐，押解到晁蓋莊上，晁蓋冒認外甥放了劉唐後，晁蓋贈銀十兩，他收受下來。劉唐嚥不下這口氣，追去索要，雷橫不肯，兩人持刀竟鬥了起來，經過吳用的勸解和晁蓋的賠話方才罷休。晁蓋眾人打劫生辰綱事發後，朱仝、雷橫二人奉命前去捉拿，朱仝有意要放走晁蓋，但又怕雷橫不肯，因此在捉拿晁蓋時，先把雷橫支開，私自放走了要犯。後來雖然被雷橫察覺，但是他並沒有計較，因為雷橫也有此意，只是因不能在晁蓋面前做得人情而心中不快。宋江失手殺了閻婆惜後，他奉命追捕，和馬兵都頭朱仝一起放了宋江。

雷橫因出外辦事路過梁山泊，被宋江以禮請上梁山，一連住了五日，宋江等人委婉地勸他上山入夥。雷橫以「老母年高」推辭，宋江等苦留不住，只好送了一大包金銀與他。他辦完事回來後，一個老朋友，邀他去勾欄（表演場所）觀看東京新來的唱諸宮調的行院白秀英唱曲。朋友出去後，他毫不客氣地就坐在了青龍頭上的第一位。這白秀英是從東京新來的唱諸宮調的行院，色藝雙絕，與知縣在東京就有來往，特地請她來鄆城開勾欄的，也是一個倚勢欺人的角色。白秀英討賞錢引發與雷橫的衝突。雷橫因打死白秀英被捕下獄，多虧當時已經升做當牢節級朱仝的關照，每日安排酒食款待。雷橫的母親來牢裡送飯，哭著哀告朱仝看覷。朱仝答應後，一面央人去知縣處打通關節，一面又上上下下替他說好話送禮物做人情。那知縣雖然喜歡朱仝，只是恨雷橫打死了他的相好白秀英，又禁不住白秀英父親白玉喬唆使，所以知縣斷雷橫償命。朱仝無奈，在押解雷橫去濟州的途中只好私自為他開了枷，放了雷橫，吩咐雷橫說：「賢弟自回，快去家裡取了老母，星夜去別處逃難。這裡我自替你吃官司。」雷橫擔心官司要累及朱仝，道：「小弟走了自不妨，必須要連累了哥哥。恐怕罪犯深重。」朱仝道：「兄弟，你不知，知縣把這文案卻做死了。解到州裡，必是要你償命。我放了你，我須不該死罪。況兼我又無父母掛念，傢俬盡可賠償。你顧前程萬里自去。」雷橫拜謝了，星夜趕回家中引老母親投奔梁山泊落草去了。

上梁山後，梁山排座次時雷橫任梁山步軍十頭領第四位，排梁山頭領第二十五位。後來，梁山在與朝廷的較量中，兩贏童貫、三敗高俅，雷橫也屢立戰功。在兩贏童貫中，雷橫戰敵將畢勝二十回合不分勝負，再加朱仝來戰酆美，四人的精湛武藝連童貫都喝采。招安後，雷橫參加了征討遼國、平定田虎、王慶和方臘等的戰爭。在他跟隨宋江征討方臘時，死於方臘部下悍將司行方的刀下。

天壽星混江龍李俊

李俊，祖籍廬州（在今安徽省合肥市）人，綽號「混江龍」，三十六天罡星之第二十六天壽星。李俊原為揚子江中艄公，水性極好，更兼有一身好武藝，故有此號。

李俊原是潯陽江上的好漢，後來專在揚子江中撐船，接送過往客人為生，他與「催命判官」李立為揭陽嶺上一霸，而「沒遮攔」穆弘、「小遮攔」穆春是揭陽鎮上一霸，「船火兒」張橫、「浪裡白條」張順是潯陽江上的一霸。李俊很久以前就仰慕「山東及時雨」宋江宋公明的大名，稱讚他是「遮奢（意謂出眾、出色、好樣的）的好男兒」。當他得知宋江刺配江州牢城，必從揭陽嶺上經過時，因此早幾日就來那裡等候。誰知宋江和兩個公人來到揭陽嶺上住店，身上帶的大量金銀卻被開店的李立看見，李立於是用蒙汗藥把他們全部放倒，幸虧李俊來得及時，否則宋江和兩個公人就都成了人肉饅頭餡。宋江被救下後，結識了童猛、童威等好漢。李立等人勸宋江不要到江州牢城受苦，留在揭陽嶺上和他們一起快活一世。宋江不願意，一定要去江州服刑，李俊等無奈，只得讓宋江和那兩個公人起程。不料宋江路過揭陽鎮時，因幫助了「病大蟲」薛永，結果卻得罪了「沒遮攔」穆弘。薛永到揭陽鎮上賣藝，卻不肯先來拜見穆弘，所以穆弘告訴所有人誰都不許賞錢給薛永。宋江初來乍到，不知內情，得罪穆弘後，遭到了穆弘的一路追蹤和報復，迫使宋江在揭陽鎮上無處安身，幸虧心地善良的穆太公留他們住下，而穆太公恰巧就是穆弘的父親，當宋江等得知自己就住在穆弘的莊上時，和兩個公人立即逃了出來。穆弘隨後發覺追趕，一直追到潯陽江上。逃到了潯陽江的宋江以為已經脫險，離了虎口，不料上的竟又是張橫的賊船。就在張橫要打劫宋江財物殺人越貨的時候，恰好李俊趕到，宋江才被救，後李俊將穆弘兄弟請來，雙方冰釋前嫌。

宋江因為題「反詩」下在江州牢獄後，李俊和張順、穆弘等人也曾前往營救，但遲了一步。眾人在白龍廟相遇時，晁蓋、吳用、李逵等人已經成功地打劫了法場，於是彼此結義，李俊等二十九名英雄於是一道上了梁山。

上梁山後，梁山排座次時李俊任梁山四寨水軍八頭領之首，排梁山頭領第二十六位。李俊有一身不凡的水中功夫，跟隨宋江南征北戰，多次為梁山建功立業。招安後，李俊參加了征討遼國、平定田虎、王慶和方臘等的戰爭。在征討方臘的過程中，李俊與童猛、童威乘駕小船到太湖探聽消息，因與榆柳莊江湖義士「赤鬚龍」費保、「捲毛虎」倪雲、「太湖蛟」卜青、「瘦臉熊」狄成相識，結義為兄弟。由於得到了費保等人的協助，攻下了蘇州。事後，宋江要留他們四人為國效力，但是費保四人不願意為官，李俊等人只好送他到榆柳莊上。大夥約定日後一起乘船出海，在海外另闢新的大事業。蕩平方臘後，宋江率領的梁山兵馬班師回京，當來到蘇州城外時，李俊假裝中風，要求童威、童猛二人留下，照顧自己。李俊和童猛、童威三人不負前約，離開宋江後竟來太湖邊尋找費保等人，七人盡將傢俬打造船隻，從太倉港乘船出發，自投外國去了，後來成了暹羅國國主，逍遙快活一世。

天劍星立地太歲阮小二

阮小二，梁山泊石碣村（在今山東東平縣）人，綽號「立地太歲」，三十六天罡星之第二十七天劍星。阮小二與阮小五、阮小七三人為親兄弟，打漁為生。他們家裡只有一個老母親，除阮小二有妻室之外，其他二人均沒有成家立業。古代有太歲頭上動不得土之說，若在太歲頭上動土，就會立地遭到報應。「立地」，立即之意，極言遭禍之速。「立地太歲」這一綽號，喻阮小二強悍不可侵犯。

阮小二、阮小五、阮小七三兄弟，武藝出眾，敢於赴湯蹈火。赤髮鬼劉唐浪跡江湖，探聽到生辰綱消息，報知晁蓋。晁蓋、吳用便邀請阮氏三兄弟一起，在黃泥崗用蒙汗藥麻倒了楊志，搶劫了生辰綱。濟州府派何濤到鄆城縣捉拿晁蓋等，幸虧有宋江事先通知，眾好漢避到石碣村，官軍追到時，被阮小二兄弟在蘆葦港全部消滅乾淨。上梁山入夥後，高俅等幾次派兵攻打梁山泊，阮小二兄弟率水軍大出風頭，屢立奇功。

梁山排座次時阮小二任四寨水軍八頭領之第四位，排梁山頭領第二十七位。宋江率領梁山人馬剿滅方臘時，阮小二率水兵襲擊南軍水寨，遭到方臘叛軍的火排襲擊，阮小二正要跳水逃跑時，不幸被掛鉤搭住，他不願受辱，於是自刎身亡。

天平星船火兒張橫

張橫，小孤山（在今安徽省宿松縣境內）下人，綽號「船火兒」，三十六天罡星之第二十八天平星。宋代時稱駕船的人為船火兒，除了舵工外，皆稱火兒。張橫專門在潯陽江上駕一小船劫財害命，故稱之為「船火兒」。

張橫和兄弟浪裡白條張順原來都在揚子江邊私渡，水性極好，專在船上做詐取人錢財的勾當。後來都改了業，張順去做了打魚賣魚的生意，張橫則在潯陽江邊做私商，也擋黑船，謀財害命。他生得很不一般：七尺身軀三角眼，黃髯赤髮紅睛，在潯陽江上赫赫有名，「衝波如水怪，躍浪似飛鯨。惡水狂風都不懼，蛟龍見處魂驚，天差列宿害生靈。」

宋江發配江州路經潯陽江時，在被穆弘兄弟追趕的緊急關頭，張橫從蘆葦叢中搖出船來，把宋江一行渡了去。正當宋江感慨「好人相逢，惡人遠離」時，張橫忽然唱起歌來：「老爺生長在江邊，不怕官司不怕天。昨夜華光來趁我，臨行奪下一金磚。」宋江和兩個公人聽了這首歌，都嚇軟了。宋江又想道：「他是唱耍。」三個正在艙裡議論未了，只見張橫說道：「你這個撮鳥！兩個公人，平日最會詐害做私商的人，今夜卻撞在老爺手裡。你三個卻是要吃板刀面，卻是要吃餛飩？」宋江道：「家長休要取笑。怎地喚做板刀面？怎地是餛飩？」張橫睜著眼道：「老爺和你耍什鳥！若還要吃板刀面時，俺有一把潑風也似快刀在這艎板底下。我不消三刀五刀，我只一刀一個，都剁你三個人下水去。你若要吃餛鈍時，你三個快脫了衣裳，都赤條條地跳下江裡自死。」宋江聽罷，嚇得不得了，和那兩個公人說道：「卻是苦也！正是：『福無雙至，禍不單行。』」張橫更加蠻橫：「你三個好好商量，快回我話。」簡直是殺人不眨眼，宋江答道：「梢公不知，我們也是沒奈何犯下了罪，送配江州的人。你如何可憐見，饒了我三個！」張橫道：「你說什麼閒話？饒你三個！我半個也不饒！你老爺喚做有名的狗臉張爹爹。來也不認得爺，去也不認得娘。你便都閉了鳥嘴，快下水裡去。」宋江又求告道：「我們都把包裹內金銀財帛衣服等項，盡數與你，只饒了我三人性命。」張橫便去船板底下，摸出那把明晃晃板刀來，大喝道：「你三個要怎地？」宋江仰天嘆道：「為因我不敬天地，不孝父母，犯下罪責，連累了你兩個。」那兩個公人也扯住宋江道：「押司，罷，罷！我們三個一處死休！」那梢公又喝道：「你三個好好快脫了衣裳，便跳下江裡去。跳便跳，不跳時，老爺便剁下水裡去！」正要逼宋江跳下江去，幸虧混江龍李俊及時趕到，當得知是宋江時，張橫便拜道：「我那爺，你何不早通個姓名，省得著我做出歹事來，險些兒傷了仁兄！」李俊對張橫說明：「兄弟，我常和你說天下義士，只除非山東及時雨鄆城押司宋公明，今日你可仔細認看。」張橫又撲翻身又在沙灘上拜道：「望哥哥恕罪兄弟，罪過！」後來又結識了穆弘等好漢，還托口信給他的兄弟浪裡白條張順。

當宋江和戴宗在江州刑場要砍頭時，張橫和李俊、李立等好漢一起去打劫江州法場，結識了晁蓋率領的梁山好漢以及「黑旋風」李逵，眾人救下了宋江後，在白龍廟小結義。宋江一夥人打破無為軍，活捉了黃文炳，大鬧了江州，隨後上了梁山入夥。

梁山排座次時張橫任梁山四寨水軍八頭領第二位，排梁山頭領第二十八位。二敗高俅時，張橫用撓鉤把牛邦喜拖下水，並割了他的人頭。招安後，張橫參加了征討遼國、平定田虎、王慶和方臘等的戰爭。征討方臘時，兄弟張順戰亡，其魂魄依附在張橫的身上，殺了方臘的大太子南安王方天定，得以復仇。張橫後因此病重，於征討方臘途中病亡。

天罪星短命二郎阮小五

阮小五，梁山泊石碣村（在今山東東平縣）人，綽號「短命二郎」。三十六天罡星之第二十九天罪星。阮小五是阮小二之胞弟，與阮小七三人為親兄弟，他們以打漁為生，出場時小說這樣描繪阮小五：「一雙手渾如鐵棒，兩隻眼有似銅鈴。臉皮上常有些笑容，心窩裡深藏著鴆毒。能生橫禍，善降非災。拳打來猴子心寒，腳踢處蚖蛇喪膽。何處覓行瘟使者，只此是短命二郎。」由此人們可以看到，所謂的短命，只是讓別人短命，阮小五拳腳厲害，能生禍降災，就像散布瘟疫的瘟神，誰碰著誰短命。

赤髮鬼劉唐浪跡江湖，探聽到生辰綱消息，晁蓋、吳用便邀請阮氏三兄弟一起，在黃泥崗用蒙汗藥麻倒了楊志，搶劫了生辰綱。濟州府派何濤到鄆城縣捉拿晁蓋等，幸虧有宋江事先通知，眾好漢避到石碣村，因官軍追捕逃到梁山泊。官軍追到時，阮小五等兄弟在蘆葦港一起打敗何濤。

上梁山後，排座次時阮小五任四寨水軍八頭領之第五位，排梁山頭領第二十九位，是梁山有名的水中好漢，浪裡英雄，與童威一起駐守梁山東北水寨。後來，梁山在與朝廷的較量中，兩贏童貫、三敗高俅，阮小五水中奮勇殺敵，三兄弟所率水軍大出風頭，建立了奇功偉業。招安後，阮小五參加了征討遼國、平定田虎、王慶和方臘等的戰爭。在跟隨宋江征討方臘時，阮小五被方臘的丞相婁敏中所殺。

天損星浪裡白條張順

張順，江州小孤山（在今安徽省宿松縣東南）下人，綽號「浪裡白條」，三十六天罡星之第三十天損星。張順，張橫的弟弟，先前與其兄張橫在揚子江邊私渡，後來自己一個人在江州水邊做了販魚牙子（即魚販子，其實這是鮮魚掮客的一個代名詞，漁戶從河裡打了活魚回來，先要賣給張順，再由他賣到市場裡）。他有一身好水功，人稱「浪裡白條」。白條即白鰷（或寫作白跳），一種淡水魚，長數寸，銀白色。張順有此綽號，是因為他皮膚雪白，又諳水性，在水中游泳，好似白鰷一般穿梭自如。

張順在江州時因與李逵水中相鬥結識了宋江。宋江題反詩，梁山英雄劫法場時，張順和混江龍李俊在江中捉住宋江的仇人黃文炳，並一同上梁山入夥。張順水性極好。在宋江患了背癰，生命垂危之際，張順去江南請神醫安道全，不料江中被劫，幸好有一身好水性，得以逃回性命，請來安道全，又遇到仇家，水上報了冤。

梁山排座次時，張順任梁山四寨水軍八頭領第三位，排梁山首領第三十位。高俅攻打梁山時，朝廷水軍頭領劉夢龍、牛邦喜分別被李俊、張順活捉，最後連高俅也被張順捉拿。招安後，張順跟隨宋江攻打方臘。杭州之戰，張順想孤身一人作內應，於是潛水向水門游去，不料碰響水簾上掛著的銅鈴，驚動南軍，城上滾石和擂木一齊往下砸，張順不幸被砸死於湖底。

天敗星活閻羅阮小七

阮小七，梁山泊石碣村（在今山東東平縣）人。綽號「活閻羅」，三十六天罡星之第三十一天敗星。阮小七在阮氏三雄中年紀最小，跟隨兩個哥哥行走江湖。閻羅，佛教指掌管地獄的神，十分凶殘。以「活閻羅」稱阮小七，足見其威猛，令人望而生畏。

赤髮鬼劉唐浪跡江湖，探聽到生辰綱消息，於是給晁蓋報信。晁蓋和吳用商議後邀請阮氏三兄弟一起，在黃泥崗用蒙汗藥麻倒了青面獸楊志，搶劫了生辰綱。濟州府派何濤到鄆城縣捉拿晁蓋等，幸虧有宋江事先通知，眾好漢逃避到了石碣村。當官軍追到時，又被阮小七兄弟等在蘆葦港全部消滅。阮小七又跟隨晁蓋在江州劫法場，於潯陽江上救出宋江和戴宗，打敗追捕的官軍，還打破無為軍活捉了黃文炳。梁山泊裡駕舟踏浪，大敗高俅，其水中功夫，令梁山好漢刮目相看。梁山排座次時，阮小七任梁山四寨水軍八頭領第六位，排梁山頭領第三十一位，與童猛一起駐守梁山泊西北水寨。蕩平方臘凱旋還朝後，阮小七被封為蓋天軍都統制，但因其在平方臘時曾穿龍袍戲耍，遂被剝奪官職，貶為平民。貶為平民後，阮小七和老母親回到梁山泊石碣村打漁去了。壽至六十而亡。

天牢星病關索楊雄

楊雄，河南人，綽號「病關索」，三十六天罡星之第三十二天牢星。小說中出場時有介紹說：因為他一身好武藝，面貌微黃，因此人都稱他做「病關索楊雄」。關索是關公長子，七歲的時候，元宵節賞燈，不慎走失，被索員外撿去，養到九歲，送給班石洞花岳先生，授以武藝，因兼三姓，取名「花關索」。關公認關索後說：「吾有此子，如虎生翼矣！何愁漢室不中興乎？」可見關索是了不起的人物。楊雄有這樣的綽號，是說明他英雄了得，不是等閒之輩。

楊雄原來是薊州「押獄兼行刑劊子手」。楊雄一日行刑回來，幾個朋友給他掛紅賀喜，卻被無賴張保等人搶了，危急中被拚命三郎石秀所救，二人結為異姓兄弟，楊雄年長為兄，石秀為弟。第四十五回楊雄的妻子潘巧雲與和尚裴如海有姦情，石秀將此事告訴了楊雄，潘巧雲卻反咬石秀一口，石秀被楊雄趕出了家門。石秀暗中在楊雄家門口埋伏，殺了裴如海和廟裡的頭陀胡道。楊雄後悔不該錯怪了石秀，於是殺了淫婦潘巧雲和丫鬟迎兒，和石秀一起投奔梁山。上梁山的途中，時遷因偷吃了祝家莊酒店的報曉公雞被捉，石秀、楊雄為救時遷，引發了梁山好漢三打祝家莊的故事。梁山人馬到達祝家莊村前，只見地形複雜，進莊的路徑很難走，進軍很不利。因為楊雄、石秀對祝家莊比較熟悉，宋江於是派他們二人前去探聽路徑，楊雄扮作江湖算命先生，結果被祝家莊的人識破，當即抓住關押了起來。宋江擔心他們的安危，於是便和其他頭領率領人馬冒險打進祝家莊，結果中了祝家莊的埋伏，卻又走脫不得，幸虧石秀及時趕來告知，必須順著胡楊樹走才能走出莊去。宋江等梁山人馬得知後，拚命才殺出莊來。自此宋江等人不敢輕易進莊，也就打不破祝家莊。後孫立、孫新投奔梁山。孫立和祝家莊教頭欒廷玉是同門師兄弟，因此吳用授計讓他們打著登州兵馬提轄的旗號打入祝家莊作內應。吳用運用雙掌連環計，梁山人馬才得以打破祝家莊。

梁山排座次時楊雄任梁山步軍十頭領第七位，與石秀駐守西山一帶，排梁山頭領第三十二位。楊雄在征討方臘的途中患背瘡，病亡。

天慧星拚命三郎石秀

石秀，金陵建康府（在今南京）人，綽號「拚命三郎」，三十六天罡星之第三十三天慧星。因好打抱不平，且不顧性命，故人稱「拚命三郎」。

石秀，自幼父母雙亡，會使槍棒，曾隨叔父往外販賣羊馬，叔父半途亡故，消折了本錢，流落在薊州賣柴度日。在長街上，石秀與戴宗、楊雄相遇，與楊雄結拜為弟兄。楊雄丈人潘老公開宰作坊，由他掌管帳目。楊雄婆娘潘巧雲與和尚裴如海有姦情，被石秀發現後告訴了楊雄，反遭到了潘巧雲的誣告，石秀於是殺了裴如海。楊雄明了事情的真相後，大鬧翠屏山，殺死了潘巧雲和丫鬟迎兒，二人與時遷一起上了梁山。上梁山後，三打祝家莊時，石秀故意讓孫立捉住，混入莊內作了內應，終於打破了祝家莊。盧俊義被困大名府即將殺頭，石秀一人跳樓劫法場，救了盧俊義的性命。因為不認識城中的道路，被梁中書所拿，與盧俊義一同被打入死牢。宋江率領梁山人馬打破大名府，石秀、盧俊義方得以獲救。

梁山排座次時石秀任梁山步軍十頭領第八名，與楊雄駐守西山一帶，排梁山頭領第三十三位。梁山人馬在和朝廷的較量中，兩贏童貫、三敗高俅，他也多次立下戰功。招安後，石秀跟隨宋江率領的人馬征遼國，平田虎、王慶和方臘等。征遼時，為裡應外合，石秀潛入城中在薊州衙門庭屋上放火；時遷在寶嚴寺塔放火，兩人立了大功。石秀在征討方臘時陣亡。

天暴星兩頭蛇解珍

解珍，登州（在今山東蓬萊市）人，綽號「兩頭蛇」，三十六天罡星之第三十四天暴星。解珍的綽號「兩頭蛇」本義是個不祥之物，古時傳說，誰見了兩頭蛇誰就會莫名其妙地死去。《水滸傳》裡稱解珍為「兩頭蛇」，是說他有一身驚人的武藝，對敵凶狠。

解珍七尺以上身材，紫棠色臉皮，腰細膀闊，手使鋼叉，武藝驚人。因索要打死的老虎一事，兄弟二人中了毛太公父子的奸計，分說不得。他們被押解到州府後，衙門裡辦事的六案孔目是毛太公的女婿，已經先和知府說了，不由分說捆翻便打，定要他們兄弟招做混賴大蟲搶劫錢物。解寶解珍兄弟倆吃打不過，只好依此招了。毛太公父子又上下使錢物，一定要斬草除根，早晚要了結他們的性命。幸虧管牢房的樂和將此事告訴給了顧大嫂和孫新，顧大嫂、孫新便聯合孫立、鄒淵、鄒潤叔姪，一起來打劫牢獄，救下了兩人的性命。後一同上梁山。適逢宋江打祝家莊，一行在孫立的帶領下，扮作官軍，作為內應，幫助宋江攻破了祝家莊。

梁山排座次時解珍任步軍十頭領第九名，兄弟倆人共守梁山山前南路第一關，排梁山好漢第三十四位。在攻打方臘南軍時，兄弟倆立功心切，冒險探路，在烏龍嶺上，解珍兄弟夜晚從小路攀藤攬葛爬上嶺，解珍被南軍撓鉤搭住了髮髻，解珍撥刀將髮髻割斷後，從百丈高崖墜下身亡。

天哭星雙尾蠍解寶

解寶，解珍之弟，登州（今屬山東蓬萊市）人，綽號「雙尾蠍」，三十六天罡星之第三十五天哭星。解寶綽號「雙尾蠍」，意謂有兩隻尾巴的蠍子。蠍子之毒在其尾巴上，「雙尾蠍」是說其毒有雙倍的厲害。人們用此綽號形容解寶武藝高強無人敢惹，惹上他就會像被雙尾蠍子蜇了一樣。

解寶，和哥哥一樣，也有七尺以上身材，面圓身黑，兩隻腳上刺著兩個飛天夜叉，生性暴躁，與哥哥一樣打扮，穿虎皮套襖，提一把鋼叉。兄弟倆出入成雙，作戰英勇。在整個登州府裡他們是數一數二的。他們兄弟雖然綽號「雙尾蠍」、「兩頭蛇」，給人極為歹毒之感，但實際上他們並不是什麼強人，而是當地老實的獵戶，並不曾害人。他們投奔梁山，也是被逼迫的。

登州城外一座山出了惡虎，傷害過往行人的性命。登州知府於是聚集獵戶，發出「杖限文書」，限定三日內捉拿到那隻傷人的老虎。解寶兄弟受了文書後，倆人一連在山上守候了三天，終於用藥箭射死了牠，但那老虎卻從後山上滾下來，落到了現當里正的毛太公莊上的後園裡。解寶兄弟去向毛太公處討取，毛太公聽說後，先是酒飯招待，後到園中不見大蟲，雖有血跡和滾平的草地為證，毛太公就是不認帳，反誣賴他們。雙方打了起來。解寶、解珍兩人大怒，就在毛家廳前打將起來，把桌椅打碎，要去官府裡告狀。

正吵鬧時，毛太公的兒子毛仲義帶著一夥人回來了。解珍認得，向他訴苦道：「你家莊上莊客，捉過了我大蟲。你爹不討還我，顛倒要打我弟兄兩個。」毛仲義聞聽後裝作不知，假意進行賠話：「這廝村人不省事。我父親必是被他們瞞過了。你兩個不要發怒，隨我到家裡，討還你便了。」解珍、解寶兩兄弟謝了。毛仲義叫開莊門，叫他兩個進去。待得解珍、解寶入得門來，便教關上莊門，毛仲義大喝一聲：「下手！」兩廊下走出二三十個莊客和那夥人，眾人一擁而上，把解珍、解寶綁了。原來毛仲義五更時就把落在後園的大蟲押解到州上去了，卻帶了不少做公的來捉拿他們兄弟倆。毛仲義還說道：「我家昨夜自射得一個大蟲，如何來白賴我的？乘勢搶擄我家財，打碎家中什物，當得何罪！解上本州，也與本州除了一害。」

二人到了這時才知道中了毛太公父子的奸計，又分說不得。等把他們兄弟押解到了州府裡，衙門裡辦事的六案孔目又是毛太公的女婿，已經先和知府說了，不由分說將二人捆翻便打，定要他們兄弟招做「混賴大蟲，搶劫錢物」。解寶解珍兄弟倆被打不過，只得含屈招認了。毛太公父子又上下使錢物，一定要斬草除根。早晚要結果了他們兄弟倆的性命。幸虧樂和報信與顧大嫂等人，一起打劫了牢獄，救下了兩人性命。眾好漢回到毛太公莊上，殺了毛太公一家老少後，眾人一齊投奔了梁山。在上梁山之際，適逢宋江率領梁山好漢三打祝家莊，久攻不下。由於孫立本是登州兵馬提轄使，和祝家莊的教頭欒廷玉是同門師兄弟。吳用於是設了一計，派他們這些新來的好漢帶領一批精兵，扮做登州官兵前來幫助祝家莊攻打梁山賊寇。祝家莊果然上當受騙，解寶、孫立等人得以打入祝家莊的內部，後裡應外合，終於打破了祝家莊。攻破祝家莊，是解寶兄弟倆上梁山的一大功勞。

上梁山後，排座次時解寶任梁山步軍十名頭領之末，排梁山頭領第三十五位。征討方臘時，兄弟二人立功心切，冒險探路，在烏龍嶺上，哥哥解珍墜崖身亡，解寶見狀，急退下嶺時，被山上滾石亂箭砸射而死。

天巧星浪子燕青

燕青，北京（此北京指的是大名府，即今河北大名縣）土居人氏，人稱「浪子燕青」，三十六天罡星之第三十六天巧星。古代所謂「浪子」，一般指在外面瞎混、搗蛋的年輕人。燕青被人稱為浪子，並非全是貶意，相反卻含有誇耀稱許之意，書中謂燕青「不則一身好花繡，更兼吹的、彈的、舞的、拆白道字、頂真續麻，無有不能，無有不會；亦是說的諸路鄉談，省的諸行百藝的市語。更且一身本事無有比的：拿著一張川弩，只用三支短箭，郊外落生，並不放空，箭到物落；晚間入城，少殺也有百十個蟲蟻；若賽錦標社，那裡利物，管取者是他的。亦且此人百伶百俐，知頭知尾。本身姓燕，排行第一，官名單諱個青字。北京城裡人口順，都叫他做浪子燕青。」

燕青自幼父母雙亡。在盧俊義家養育長大，是盧俊義的心腹，因為排行第一，故人多稱為小乙（諧「一」音）哥。他吹簫唱曲樣樣能行，射一手好箭，有百步穿楊之功。

浪子燕青機智過人，富有膽識。在盧俊義受了吳用的誘騙，準備動身出走之際，燕青也能發現其中的破綻預知梁山之計謀；燕青直言道破了吳用計謀：「這一條路去山東泰安州，正打從梁山泊邊過。近年泊內宋江一夥強人在那裡打家劫舍，官兵捕盜，近他不得。主人要去燒香，等太平了去。休信夜來那個算命的胡講。到敢是梁山泊歹人，假裝作陰陽人來煽惑，要賺主人那裡落草。小乙可惜夜來不在家裡。若在家時，三言兩句，盤倒那先生，到敢有場好笑」。然而，當盧俊義從梁山回來，燕青途中告知變故後，反建議：「若主人果自泊裡來，可聽小乙言語，再回梁山泊去，別做個商議。」認為盧俊義如果回家，「必中圈套」。管家李固與盧俊義妻子賈氏早有勾搭，盧俊義被騙去了梁山之際，李固與賈氏趁機就作了夫妻，霸占了盧俊義的家財，並將燕青逐出了家門。盧俊義回家後，李固向大名府告盧俊義私通梁山，盧俊義被發配沙門島。李固買通董超、薛霸，要他們在途中殺掉盧俊義。薛霸、董超在路上動手時，被燕青兩箭射死。盧俊義在村店裡再次被捉，燕青路遇石秀、楊雄，得以將情況消息報告給梁山，隨後為從法場解救盧俊義，石秀鬧了法場，燕青隨同梁山大隊人馬打破大名府，與盧俊義一起上了梁山。

梁山排座次時燕青任梁山步軍十頭領第六位，排梁山頭領第三十六位。燕青有一身相撲的好本事，連李逵也怕他三分。上泰安州打擂，燕青智撲擎天柱，打出了梁山好漢的威風。為了能被朝廷招安，燕青先陪同宋江到東京私會李師師。三敗高俅後，為讓朝廷早日定下招安大計，燕青又隻身私會李師師，不為色誘，得以面見皇帝，表明梁山好漢的一片忠心，並為自己也討來了一紙赦書，最終促成了朝廷的招安。招安後，燕青參加了征討遼國、平定田虎、王慶和方臘等的戰爭。平定方臘後，浪子燕青預感到跟盧俊義前去受封沒有好結果，因此功成身退，獨自離去，不知所終。

《水滸傳》一百零八將小傳・地煞卷

水滸一百零八將七十二員地煞星，以朱武為首，以段景住為末。較之三十六員天罡星，除勇力稍遜外，也有出身卑微者，原有汙點者，除武技之外的其他技能者，來自小山頭者，或因緣際會挾裹或獨自山上者，也有原為主副將關係，主將位列天罡星，為平衡關係，副將位列地煞者。他們中的有些人，雖然位列偏將，但在梁山事業的發展上也是功不可沒的，有的還造就了無可取代的作用。

地魁星神機軍師朱武

朱武，定遠縣（今屬安徽）人，綽號「神機軍師」，七十二地煞星之首地魁星。朱武精通陣法，手使雙刀，為少華山三頭領之一。朱武本事雖不高強，但很有謀略，故被人稱為「神機軍師」。

朱武同陳達、楊春結拜為兄弟，一起落草少華山。陳達攻打史家莊，被史進活捉，朱武、楊春求情，史進放了陳達。後史進與少華山好漢來往密切，被華陰縣縣官得知，包圍了史家莊，於是朱武等殺了都頭。後來，史進落草少華山，坐了頭把交椅。史進孤身刺殺強搶民女的華州賀太守失手，使得華州府軍大軍壓境，不敵被擒。其後，梁山眾英雄從華州獄中將史進救出，朱武便隨史進、楊春、陳達等人同時歸順了梁山。

上梁山後，朱武被任命為同參贊軍務頭領，排梁山頭領第三十七位。在針對招安這一重大問題上，朱武提出應借助宿太尉之力，這是一個極有見識的策略。後來朱武跟隨宋江兩贏童貫、三敗高俅。招安後，朱武參加了征討遼國以及平定田虎、王慶和方臘的戰爭，並且立下了赫赫戰功。宋江蕩平方臘班師凱旋後，朱武受封武奕郎兼諸路都統領。但他亦不願為官，辭去官職後投奔了混世魔王樊瑞學習道法，出了家做了道士，雲遊四海，最後拜在羅真人和入雲龍公孫勝的門下，以終天年。

地煞星鎮三山黃信

黃信，青州（今屬山東青州市）都監，綽號「鎮三山」，七十二地煞星之第二地煞星。黃信原是青州知府慕容彥手下的兵馬都督，武藝高強，威鎮青州，所管轄地面有三座猛惡山林：一是清風山，二是二龍山，三是桃花山。這三座山都是強人草寇出沒之處，黃信自誇要捉盡三山人馬，因此得來「鎮三山」的綽號。

清風寨劉高捉了宋江，黃信來提犯人，又設計捉了花榮，押往青州時被燕順、王英、鄭天壽圍住，黃信打不過逃走。黃信回到青州府後，請霹靂火秦明幫助他圍剿清風山，秦明兵敗，後來又中計被捉，夜走瓦礫場，因感宋江義氣深重，上了清風山。秦明投降後，勸說黃信投靠宋江，黃信於是上清風山同眾好漢聚義，眾人一起上了梁山。

上梁山後，黃信任梁山馬軍小彪將兼遠探出哨頭領十六員之第一名，排梁山頭領第三十八位。招安後，跟隨宋江率領的人馬征遼國，平定田虎、王慶和方臘。宋江人馬征討方臘凱旋後，黃信被封為武奕郎兼都統領，依然在青州任職。

地勇星病尉遲孫立

孫立，孫新之兄，登州（今屬山東蓬萊市）軍馬提轄（統轄軍旅，訓練校閱，督捕賊盜之事），綽號「病尉遲」，七十二地煞星之第三地勇星。孫立綽號「病尉遲」之「尉遲」，指的是隋唐名將尉遲敬德，尉遲敬德手使竹節鋼鞭，以勇武著稱，後人將他作為門神。稱孫立為病尉遲，是因為他面色泛黃呈病相，也使用竹節鋼鞭為兵器的緣故。

孫立原是登州兵馬提轄，精熟弓馬，武藝過人。他在弟弟孫新、弟婦顧大嫂的勸說下，為救解珍、解寶兄弟，同眾人一起聯手劫獄，救出了解家兄弟。解氏兄弟被救出後，大家於是一起上梁山入夥。梁山人馬攻打祝家莊時，孫立因和祝家莊教頭欒廷玉是同門師兄弟，因此便打著登州兵馬提轄的旗號混入祝家莊作內應，幫助宋江攻破了祝家莊。

上梁山後，孫立被封為梁山馬軍小彪將兼遠探出哨頭領十六員之第二名，排梁山頭領第三十九位。宋江人馬征討方臘凱旋後，孫立被封為武奕郎兼都統領，依然回登州任職。

地傑星醜郡馬宣贊

宣贊，東京（今河南開封市）人，綽號「醜郡馬」，七十二地煞星之第四地傑星。宣贊之所以得到「醜郡馬」的綽號，是因為他原在王府做郡馬，面如鍋底，鼻孔朝天，捲髮赤鬚，故被人稱為醜郡馬。

宣贊原任東京蔡京太師府衙門防禦保義使。保義，是宋代宮殿或軍政要所裡的一個職位不高的小使臣。宣贊是蔡京手下的一名武官，梁中書因為囚禁了河北玉麒麟盧俊義等人，宋江率領梁山好漢前來攻打大名府，梁中書被困，只得向蔡京告急。宣贊推舉大刀關勝領兵前往。蔡京和高俅奏稟宋徽宗後，派他與郝思文擔任大刀關勝的副將。進剿梁山時，呼延灼月夜賺關勝，宣贊、郝思文也被捉住，三人於是一起歸順了梁山。

梁山入夥後，宣贊任馬軍小彪將兼遠探出哨頭領十六員之第三名，排梁山頭領第四十位。征討方臘攻打蘇州時，宣贊與方貌手下驍將郭世廣鏖戰，彼此互傷，同死於飲馬橋下。

地雄星井木犴郝思文

郝思文，東京（今河南開封市）人，綽號「井木犴」，七十二地煞星之第五地雄星。郝思文稱「井木犴」，是因其母親夢見井木犴投胎而生下郝思文，故有此稱呼。「犴」，傳說中一種形似猛虎的怪獸。古時以二十八種動物與天上二十八宿及七曜（日、月、水、火、木、金、土）相配，二十八宿之井宿當木與犴相配，故稱「井木犴」。

郝思文與關勝為結義兄弟，通曉十八般武藝，關勝率兵圍剿梁山時，郝思文與宣贊都是副將。關勝被宋江用呼延灼假降的計謀捉拿，郝思文與宣贊前去相救也因此被捉，被捉後，隨關勝一同投降了梁山。

上梁山後，郝思文任山寨馬軍小彪將兼遠探出哨頭領十六員之第四名，排梁山頭領第四十一位。招安後，郝思文跟隨宋江率領的人馬征遼國，平田虎、王慶和方臘。宋江征討方臘攻打杭州城時，郝思文等人前去哨探，中了敵人的埋伏。郝思文正要舉刀迎戰之際，被敵方繩索套住，拖進城中斬首。

地威星百勝將韓滔

韓滔，東京（今河南開封市）人，綽號「百勝將軍」，七十二地煞星之第六地威星。韓滔人稱「百勝將」，「百勝」，攻無不克，戰無不勝之意，意謂韓滔智勇雙全，百戰百勝。

韓滔為陳州團練使，使一桿棗木槊。宋江兵馬攻破高唐州後，徽宗皇帝派呼延灼率領陳州團練使韓滔為正先鋒，征討梁山泊。呼延灼等與梁山人馬較量中，韓滔驅趕三千連環馬先行獲勝。梁山泊用湯隆計謀騙得金槍手徐寧上山。梁山人馬採用徐寧的鉤鐮槍法終於大破呼延灼的連環馬，韓滔因此被劉唐等人活捉。被捉後，韓滔見宋江待人忠厚，於是歸順了梁山。

上梁山後，韓滔任馬軍小彪將兼遠探出哨頭領十六員之第五名，排梁山好漢第四十二位。招安後，韓滔跟隨宋江率領的人馬征遼國，平田虎、王慶和方臘的叛亂。宋江征討方臘攻打常州城時，被方臘叛軍冷箭射殺。

地英星天目將彭玘

彭玘，東京（今河南開封）人，綽號「天目將」，七十二地煞星之第七地英星。彭玘綽號「天目將」之「天目」，是指佛教護法大自在天之目，大自在天住在第四禪天，三目，八臂，手執白鞭，有大威力。他有此綽號，恐怕意在表現他的武藝高強。

彭玘原是將門之子，為穎州（今屬安徽阜陽一帶）團練使，隨呼延灼征討梁山時任副先鋒，使一桿三尖兩刃四竅八環刀，騎一匹五明千里黃花馬。刀法精熟，武藝高強。與扈三娘交戰時輕敵，被扈三娘用紅錦套套住活捉，後歸降梁山。

梁山排座次時，彭玘被任命為梁山馬軍小彪將兼遠探出哨頭領十六員之第六名，與呼延灼、楊志、韓滔一起駐守梁山正北旱寨，排梁山頭領第四十三位。招安後，彭玘跟隨宋江率領的人馬征遼國、平田虎、王慶和方臘。宋江征討方臘時，彭玘死於方臘部下悍將張近仁的槍下。

地奇星聖水將單廷珪

單廷珪，凌州（今山東省陵縣）人，凌州團練使，綽號「聖水將軍」，七十二地煞星之第八地奇星。單廷珪善於用決水浸兵之法，淹灌降伏敵人，故被人稱為「聖水將軍」。

梁山兵馬收降大刀關勝並打破大名府後，大宋朝廷派凌州團練使單廷珪與魏定國領兵再打梁山。他奉命征剿來到凌州與宋江部下的關勝兵馬相見，初戰告捷，打敗了關勝並活捉了宣贊與郝思文。後來他派人押解宣贊與郝思文上東京的路途中，卻被李逵、焦挺、鮑旭三人在中途將宣贊與郝思文救下。單廷珪與關勝二人對陣，關勝略施小計，鬥不到五十回合掉頭就跑，單廷珪拍馬追趕，追了十餘里後，眼看就要追上，他舉槍便刺關勝後心。關勝此時頓起神威，用拖刀計將單廷珪拍於下馬，將其生擒活捉，迫使單廷珪歸降了梁山。單廷珪歸降梁山後，又勸降了神火將軍魏定國。

上梁山後，在梁山泊中與林冲、董平、魏定國把守梁山正西旱寨，任馬軍小彪將兼遠探出哨頭領十六員之第七位，排梁山頭領第四十四位。招安後，單廷珪跟隨宋江南征北戰，大破遼國後，又參加平田虎、滅王慶、征方臘。征討方臘時，單廷珪跟隨盧俊義攻打歙州（今安徽歙縣），因求功心切，掉進了敵人的陷坑，為伏兵長槍弓箭戳射而死。

地猛星神火將魏定國

魏定國，凌州（今山東省陵縣）人，綽號「神火將軍」，七十二地煞星之第九地猛星。魏定國原是凌州團練使，精熟火攻法，上陣專用火器取人，故人稱「神火將軍」。魏定國精熟火攻之法，在冷兵器時代，火攻是一種非常重要、使用頻繁的戰術。

魏定國與單廷珪一起奉旨攻打梁山。他們尚未出征，就被大刀關勝圍在凌州城裡，後退無路，不得已接受勸降，歸順了梁山。

上梁山後，魏定國任馬軍小彪將兼遠探出哨頭領十六員之第八位，排梁山頭領第四十五位。梁山被朝廷正式招安後，魏定國跟隨宋江率領的人馬征遼國，平田虎、王慶和方臘起義。征討方臘時，魏定國立功心切，與單廷珪雙雙死於歙州城的陷馬坑裡。

地文星聖手書生蕭讓

蕭讓，濟州（今屬山東巨野）人，綽號「聖手書生」，七十二地煞星之第十地文星。蕭讓原是秀才，著名書法家，善寫當時蘇、黃、米、蔡四種字體，亦能使槍弄棒，舞劍掄刀，故人稱「聖手書生」。「聖手」之「聖」，意為神巧多能。

宋江江州吟反詩後，吳用獻計讓戴宗請聖手書生蕭讓和善刻金石印記的玉臂匠金大堅到梁山偽造蔡京的文書，以救宋江。蕭讓於是被吳用設計騙上了梁山。

上梁山後，蕭讓任山寨掌管監造諸事十六頭領第一位，專管行文走檄調兵遣將，是梁山的文職將領，排梁山頭領第四十六位。

梁山後來接受了朝廷的招安，招安後，蕭讓跟隨宋江率領的人馬征遼國，平田虎和王慶。宋江率領梁山人馬征討方臘之際，蕭讓被蔡太師留於京城，未去前方征戰。後在太師府中做了門館先生。

地正星鐵面孔目裴宣

裴宣，京兆府（今屬陝西西安）人，綽號「鐵面孔目」。七十二地煞星之第十一地正星。裴宣原是薊州府六案孔目出身，為人正直，不徇私情，故人稱「鐵面孔目」。「鐵面孔目」之「孔目」，是管理文書檔案、檢點文字等瑣務的小官，但因身居上聞下達的要害地位，故常操生殺予奪之權。

裴宣極好刀筆（指打官司），亦會弄槍使棒，舞刀弄劍。因得罪了新任知府，被刺配沙門島。途經飲馬川時，被鄧飛、孟康救下，推舉為飲馬川寨主。戴宗、楊林在飲馬川與裴宣相會後，裴宣等就歸順了梁山。

上梁山後，裴宣任梁山掌管監造諸事十六頭領第二位，專管定功賞罰軍政司，排梁山頭領第四十七位。招安後，裴宣跟隨宋江率領的人馬征遼國，平田虎、王慶和方臘等。他一生專記人功過，鐵面無私，威望很高。征方臘還京後，被授武奕郎兼都統領。裴宣和楊林商議，兩人一起同回飲馬川，辭官求閒去了。

地闊星摩雲金翅歐鵬

歐鵬，黃州（今屬湖北省黃崗）人，綽號「摩雲金翅」，七十二地煞星之第十二地闊星。歐鵬綽號「摩雲金翅」之「金翅」，即金翅大鵬，為傳說中最大的鳥。金翅大鵬飛行時「高摩雲天」，佛教中視金翅大鵬為護法，故人們常用其比喻志向遠大之人。歐鵬是綠林好漢，因為名字中也有一「鵬」字，故有此綽號。

歐鵬原是守把大江軍戶，因惡了本官，逃走在江湖，後與蔣敬、馬麟、陶宗旺等人在黃門山落草為寇。歐鵬四人聽說宋江在江州吃了官司，正要來劫牢，但不得實信。後得知被梁山並眾多好漢相救，料想必從黃門山經過。果然在山下碰到宋江等人，便一同投奔了梁山。

上梁山後，歐鵬任梁山馬軍小彪將兼遠探出哨頭領十六員第九名，排梁山頭領第四十八位。歐鵬在征討方臘打歙州時，被方臘悍將龐萬春的連珠箭射中，陣亡。

地闔星火眼狻猊鄧飛

鄧飛，蓋天軍襄陽府（今屬湖北襄樊市）人，綽號「火眼狻猊」，七十二地煞星之第十三地闔星。狻猊是獅子的古稱，傳說牠是萬獸之尊，十分凶猛，鄧飛是英雄好漢，又「雙眼紅赤」，故江湖人稱「火眼狻猊」。

鄧飛是蓋天軍襄陽府人氏，善使鐵鍊，人皆近他不得。原為閒漢，飄蕩江湖，後與孟康在飲馬川落草為寇。劫獲受陷害被刺配沙門島的鐵面孔目裴宣，因其年長，擁他為寨主。後在飲馬川巧遇戴宗、楊林，兩人說起梁山事業，鄧飛便欣然嚮往，於是鄧飛和飲馬川寨主裴宣、孟康等人一起去了梁山。宋江兩打祝家莊時，鄧飛被祝家莊埋伏的撓鉤手提去，吳用使用雙掌連環計攻破祝家莊後，鄧飛方才獲救。

梁山入夥後，鄧飛任梁山馬軍小彪將兼遠探出哨頭領十六員之第十名，排梁山頭領第四十九位。招安後，征田虎進攻晉寧時，他一鍊將敵將姚約打死。征討方臘「宋江智取寧海軍」時，宋江等部領大隊人馬，直近北關門城下勒戰。城上石寶出馬來戰，宋軍中急先鋒索超揮起大斧，不打話飛奔出來，便與石寶相鬥。沒鬥到十個回合，石寶賣個破綻，回馬便走，索超前去追趕。大刀關勝急叫休去時，索超臉上已經著了一錘，結果被打下馬去。旁邊的鄧飛急忙趕去救應，不料石寶快馬趕到，鄧飛措手不及也被石寶一刀砍做兩段，陣亡。

地強星錦毛虎燕順

燕順，山東萊州（今屬山東省萊州市）人，綽號「錦毛虎」，七十二地煞星之第十四地強星。「錦毛虎」之「錦毛」，原指虎之皮毛色彩斑斕，燕順綽號「錦毛虎」，大概是由於他的長相，他生得「赤髮黃鬚雙眼圓，臂長腰闊氣沖天」，儼然有猛虎之威。

燕順原是羊馬販子，因消折了本錢流落綠林，和王英、鄭天壽等在清風山結寨為王。宋江與武松在瑞龍鎮分手後，去到清風山時被捉「錦毛虎」燕順、「矮腳虎」王英、「白面郎君」鄭天壽要殺宋江。宋江不禁仰天長嘆，說自己宋江竟喪身此地，燕順聽見「宋江」兩字，立即將宋江解下，跪地相拜，結為兄弟。宋江被清風寨劉高所捉，花榮、燕順等救下宋江後，眾人於是一起上了梁山。

上梁山後，燕順任梁山馬軍小彪將兼遠探出哨頭領十六員之第十一名，排梁山頭領第五十位。燕順在征討方臘攻打烏龍嶺時死於石寶的流星錘下。

地暗星錦豹子楊林

楊林，彰德府（今河南安陽市）人，綽號「錦豹子」，七十二地煞星之第十五地暗星。楊林綽號「錦豹子」，是因為他生得頭圓耳大，鼻直口方，眉秀目疏，腰細膀闊。錦是錦緞，是說楊林體貌出眾，豹子乃狀其勇健。

楊林原出沒綠林，後由戴宗薦上梁山。「神行太保」戴宗奉命下山打探消息時路過薊州，遇見江湖好漢「錦豹子」楊林。楊林要投奔梁山，便跟戴宗同行，在飲馬川楊林又說服了鄧飛等三人同上梁山入夥。宋江率領梁山兵馬一打祝家莊時，楊林和石秀兩人主動請纓前去探莊，但是扮成解魘法師（即算命先生）的楊林被擒。後病尉遲孫立和親戚家人顧大嫂、孫新、樂和等扮作登州的官軍打入祝家莊作內應，梁山人馬裡應外合，終於攻破祝家莊，解救了楊林。

梁山泊英雄排座次時，楊林任馬軍小彪將兼遠探出哨頭領十六員之第十五位，排梁山頭領第五十一位。宋江人馬征討方臘奏凱還朝之後，楊林被封為武奕郎兼都統領，但是他不願為官，與裴宣一起回飲馬川安度晚年。

地軸星轟天雷凌振

凌振，祖籍燕陵（今河北省磁縣西），綽號「轟天雷」，七十二地煞星之第十六地軸星。凌振是宋朝第一炮手，當時的火炮專家，他造的火炮能打十四五里遠，落處天崩地陷，山倒石裂，更兼凌振精通武藝，弓馬嫻熟，故得此綽號。

呼延灼攻打梁山時，請來轟天雷凌振。凌振善造火炮，用所造火炮轟擊梁山鴨嘴灘，大顯火炮神威。後吳用等人用計，將其誘到船上，阮小二在水中將其活捉，凌振於是歸降了梁山。

梁山排座次時，凌振任山寨掌管監造諸事頭領第十位，專管營造一應大小火炮，為山寨掌管監造諸事十六頭領之一，排梁山頭領第五十二位。宋江人馬征討方臘攻打杭州時，解珍解寶起獲方臘的解糧船。凌振等人將火藥藏於船內，混入城中，當夜二更時分，凌振取出九箱子母等炮，在吳山頂上放炮，軍威大振，遂攻下杭州。征討方臘奏凱還朝，凌振被封為武奕郎兼都統領，因凌振為非凡炮手，仍在火藥局御營任用。

地會星神算子蔣敬

蔣敬，潭州（今屬湖南長沙）人，綽號「神算子」，七十二地煞星之第十七地會星。蔣敬精通書算，即使數目多達千萬以上，他算出來的結果也絲毫不差，因此被稱為「神算子」。算子，即算盤，古代計算數目的工具。

蔣敬原為落科舉子，棄文就武，精通書算，頗有謀略，亦能布陣排兵。江州劫法場後，晁蓋宋江等人在回梁山的途中路過黃門山時，山上下來一群嘍囉攔住去路，要他們交出宋江。宋江聽到後立即下馬，那四位頭領一見，當即滾鞍下馬拜倒在地。這四人就是蔣敬、歐鵬、馬麟與陶宗旺，宋江將他們一一扶起。四人都有一身武藝，聽說宋江在江州有難，曾想去搭救，只是沒有成行。蔣敬等人立即請晁蓋等人上山，在黃門山上，眾好漢大擺宴席。宋江等說晁蓋義薄雲天，梁山事業興旺，蔣敬四人於是放火燒了山寨，帶領嘍囉一起歸順了梁山。

梁山泊英雄排座次時，蔣敬任山寨掌管監造諸事十六頭領之一，與柴進、李雲等共同掌管山寨的錢糧支出和預算，為梁山頭領第五十三位。宋江人馬征討方臘奏凱還朝之後，蔣敬被封為武奕郎兼都統領。蔣敬不願意為官，因思念故鄉，故辭去官職，回潭州做了一個普通的老百姓。

地佐星小溫侯呂方

呂方，潭州（今屬湖南長沙）人，綽號「小溫侯」，七十二地煞星之第十八地佐星。呂方因販生藥折了本錢，流落山東，占據對影山打家劫舍。出場時自我介紹說：「小人姓呂，名方，祖貫潭州人氏，平昔愛學呂布為人，因此習學這方天畫戟，人都喚小人做小溫侯呂方。」呂布為東漢名將，驍勇善戰，所向無敵，與司徒王允設計殺死奸臣董卓後，被封為溫侯。呂方刻意模仿呂布，且也有萬夫不擋之勇，因此被稱作「小溫侯」。

花榮等清風山救了宋江，去往梁山途中，走到對影山，見兩員少年壯士，都手拿方天畫戟，一隊人馬穿紅衣，另一隊人馬穿白衣，在路邊相打。那穿紅衣的就是「小溫侯」呂方，穿白衣的是「賽仁貴」郭盛，二人武藝不相上下。花榮見兩支戟上的絨條攪結在一起，於是引弓搭箭，將絨條射斷，兩人因此不再打鬥。二人與宋江等人相識後，就一起投奔了梁山。

梁山排座次時，呂方任守護中軍馬軍一驍將之首，排梁山頭領第五十四位。征討方臘攻打睦州烏龍嶺時，呂方與敵將白欽交戰，二人在馬上糾纏一處，雙雙連人帶馬跌下嶺去，死在一處。

地佑星賽仁貴郭盛

郭盛，西川（十五路之一，治所在今成都市）嘉陵人，綽號「賽仁貴」，七十二地煞星之第十九地佑星。郭盛綽號「賽仁貴」之「仁貴」，指薛仁貴。薛仁貴是唐朝初年的名將，驍勇善戰，穿白袍，手持方天畫戟，腰配兩弓，所向披靡；郭盛也身穿白色戰袍，善用方天畫戟，故人稱「賽仁貴」，意思是賽得過唐朝的薛仁貴。郭盛因販水銀在河中翻了船，流落江湖。

呂方在對影山落草為寇，郭盛要奪其山寨。兩人於是在山下大戰起來，鬥到三十餘合，仍不分勝敗，此時兩人所使武器方天畫戟卻攪在一起，無法分開，恰被宋江、花榮等人在去往梁山的途中撞見，花榮一箭射開纏繞的絨條，雙方彼此相識，因仰慕宋江為人，於是隨同眾人一起上了梁山。

上梁山後，郭盛為山寨守護中軍馬軍一驍將之末，排梁山頭領第五十五位。征討方臘打烏龍嶺時，郭盛被南軍滾石砸中，當場陣亡。

地靈星神醫安道全

安道全，南京建康府（今南京市）人，綽號「神醫」，七十二地煞星之第二十地靈星。安道全醫術高明，又被稱為「當世華佗」，所以綽號「神醫」。

宋江率兵攻打大名府時背上生瘡，病勢沉重，便回師梁山泊。浪裡白條張順說建康府有一神醫，可治此病。吳用讓張順帶百兩黃金去請神醫安道全，可安道全因迷戀娼妓李巧奴，遲遲不願隨張順去梁山。張順偶然見到李巧奴與搶劫過他的截江鬼張旺來往，一氣之下便殺了鴇婆和巧奴全家，並且在牆上寫下「殺人者安道全」，安道全無奈之下，只得跟隨張順上了梁山，治好了宋江的病。

張順請安道全上梁山入夥後，為山寨掌管監造諸事十六頭領之第八名，專治內外科疾病。排梁山頭領第五十六位。安道全到梁山後，隨軍出診，救活了梁山許多好漢。在梁山一百零八條好漢中，他的職責是行醫治病，救死扶傷。宋江率軍征討方臘攻打杭州時，皇帝「乍感小疾」，詔安道全進宮治病，結果導致以後梁山好漢因未能及時救治而傷亡嚴重。剿滅方臘後，安道全被委任為「太醫院金紫醫官」。

地獸星紫髯伯皇甫端

皇甫端，幽州（今在北京大興縣）人氏，綽號「紫髯伯」，七十二地煞星之第二十一地獸星。張清向宋江舉薦他時介紹說：「此人善能相馬，知得頭口寒暑病症。下藥用針，無不痊可。真有伯樂之才。原是幽州人氏。為他碧眼黃鬚，貌若番人，以此人稱為紫髯伯。」

皇甫端原是東昌府城內著名的獸醫，同沒羽箭張清是好友。宋江攻下東昌府，張清投降梁山，又向宋江推薦了獸醫皇甫端，皇甫端隨後也因此歸順了梁山。皇甫端的專業對梁山很重要，診治馬病，手到病除。

上梁山後，皇甫端任山寨掌管監造諸事第七位頭領，專醫一應馬匹，為山寨掌管監造諸事十六頭領之一，排梁山頭領第五十七位。皇甫端的到來，使梁山馬軍更加強壯。宋江率領梁山人馬欲征討方臘時，皇甫端被留在京城，駕前聽用，做了御馬監大使。

地微星矮腳虎王英

王英，祖貫兩淮（今屬安徽）人氏，綽號「矮腳虎」，七十二地煞星之第二十二地微星。王英原係車家（造車之家）出身，五短身材，卻有一身好武藝，故江湖好漢稱他為「矮腳虎」。

王英因搶劫客商事發被抓，後越獄上清風山，與燕順、鄭天壽結夥。宋江在清風山被捉，得與王英相識。王英劫得清風寨劉知寨妻子，欲留為壓寨夫人，被宋江勸止。花榮等大鬧清風寨後，王英因佩服宋江為人因而歸順了梁山。梁山宋江率兵攻打祝家莊，扈家莊女將一丈青扈三娘與王英交戰，王英好色輕敵，被扈三娘活捉。後來吳用使用雙掌連環計內外夾攻，攻克祝家莊。梁山攻克祝家莊後，宋江主婚將被林冲活捉的扈三娘嫁與王英。

梁山排座次時，王英任山寨專管三軍內探事馬軍二頭領之首，與妻扈三娘同為梁山專掌三軍內探事馬軍頭領，排梁山第五十八條好漢。征討方臘打睦州時，王英被方臘部下將領鄭彪一槍挑死。

地慧星一丈青扈三娘

扈三娘，鄆州（今屬山東）扈家莊人，綽號「一丈青」，七十二地煞星之第二十三地慧星。「一丈青」，本來是用來形容高個子大漢，謂有一丈高的身材。青是黑色，個子高而黑，故稱「一丈青」。不過，扈三娘卻是個美貌女子，用此稱號意在突出她的英武之氣，並無醜化之意。

「一丈青」扈三娘是梁山第一女將，是梁山三位女傑中最漂亮、武藝最高強的一位。使兩口日月雙刀。她的雙刀使得神出鬼沒，更有用繩套的絕技，陣前用繩套捉人十分厲害。

扈三娘原是鄆州扈家莊扈莊主之女，自幼與祝家莊莊主之子祝彪定親。宋江攻打祝家莊時，扈三娘首戰便捉了「矮腳虎」王英。扈三娘是《水滸傳》中唯一美麗的女英雄，作者毫不吝惜地展示了她的美麗。「宋江兵打北京城，關勝議取梁山泊」中，扈三娘迎戰北京大將李成，一出場便有詞贊其美：「玉雪肌膚，芙蓉模樣，有天然標格。金鎧輝煌鱗甲動，銀滲紅羅抹額。玉手纖纖，雙持寶刃，恁英雄烜赫。眼溜秋波，萬種妖嬈堪摘。」「一丈青扈三娘武藝出眾，巾幗不讓鬚眉。祝家莊一戰中，扈三娘表現得十分勇猛，「矮腳虎」王英被她輕而易舉地活捉過去，要不是遇上林冲這樣的好漢恐怕真是很難打敗她。扈三娘被林冲活捉後，由宋江主婚，嫁與王英。「高太尉大興三路兵，呼延灼擺布連環馬」是扈三娘上梁山後的初戰，且看陣容：第一陣秦明、二陣林冲、三陣花榮、四陣扈三娘、五陣孫立。她是唯一出陣的女將，對手是大將彭玘，結果一戰即被扈三娘活捉。後來又活捉了郝思文、董平，雖然不是她一個人的功勞，但她也是其中主要的戰將。在其後的征戰之中，如北京大戰李成、破遼國混天象陣中的太陰陣等，都顯出她是一個十分了得的女將領。

扈三娘上梁山後，任梁山專掌三軍內探事馬軍頭領二員之一，另一位是其丈夫王英，排梁山頭領第五十九位。征討方臘，其夫王英被南軍將領鄭彪一槍挑死，扈三娘急去救應，結果不幸被鄭彪擲來的鍍金銅錘打中面門，陣亡。

地暴星喪門神鮑旭

鮑旭，寇州（今山東省冠縣）人，綽號「喪門神」，七十二地煞星之第二十四地暴星。喪門神，舊時星象家以喪門神為凶煞神之一，主死喪哭泣等事，鮑旭臉如鍋鐵，雙眼暴突，平生性嗜殺人，故稱「喪門神」。

鮑旭，原來是寇州枯樹山頭領，他在枯樹山做強盜時，也是一名英雄，很有本事，在河北、山東一帶很有名氣。「沒面目」焦挺和「黑旋風」李逵在路途中相識後，他們一起上枯樹山說服鮑旭上梁山入夥。隨後，他們搭救了被凌州守將抓住的宣贊和郝思文，又一起從背後攻破凌州城，有力地支援了關勝招降水火二將（「聖水將軍」單廷珪和「神火將軍」魏定國）的行動。

鮑旭上梁山後，被封十七員步軍將校第二名，是梁山第六十條好漢。後來接受朝廷的招安，他跟隨宋江南征北戰，多次立下戰功。在征討方臘時，宋江的兵馬攻打杭州，鮑旭見劉唐等將領紛紛陣亡，於是憤然隨李逵等合力攻城，但因誤中敵計，被石寶一刀劈成兩段，當場陣亡。

地然星混世魔王樊瑞

樊瑞，祖籍濮州（在今河南濮陽），綽號「混世魔王」，七十二地煞星之第二十五地然星。樊瑞幼年做全真（道教的一個派別）先生，頭散青絲細髮，身著絨繡皂袍，馬上慣使流星錘，會使神術妖法，能呼風喚雨，且擅長用兵，十分厲害，故被稱「混世魔王」。在徐州（今屬江蘇）沛縣芒碭山結寨落草。

樊瑞夥同八臂哪吒項充，飛天大聖李袞在芒碭山占山為王，會使魔法和飛刀、標槍，根本不把梁山泊放在眼裡。史進剛上梁山，立功心切，帶領少華山本部人馬先去征討，險些被飛刀所傷。宋江大軍到來，公孫勝用石頭陣逼項充、李袞等落入陷坑，活捉了項充、李袞，降服了樊瑞。

樊瑞歸順梁山後，做了十七員步軍將校頭一名，排梁山好漢第六十一位。宋江人馬征討方臘奏凱還朝之後，樊瑞被封為武奕郎兼都統領，但他不願為官，辭去官職做全真先生，雲遊江湖，投公孫勝出家，拜在羅真人門下，善終。

地猖星毛頭星孔明

孔明，青州（今山東省益都縣）人，綽號「毛頭星」，七十二地煞星之第二十六位地猖星。孔亮之兄。小說中有詩歌讚道：「性剛智勇身形異，綽號毛頭是孔明。」毛頭星是個星名，俗稱掃帚星，古代稱之為「妖星」，主刀兵，它一旦出現就會有刀兵之災，孔明有此綽號足可看出他的凶殘。

孔明是白虎山下孔太公的兒子。孔明、孔亮因和本鄉一個財主發生爭吵，於是殺了財主，去白虎山占山為王、打家劫舍。叔叔孔賓在青州（今屬山東）城被慕容知府捉住，關在監獄。孔明、孔亮點起人馬殺向青州去解救叔叔，正好撞著被梁山打敗的呼延灼，孔明武藝不精，被呼延灼活捉。後來宋江人馬同二龍山、桃花山、白虎山三山人馬攻下青州，救出了孔明。

「三山聚義打青州」後，孔明投奔梁山，被封為山寨守護中軍步軍二驍將之首，排梁山第一百零八位將領之第六十二位。最後病亡於征討方臘的路上。

地狂星獨火星孔亮

孔亮，白虎山孔家莊（今在山東省益都縣）人，綽號「獨火星」，七十二地煞星之第二十七地狂星。「獨火星」，字面含義即「孤獨的火星」，其實就是火星。火星在古代人們的心目中是一顆災星，書中介紹說孔亮被稱為「獨火星」，正是「因他性急，好與人廝鬧」，所以「到處叫他獨火星」。

孔亮是孔太公次子，孔亮與其兄孔明，二人均好習槍棒，殺本村財主後占據白虎山落草。青州慕容知府在攻打青州時捉其叔孔賓並下在獄中，兄弟二人一起前往解救，路上遇見呼延灼軍馬，孔明反被呼延灼所捉。孔亮於是前往二龍山武松、魯智深處求救，魯智深聚集三山人馬攻打青州，又讓孔亮去求救梁山泊，終與宋江所領兵馬一起打下了青州。

「三山聚義打青州」後，孔亮與哥哥孔明一起上了梁山。在梁山，孔亮任梁山守護中軍步軍二驍將之一，位在哥哥孔明之後，排梁山頭領第六十三位。征方臘時，「宋公明蘇州大會垓」，梁山水軍去攻取崑山，獨火星孔亮因為不識水性，落水被淹死。

地飛星八臂哪吒項充

項充，沛縣（今江蘇沛縣）人，綽號「八臂哪吒」，七十二地煞星之第二十八位地飛星。項充綽號叫做「八臂哪吒」，是因為他左手使一面盾牌，牌上插飛刀二十四把，右手中使一口鐵標槍。哪吒是傳說中的托塔天王李靖的三太子，腳踏風火輪，手拿乾坤圈，法力無比。項充善於使用飛刀，「百步取人，無有不中」，又使用標槍，故得「八臂哪吒」的美稱。

項充原和樊瑞結夥在徐州芒碭山占山為王。梁山人馬攻打芒碭山時，公孫勝用法術破了項充的妖法，將其活捉，項充於是歸降了梁山。

上梁山後，項充被任命為山寨十七員步軍將校的第三名，為梁山第六十四位頭領。征討方臘打睦州時，宋江兵馬曾被殺散，而宋軍陣內李逵、項充、李袞三人見了鄭魔君、鄭彪，便舞起飛刀、標槍、板斧，一齊衝殺了過去，鄭魔君迎敵不過，越嶺渡溪而走。項充三人不識路徑，死命趕過溪去，緊追鄭彪。忽然小溪的西岸邊沖出三千軍來，截斷宋江兵。項充急回時，被岸邊兩將攔住，叫李逵、李袞時，二人已過溪趕鄭彪去了。李袞不慎一跤跌翻在深深的溪澗裡，被方臘叛軍亂箭射死。項充急鑽下岸來，又被繩索絆翻，剛待掙扎，便被方臘軍士砍殺。

地走星飛天大聖李袞

李袞，芒碭山（實在今河南永城縣，小說謂在徐州）頭領之一，綽號「飛天大聖」，七十二地煞星之第二十九地走星。李袞綽號「飛天大聖」之「飛天」，意指空中飛舞的天神；大聖，佛教中稱佛和高位菩薩。李袞一手使一面盾牌，牌上插標槍二十四根，百步取人，無有不中，另一手使一把寶劍，勇猛非凡。稱其為「飛天大聖」，是形容他神通廣大。

李袞原是樊端、項充的同夥，在徐州城外芒碭山占山為王。梁山人馬攻打芒碭山時，他被公孫勝用石頭陣法誘入陷坑被捉，隨後歸降了梁山。排座次時，李袞任梁山十七員步軍將校頭領第四名，排梁山頭領第六十五位。征討方臘攻打睦州（今屬浙江省建德縣）時，李袞跌倒在溪澗中，被方臘軍亂箭射中身亡。

地巧星玉臂匠金大堅

金大堅，中原濟州（今屬山東省巨野縣）人氏，綽號「玉臂匠」，七十二地煞星之第三十地巧星。金大堅，著名金石雕刻家，善刻當時的蘇、黃、米、蔡四種字體，「玉臂」的字面意思，就是說他有一雙刻玉石的手臂。因為他擅長玉石圖書印記雕刻，是個玉雕好手，故人稱「玉臂匠」。金大堅亦會槍棒。

宋江被捉關在江州，吳用獻計，把「聖手書生」蕭讓和「玉臂匠」金大堅請上梁山，金大堅刻了蔡京的假印，用來騙蔡九。所刻圖章是蔡京的名諱圖章，哪有老子給兒子寫信，蓋自己名諱圖章的呢？吳用之計有破綻，結果被黃文炳看破，險些斷送宋江、戴宗的性命。後來幸虧吳用等人及時發現，晁蓋率領梁山大批人馬趕赴江州，才救出宋江、戴宗。

上梁山後，金大堅任山寨掌管監造諸事頭領第五位，為掌管監造諸事十六頭領之一，同蕭讓一起，專造一應兵符印信，都是梁山文職將領，排梁山頭領第六十六位。宋江率領梁山人馬出發征討方臘時，金大堅被聖旨召回御前聽用，金大堅在內府御寶監為官，成了皇帝的近臣。

地明星鐵笛仙馬麟

馬麟，祖籍建康（今屬江蘇省南京市）人氏，綽號「鐵笛仙」，七十二地煞星之第三十一地明星。馬麟嗜好笛子，並且在戰場上以笛子為號，故江湖人稱「鐵笛仙」。

馬麟原是「小番子閒漢」出身，武藝高強，使一口大滾刀，刀法精熟，百十人近他不得。宋江因潯陽樓寫反詩被捉，後經晁蓋率領的梁山將領和黑旋風李逵等人劫了法場，方才救出了宋江、戴宗。救出宋江、戴宗後，又打破無為軍，活捉了黃文炳。晁蓋、宋江等人在回梁山的途中路過黃門山時，山上下來一群嘍囉攔住去路，要他們交出宋江。宋江聽到後立即下馬，那四位頭領一見當即滾鞍下馬都拜倒在地。原來他們就是馬麟、蔣敬、歐鵬與陶宗旺四人。宋江將他們一一扶起，他們都有一身武藝，聽說宋江在江州有難，都曾想去搭救，只是沒有成行。馬麟等人立即請晁蓋等人上山，眾好漢在黃門山上大擺宴席。宋江等說起晁蓋哥哥義薄雲天，梁山事業興旺，馬麟四人放火燒了山寨，帶領嘍囉也一起歸順了梁山。

梁山泊頭領排座次時，馬麟為馬軍小彪將兼遠探出哨頭領十員之第十二名，排梁山頭領第六十七位。征討方臘攻打烏龍嶺時，馬麟被白欽一標槍打下，石寶趕上復一刀，剁成兩段。

地進星出洞蛟童威

童威，潯陽江邊（今屬江西九江）人，綽號「出洞蛟」，七十二地煞星之第三十二地進星。蛟是傳說中的一種無角的龍，生活在水裡，十分凶猛。童威生活在潯陽江邊，水性很好，伏水駕船的技術很不錯，如出洞的蛟龍一般勇猛，因而得此諢名。

童威與弟童猛原來在潯陽江上販賣私鹽，投奔在混江龍李俊家安身。宋江被李立用藥麻倒，幸虧被李俊救下。陪同李立前來救助的童威弟兄也因此得與宋江結識。宋江潯陽江上遇到張橫，險遭不測之時，幸得李俊與童威弟兄解救。後宋江酒醉在潯陽樓上題反詩，被判處死刑。晁蓋率領梁山將領打劫法場將宋江、戴宗救下，「黑旋風」李逵揮動兩把板斧，眾人隨其殺入白龍廟。其時，前有潯陽江阻攔，後有官兵追趕，形勢危急。童威兄弟和李立、張橫等人駕駛大船前來營救，眾人大喜，於是在白龍廟小結義。隨後打破無為軍，活捉黃文炳，童威兄弟也隨著一起上了梁山。

上梁山後，童威和阮小五一同駐守梁山東北水寨，任梁山四寨水軍頭領第七位，為梁山四寨水軍八頭領之一，排梁山頭領第六十八位。征討方臘返回時，他因不願做官，和李俊一起，從太倉港乘船去了暹羅國。

地退星翻江蜃童猛

童猛，潯陽江邊（今屬江西九江）人，綽號「翻江蜃」，七十二地煞星之第三十三地退星。童猛是童威的弟弟，兄弟二人曾一起在潯陽江上販賣私鹽，後投奔李俊。他水性極好，人稱「翻江蜃」。蜃是大蛤蜊，棲息水中，翻江蜃肯定是隻大蛤蜊，極有威力。童猛有此諢號，是因為他有翻江倒海的能耐。

江州劫法場後，眾人在白龍廟小聚義。打破無為軍，活捉黃文炳後，童猛與其兄一同上梁山入夥。上梁山後，童猛任四寨水軍頭領第八位，與阮小七一同駐守梁山西北水寨，為四寨水軍八頭領之一，排梁山頭領第六十九位。征討方臘回歸後，童猛不願做官，與李俊等人一起從太倉港乘船去了暹羅國。

地滿星玉幡竿孟康

孟康，祖籍真定州（今屬河北正定縣）人氏，綽號「玉幡竿」，七十二地煞星之第三十四地滿星。孟康長得人高馬大，又極白淨，故人稱「玉幡竿」。「幡竿」即旗杆，比喻身材高大；「玉」表示白，玉幡竿形容孟康膚色白淨，十分貼切。

孟康善於製造大小船隻，因押運花石綱，孟康奉命造大船，被負責的提調官欺侮，一氣之下殺了提調官，因而棄家逃亡江湖，安身飲馬川，跟隨鄧飛、裴宣。戴宗、楊林路過飲馬川時，鄧飛、孟康想要劫財，認出是楊林，便一同歸順了梁山。

上梁山入夥後，孟康任山寨掌管監造諸事頭領之第四位，為山寨掌管監造諸事十六頭領之一，專管監造大小戰船，排梁山頭領第七十位。孟康在征討方臘攻打烏龍嶺時中了火炮，當即陣亡。

地遂星通臂猿侯健

侯健，祖居洪都（在今江西南昌），綽號「通臂猿」，七十二地煞星之第三十五地遂星。侯健裁縫出身，做得一手裁縫好活，飛針走線，技藝高超。亦好使槍棒，曾拜薛永為師。因長得黑瘦輕捷，故人喚「通臂猿」。

宋江智取無為軍捉拿黃文炳時，「通臂猿」侯健正在黃文炳家做衣服，他與「病大蟲」薛永一起做內應，殺了黃文炳一家後，上梁山入夥。

上梁山後，侯健負責製作旌旗袍襖等軍服，任山寨掌管監造諸事頭領第七位，為山寨掌管監造諸事十六頭領之一，排梁山頭領第七十一位。

征討方臘時，盧俊義分兵歙州道。阮小七和張橫、侯健、段景住帶領水手，在海邊找到船隻，望錢塘江駛來。不料風水不順，船隻被風捲進海中，他們拚命想把船穩住，結果船還是被風浪打破，眾人落水後，各自逃生，四散去了。侯健和段景住兩人則因不識水性，被淹死海中。

地周星跳澗虎陳達

陳達，鄴城（今屬河北臨漳縣）人，綽號「跳澗虎」，七十二地煞星之第三十六地周星。陳達，體魄強健，生性粗魯，使一條「出白點鋼槍」，江湖人稱「跳澗虎」。宋朝韓世忠武藝高強，年輕時就曾經練習騎馬跳澗等功夫，當時人稱他為「跳澗虎」。陳達有此諢號，也是因為他騎術高超，是個騎馬能手。

陳達同朱武、楊春在少華山落草為寇，為少華山三頭領之一。陳達與朱武、楊春攻打史家莊時，陳達被史進活捉，朱武、楊春請史進將他們三個頭領一同送官治罪。史進見他們義氣深重，便放了陳達。陳達同史進一起，在梁山軍馬鬧華州時歸順了梁山。

梁山排座次時，陳達任梁山馬軍小彪將兼遠探出哨頭領十六員之第十三名，排梁山頭領第七十二位。征討方臘至昱嶺關時，陳達被亂箭射中，陣亡。

地隱星白花蛇楊春

楊春，蒲州（今屬山西）解良縣人，綽號「白花蛇」，七十二地煞星之第三十七地隱星。楊春，武藝精熟，少華山三頭領之一。書中有詩讚他說：「腰長臂瘦力堪誇，到處刀鋒亂撒花。鼎立華山真好漢，江湖名播白花蛇。」楊春手使一口大桿刀，揮舞起來，但見刀光白晃晃如蛇，因此稱之為「白花蛇」。一說白花蛇劇毒，嚙人必死，楊春上陣作戰，對敵活像白花蛇一樣厲害，因而有此諢號。

楊春同朱武、陳達在少華山落草為寇，因為擔心官兵前來捕捉，山寨裡錢糧欠缺，於是計畫去周圍州縣借糧。跳澗虎陳達率領手下一百四五十個小嘍囉欲去華陰縣借糧，於是先去攻打史家莊，因去華陰縣必須得路過史家莊。不料史家莊少莊主史進武藝高強，陳達反被打敗活捉，並被史進綁在莊內庭心柱子上。陳達手下的小嘍囉逃歸山寨後，將情況報知了另外兩位頭領朱武和楊春。「神機軍師」朱武知道史進英雄了得，不得已和楊春定下苦計，一造成史家莊搭救陳達。他們不帶兵馬步行來到莊前，雙雙跪下兩眼含淚，求史進綁送官府，告知史進說：「小人等三個，累被官司逼迫，不得已上山落草。當初發願道：『不求同日生，只願同日死。』雖不及關、張、劉備的義氣，其心則同。今日小弟陳達不聽好言，誤犯虎威，已被英雄擒捉在貴莊，無計懇求。今來一徑就死。望英雄將我三人，一發解官請賞，誓不皺眉。我等就英雄手內請死，並無怨心。」

史進被他們的義氣所感動，當即放了陳達，並置酒設席，款待他們三人。「神機軍師」朱武三人回山之後，過了不久，親送三十兩金子到史進莊上以報答不殺之恩。史進礙於情面只好收下，於是置酒款待小嘍囉，並賞了些銀兩讓他們回山。從此以後，史進和少華山的聯繫日趨緊密，今日送珠寶，明日送衣物，四人之間的兄弟情誼也更加濃厚。一日，史進的親隨名叫王四的，給少華山送禮物歸來途中，酒醉睡倒在林子裡，正好被捕兔獵戶李吉撞見，李吉偷走了王四身上的銀兩和那封朱武給史進的回信。王四酒醒之後，怕史進怪罪竟不說出真相，反瞞著史進說沒有回信。朱武、史進等人飲酒聚會時，華陰縣官得到李吉舉報後，率領官兵前來捕捉。朱武三人跪下請史進將三人綁縛交出後以逃脫干係，史進不肯，必要以好漢待之。朱武、陳達和楊春於是幫助史進打敗了追捕的官兵，並殺了王四、李吉，火燒了史家莊，然後帶著金銀細軟，和手下莊戶投奔了少華山。宋江帶人馬大鬧西嶽華州後，楊春等人一起上梁山入夥。

上梁山後，楊春任梁山馬軍小彪將兼遠探出哨頭領十六員之第十四名，排梁山頭領第七十三位。征討方臘時，楊春在昱嶺關下被亂箭射殺。

地異星白面郎君鄭天壽

鄭天壽，浙西蘇州人氏，綽號「白面郎君」，七十二地煞星之第三十八地異星。鄭天壽人喚白面郎君，是因他生得白淨俊俏，故得此稱。

鄭天壽原是打做銀飾的銀匠，自小喜歡槍棒，流落江湖。鄭天壽路過清風山時，和「矮腳虎」王英鬥了五六十合，不分勝敗，結果燕順見他功夫好，便留他上山，坐上了第三把交椅，清風山捉宋江時彼此相識。宋江被清風寨劉高陷害關押，鄭天壽等與花榮一起救了宋江，上了梁山。

上梁山後，鄭天壽任梁山步軍將校十七員之第九位，排梁山頭領第七十四位。鄭天壽跟隨盧俊義征討方臘攻打宣州時，被城上飛下的磨扇（石磨）打中，身亡。

地理星九尾龜陶宗旺

陶宗旺，祖籍光州（今屬河南潢川縣）人氏，綽號「九尾龜」，七十二地煞星之三十九地理星。九尾龜，是傳說中的神龜，力大無窮，用「九尾龜」稱呼陶宗旺，意在形容他的身強力壯。

陶宗旺原是莊家田戶出身，習慣使一把鐵鍬，有的是力氣，也能使槍掄刀。宋江江州法場被救後，答應天王晁蓋上梁山一起入夥聚義，就在晁蓋宋江等人在回梁山的途中路過黃門山時，山上下來一群嘍囉攔住去路，要他們交出宋江。宋江聽到後立即下馬，那四位頭領一見當即滾鞍下馬都拜倒在地。原來他們就是蔣敬、歐鵬、馬麟與陶宗旺四人。宋江將他們一一扶起，原來他們都有一身武藝，聽說宋江在江州有難，都曾想去搭救，只是沒有去成。陶宗旺等人請晁蓋等人上山，眾好漢在黃門山上大擺宴席。宋江等說起晁蓋哥哥義薄雲天，梁山事業興旺，陶宗旺四人便放火燒了山寨，帶領嘍囉一起上了梁山。

上梁山之後，陶宗旺負責建造梁山泊城垣等事宜，為掌管監造諸授事十六頭領之第十五位。梁山泊排座次時排梁山頭領第七十五位。征討方臘打潤州時，陶宗旺中箭，馬踏身亡。

地俊星鐵扇子宋清

宋清，鄆城縣宋家村（今屬山東省）人，綽號「鐵扇子」，七十二地煞星中名列第四十位的地俊星。宋清的綽號「鐵扇子」來歷不詳。「鐵扇子」是一種兵器，也許宋清善使鐵扇，故有此號。

宋清是宋江胞弟，與在江湖闖蕩的哥哥宋江不同，宋清陪伴著父親宋太公在家務農，在村中過著田園生活。宋江題反詩在江州法場被梁山解救後，因怕官府捉拿父親和弟弟，便連夜下山去宋家村接宋太公和宋清。宋江剛回到村口，就被人發現，結果險些被縣裡差遣的都頭趙得、趙能拿獲。幸虧被吳用派去的李逵、劉唐、石勇、李立等人相救，於是梁山眾多好漢，請宋江父親宋太公和弟弟宋清上了梁山。

上梁山後，宋清排梁山第七十六條好漢，為山寨監造諸事十六頭領之一，在梁山一百單八條好漢中，宋清專管指揮手下人員排設宴席。宋清辦事有條有理，是個稱職的後勤管理人員。宋江等蕩平方臘凱旋後，宋清被封為武奕郎，但他不願意為官，在家閒居。

地樂星鐵叫子樂和

樂和，祖籍茅州（在今山東金鄉縣），綽號「鐵叫子」，七十二地煞星之第四十一地樂星。樂和先祖摯家定居登州，他原是登州城裡看守監獄的小牢子。世人以木、竹、牙、骨之類為叫子，吹之，能發出各種聲音。樂和通曉諸般樂器，他聰明伶俐，各種樂曲，一學便會，又有一副好嗓音，故人稱「鐵叫子」，他不僅會樂器，亦會槍棒。

樂和的姐姐嫁給孫立為妻，他借姐夫臉面做了牢子。解珍、解寶兄弟被毛太公陷害，打入登州城牢裡，樂和聯繫孫立、孫新、顧大嫂等打破牢籠，救了解家兄弟，然後一同上了梁山。

上梁山後，樂和做了軍中走報機密步軍頭領第一員，為山寨走報機密四頭領之一，排梁山頭領第七十七位。後來跟隨宋江兩贏童貫、三敗高俅後，高俅被捉上了梁山答應給梁山傳達招安的意願，於是宋江便派遣樂和與蕭讓一同進京見皇上。但是回到東京後，高俅食言，把樂和等軟禁其府邸，幸虧後來梁山派人將其救出。宋江等透過李師師的關係，再派浪子燕青向徽宗皇帝傳達梁山不反對宋室王族而渴望朝廷招安的意願，最後，終於得到了朝廷的正式招安。招安後樂和追隨宋江參加了征討遼國和平定田虎、王慶的戰爭，也立下了戰功。宋江征討方臘正要出征之際，樂和被王都尉指名要走，留守京都，善終。

地捷星花項虎龔旺

龔旺，彰德府（今河南省安陽市）人，綽號「花項虎」，為七十二地煞星之第四十二地捷星。龔旺渾身刺有虎斑，脖項刺有虎頭，故被稱為「花項虎」。

龔旺原來是東昌府沒羽箭張清手下的一員副將，在馬上會使飛槍。攻打東昌府時，盧俊義被張清和龔旺、丁得孫打敗，於是派人向宋江求援，宋江因率部下也來攻打東昌府。宋江到後，梁山義軍力量大增，再次攻打東昌府時，龔旺和丁得孫出陣，與林冲、花榮廝殺，結果被林冲、花榮活捉，在宋江義氣的感召下歸降了梁山。

上梁山後，龔旺為梁山步軍將校一十七員之十四名，排梁山頭領第七十八位。征討方臘時，「花項虎」龔旺馬陷溪中，被敵軍亂槍戳死。

地速星中箭虎丁得孫

丁得孫，彰德府（今河南省安陽市）人，綽號「中箭虎」，七十二地煞星之第四十三地速星。丁得孫是張清手下的一員副將，面頰及全身都有疤痕，會在馬上使飛叉。因為他身經百戰，傷痕纍纍，但是仍不失英雄本色，故稱「中箭虎」。此諢號也可以表明他的勇猛，因為受傷之虎會更加凶猛，這也是成語「困獸猶鬥」的涵義。

盧俊義攻打東昌府時，張清與梁山人馬交戰，丁得孫被燕青一箭射中馬蹄，摔下馬去，被呂方、郭盛活捉，投降了梁山。

歸降梁山後，丁得孫任梁山山寨步軍將校十七員之第十五名，排梁山頭領第七十九位。征討方臘時，丁得孫行軍途中被毒蛇咬傷致死。

地鎮星小遮攔穆春

穆春，潯陽（今江西九江）人，綽號「小遮攔」，七十二地煞星之第四十四地鎮星。穆春，穆弘的弟弟，哥哥穆弘綽號「沒遮攔」，所以他被稱為「小遮攔」。「小遮攔」之「遮攔」仍是沒遮攔之意。沒遮攔，乃山東方言，毫無約束之意。兄弟二人原是潯陽江邊揭陽鎮上的富戶子弟，當地一霸，無所顧忌，誰也攔不住。

宋江發配路過潯陽時，曾遭他們追殺，多虧李俊等相救。穆春兄弟從此認識了宋江。梁山好漢大鬧江州劫法場救了宋江、戴宗後，穆春兄弟上梁山。

梁山排座次時，穆春任梁山步軍將校十七員之第七名，排梁山頭領第八十位。招安後，穆春跟隨宋江率領的人馬征遼國，平田虎、王慶和方臘。宋江人馬征討方臘奏凱還朝之後，穆春被封為武奕郎兼都統領，但是穆春不願意為官，因此將官職辭去，回家鄉揭陽鎮做了普通老百姓。

地稽星操刀鬼曹正

曹正，開封府（今屬河南）人，綽號「操刀鬼」，七十二地煞星之第四十五地稽星。「操刀鬼」是曹正的綽號，關於此綽號的來歷，出場時他自己作過解釋，說：「小人原是開封府人氏，乃是八十萬禁軍都教頭林冲的徒弟，姓曹名正，祖代屠戶出身。小人殺得好牲口，挑筋剮骨，開剝推剝，只此被人喚做操刀鬼曹正。」意思是說因他殺豬剝牛手法極好，故被人稱為「操刀鬼」。

曹正因替財主做生意賠了本錢，故而流落山東，入贅黃泥崗附近一農家為婿。楊志在黃泥崗被劫了生辰綱，走到曹正的酒店吃酒無錢付帳，與曹正打後相識，真是不打不相識。楊志投靠二龍山，在山下得與魯智深相識。曹正用計將楊志、魯智深送上二龍山，魯智深殺了山主鄧龍，和楊志做了寨主。

「三山聚義打青州」後，在二龍山落草的曹正也就隨著楊志、魯智深、武松、施恩等一起歸順了梁山。梁山入夥後，曹正為山寨掌管監造諸事十六頭領之一，在梁山負責屠宰牛馬豬羊牲口，排梁山頭領第八十一位。征討方臘時，盧俊義領人馬大戰宣州，「操刀鬼」曹正在亂軍中被毒箭射中身亡。

地魔星雲裡金剛宋萬

宋萬，濟州（今山東省巨野縣）人，綽號「雲裡金剛」，七十二地煞星之第四十六地魔星。宋萬綽號「雲裡金剛」之「金剛」，是佛教護法之神，此神本領高強，力大無窮，無魔不伏。宋萬得此諢號，就是因為他身高體壯，力大無窮。

宋萬是梁山早期頭領之一，梁山泊的元老，入夥後，被封為步軍將校十七員之第十名，宋萬早先和王倫、杜遷占領梁山為王，武藝平常。王倫被林冲殺後，宋萬仍然留在梁山。

梁山泊頭領排座次時，宋萬排梁山頭領八十二位。宋萬於征討方臘攻潤州時，在亂軍中被箭射中，馬踏身亡。

地妖星摸著天杜遷

杜遷，濟州（今山東省巨野縣）人，綽號「摸著天」，七十二地煞星之第四十七地妖星。杜遷綽號「摸著天」，意思就是摸得著天，與「雲裡金剛」宋萬一樣，都指身材高大。

杜遷是梁山泊的元老，梁山泊早期頭領之一，早先同王倫、宋萬一齊占山為王，本事平平，武藝一般。王倫被殺後，杜遷在晁蓋手下擔任頭目。

梁山泊頭領排座次時，杜遷任梁山步軍將校十七員之第十一名，排梁山頭領第八十三位。宋江率人馬攻打方臘清溪縣時，杜遷於亂軍中遭馬踏身亡。

地幽星病大蟲薛永

薛永，河南洛陽人，綽號「病大蟲」，七十二地煞星之第四十八地幽星。江湖所稱薛永「病大蟲」之「大蟲」，指的是老虎，常用來比喻壯士。稱薛永為病大蟲，並不是說他自己有病，而是指他耍槍棒賣藥，能醫治別人的病痛。薛永祖父是老種經略相公帳前軍官，因得罪了同僚，不得升用，所以後來子孫便靠使槍棒賣藥度日。

宋江被發配江州，在揭陽鎮見薛永槍棒使得好，便賞了他五兩銀子，兩人因此相識。宋江潯陽樓寫反詩，被押往法場殺頭。薛永等人齊心協力合夥打劫法場，營救出宋江和戴宗，在白龍廟小結義後打破無為軍，活捉剮殺了黃文炳，大家追隨宋江一起上了梁山。

上梁山後，薛永被封為步軍將校十七員之第五名，排梁山頭領第八十四位。征討方臘時，薛永在昱嶺關下被亂箭射中，陣亡。

地伏星金眼彪施恩

施恩，孟州（今河南孟縣）人，綽號「金眼彪」，七十二地煞星之第四十九地伏星。「金眼彪」的「彪」，指的是小老虎。虎眼為黃棕色，所以稱為「金眼」。稱施恩為「金眼彪」，應該是因為施恩雙眼炯炯有神。

施恩是孟州牢城管營的公子，練就一身好拳棒。當年武松因殺了西門慶、潘金蓮，被發配到孟州城安平寨，於是與小管營施恩相識，在牢城中不曾吃得苦頭。施恩曾在快活林裡開了一個酒肉店，後卻被蔣門神霸占。施恩結義武松，感動武松替施恩奪回了快活林酒店。後來蔣門神勾結張都監和張團練，欲陰謀害死武松於飛雲浦，同時又讓蔣門神再次奪去了快活林，並把施恩打傷。警覺的武松大鬧飛雲浦，殺死解差後潛入張都監府殺了蔣門神、張團練和張都監全家後逃走，施恩同樣為逃避官司也淪落去了江湖，聽說武松在二龍山，也去投靠入夥。後來三山聚義打青州，施恩也跟隨大夥一起上了梁山。

梁山入夥後，施恩任山寨步軍將校十七員之第六名，排梁山第八十五條好漢。征方臘時，「宋公明蘇州大會垓」，梁山水軍去攻取常熟，「金眼彪」施恩因為不識水性，不慎落水被淹死。

地僻星打虎將李忠

李忠，濠州定遠（今屬安徽定遠縣）人，綽號「打虎將」，七十二地煞星之地僻星。李忠綽號「打虎將」，其實他並沒有真正打過老虎，「打虎將」的綽號只是形容他的力氣大，身強體壯。

李忠原來是江湖上使槍弄棒賣藥之人，是史進武藝的開手師父。他和史進、魯達（即魯智深）相遇，曾經施捨二兩銀子幫助金氏父女，被魯達甩回，還說他吝嗇。後李忠路過桃花山時，被周通攔截，李忠打敗了周通，上桃花山坐了第一把交椅。呼延灼攻打桃花山，李忠同周通請二龍山魯智深、楊志、武松相助，後一齊歸順了梁山。

入梁山後，李忠任步軍將校十七員之第八名，排梁山頭領第八十六位。征討方臘時，李忠去昱嶺關下哨探，被亂箭射死。

地空星小霸王周通

周通，青州（今山東省益都縣）人，綽號「小霸王」，七十二地煞星之第五十地空星。周通起初在桃花山落草為王，打家劫舍，稱霸一方，故人稱「小霸王」。

周通的出場很不光彩，他強逼桃花莊的劉太公把女兒嫁給自己。在劉太公因為周通強娶女兒一事正在煩惱時，遇上了花和尚魯智深，魯智深好管閒事的脾氣又發作了。成親的那天晚上，他裝作劉太公的女兒，採用「番犬伏窩」之計，痛打了周通，周通幸虧眾小嘍囉及時相救，才得以狼狽逃回山寨。桃花山大頭領「打虎將」李忠率人馬前去桃花莊為周通報仇出氣。李忠到後一見，發現竟是原來曾經認識的魯智深，頓時氣餒。李忠順坡下驢，藉口是熟人，兩下於是化敵為友，周通也不得已放棄了逼娶劉太公女兒一事。呼延灼被梁山破了連環馬後，逃往青州，又被桃花山周通、李忠盜去了踢雪烏騅馬。慕容知府給呼延灼二千馬軍，讓他去攻打桃花山。周通、李忠打不過呼延灼，就向二龍山魯智深等求救，借此機會認識了許多好漢，最後二龍山、桃花山、白虎山三山人馬歸順了梁山。上梁山後，周通被封為馬軍小彪將兼遠探出哨頭領十六員之末，排梁山頭領第八十七位。征方臘途中，李忠、周通二人歸盧俊義統帥。攻打獨松關時，周通被方臘元帥鎮國大將軍厲天閏一刀砍成兩段，陣亡。

地孤星金錢豹子湯隆

湯隆，延安府（今陝西永興縣）人，綽號「金錢豹子」，七十二地煞星之第五十三地孤星。金錢豹，似虎而較小，毛黃色，身上分布著圓形或橢圓形的黑色斑點或斑環。而湯隆渾身有麻點，且非常勇猛，故得此稱。

湯隆的父親原任延安府知寨官，父亡後因貪賭流落江湖，以打鐵為生。宋江為搭救「小旋風」柴進率領梁山人馬攻打高唐州，不料遭遇會使妖法的高廉連吃敗仗，於是派「黑旋風」李逵和戴宗一道去請「入雲龍」公孫勝。李逵在路途中巧遇湯隆，兩人結拜為兄弟，湯隆遂跟隨李逵、公孫勝一道來到宋江軍中。公孫勝破了高廉的妖法，打下高唐州，與得勝大軍一道回到梁山。湯隆上梁山入夥後，為山寨掌管監造諸事十六頭領之一，是重要的後勤人員。湯隆祖上幾代都以打造軍器為生。雙鞭呼延灼以連環馬攻打梁山，梁山人馬失利之時，湯隆獻策說金槍手徐寧的鉤鐮槍法可破連環馬，吳用於是派湯隆、時遷到東京盜了徐寧的寶甲。徐寧是湯隆的表兄，因追索寶甲，中計上了梁山。在梁山湯隆打造鉤鐮槍，徐寧教練鉤鐮槍法，梁山人馬遂得以大破連環馬，取得大勝，湯隆因此立了大功。

上梁山後，湯隆專管監督打造一應軍器鐵甲，為梁山第八十八位頭領。招安後，湯隆參加了平定田虎、王慶和方臘的戰鬥。征討方臘打清溪縣時受重傷，醫治不痊身死。

地全星鬼臉兒杜興

杜興，中山府（今屬河北省定縣）人，綽號「鬼臉兒」，七十二地煞星之第五十二地全星。其諢名「鬼臉兒」來源於他的長相，因為他生得粗魯，「三分不像人模樣，一似酆都焦面王」。

杜興在薊州做買賣因打死同夥客人被押，被楊雄解救，後做了李家莊莊主李應的管家。楊雄、石秀為救被祝家莊人馬捉去的時遷，得與李家莊莊主手下做事的杜興相見。杜興請李應救時遷，李應救人未果，反被祝彪的冷箭所傷。宋江打下祝家莊後，派人假扮知府捉拿李應、杜興。李應、杜興被宋江等人所救，一起上了梁山。

上梁山後，杜興任山寨四店打聽聲息、邀接來賓八頭領第六位，與朱貴共同負責南山酒店，排梁山頭領第八十九位。被招安後，杜興跟隨宋江率領的人馬征遼國，平田虎、王慶和方臘。宋江人馬征討方臘奏凱還朝之後，杜興被封為武奕郎兼都統領，但是他不願為官，跟李應辭去官職回獨龍崗，做了一方富豪，善終。

地短星出林龍鄒淵

鄒淵，萊州（今屬山東省）人，綽號「出林龍」，七十二地煞星之第五十五地短星。鄒淵是鄒潤的叔叔，原是閒漢出身，自小喜歡賭錢，是一個賭徒或閒漢一類的人物。但是他性氣高強，不肯容人，有一身好武藝，江湖上人喚「出林龍」，和姪子年歲一般，在登雲山落草為寇，聚眾打劫。龍是生活在大海裡的聖物，可以騰雲駕霧，不會在林中出現，但鄒淵卻了得到獲得「出林龍」這樣的諢號，就是因為他是一條出身綠林的好漢，有一身很好的本事。

鄒淵在登山落草時，鄒淵被孫新請去營救解珍、解寶。他們合力救下了解珍、解寶兄弟後，一齊來到了毛太公莊上殺了毛太公全家，才去拜見宋江。宋江和吳用很高興，借助他們的力量，使了個雙掌連環計破了祝家莊。眾好漢一齊上梁山入夥，鄒淵被封為步軍將校十七員之第十二名，排名梁山第九十位頭領。後於征討方臘攻打清溪縣時被戰馬踏死。

地角星獨角龍鄒潤

鄒潤，萊州（今屬山東省）人，綽號「獨角龍」，七十二地煞星之第五十四地角星。鄒潤，鄒淵之姪，天生異相，人喚「獨角龍」，為人慷慨忠良，有一身好武藝。他身材高大，長相奇異，腦後生有一個肉瘤。有一天，鄒潤和人爭鬧，一時性起，一頭撞去，竟撞折了一棵松樹。

鄒潤在登雲山落草，與孫新熟知，是好友。後與孫新、顧大嫂等人為救解珍、解寶一起打入祝家莊，他們合力救下了解珍、解寶兄弟後，一齊來到了毛太公莊上殺了毛太公全家，然後去拜見宋江。與宋江相見後，宋江和吳用十分高興，吳用借助他們的力量，使了個雙掌連環計，終於攻破了祝家莊。眾好漢一起上梁山入夥。

上梁山後，鄒潤被封為步軍將校十七員之第十三名，排梁山頭領第九十一位。招安後，鄒潤參加了征討遼國和平定田虎、王慶、方臘的戰爭，立下赫赫戰功。宋江率領人馬班師凱旋後，鄒潤被朝廷封為武奕郎。鄒潤為征方臘後僅存的二十七將佐之一，因不願為官，晚年回登雲山隱居了起來。

地囚星旱地忽律朱貴

朱貴，沂州沂水縣（今屬山東沂水縣）人，綽號「旱地忽律」，七十二地煞星之第五十七地囚星。

其綽號「旱地忽律」之「忽律」，即諧音「忽雷」。「忽雷」是民間對鱷魚的別稱，傳說秋天鱷魚化作虎，三爪。所謂「旱地忽律」，即指這種三爪怪獸。朱貴有此綽號，可見他的凶悍和霸強。

朱貴因在江湖上做客商折了本錢，投梁山泊入夥。林冲上梁山時，在梁山腳下一酒店裡遇到朱貴，那時朱貴是梁山王倫手下的耳目。朱貴以開酒店為名，專門探聽往來客商的消息，凡有上梁山之人，朱貴便向湖對面的港灣裡射一枝響箭，對面便搖出一艘快船過來，將人迎接過去。王倫被林冲殺死後，朱貴依舊替梁山開酒店打探消息。

梁山排座次時，朱貴任梁山四店打聽聲息、邀接來賓八頭領第五位，和「鬼臉兒」杜興一起負責南山酒店，打探四方消息。排梁山頭領第九十二位。梁山接受朝廷的正式招安後，朱貴跟隨宋江率領的人馬征遼國，平田虎、王慶與方臘，立下不少功勞。後於征討方臘途中生病身亡。

地藏星笑面虎朱富

朱富，沂州沂水（今屬山東）縣人，綽號「笑面虎」，七十二地煞星之第五十六地藏星。朱富性情溫和，臉上常常堆著笑容，因此被稱為「笑面虎」。

朱富是朱貴的弟弟，李逵的同鄉。李逵見眾兄弟都從家裡取來家眷，連宋江也派人去接父親，他就立即跟宋江等說要下山去接自己的老母親來山寨裡享福，宋江雖與他約法三章之後同意他下山，但還是不放心，於是就派朱貴暗中前往照應。黑旋風李逵經過沂嶺力殺四虎後，被曹太公用酒灌醉捉住。朱富、朱貴為解救李逵，二人煮了許多肉，拌了藥，在酒裡也下了藥，因此得以麻醉押解李逵的兵士，將李逵救出，於是同師父李雲、李逵一起上了梁山。

上梁山後，朱富排名梁山第九十三位首領，為山寨掌管監造諸事十六頭領之一，專管監造供應一切酒醋。被招安後，隨同宋江一起出征遼國，後又參加了平定王慶、田虎和方臘的戰鬥，於征討方臘的途中，病故於杭州。

地平星鐵臂膊蔡福

蔡福，北京大名府（在今河北大名縣）土居人氏，綽號「鐵臂膊」，七十二地煞星之第五十八地平星。蔡福原為大名府兩院押獄兼充行刑劊子手，因殺人手段高強，人呼「鐵臂膊」，他與弟弟蔡慶都是殺人行刑看牢子之人。「鐵臂膊」的諢號既顯示蔡福本領強，也說明他掌握著犯人的生死，有一定的權力。

盧俊義被抓後，梁中書把他下在死囚牢裡，浪子燕青沒法，不得已去求大名府兩院押獄蔡福，讓他關照自己的主人，蔡福二話沒說，當即應允。李固為害盧俊義性命，曾送給蔡福五百兩金子，蔡福將金子收了下來，同意把盧俊義人頭給他。後來，梁山小旋風柴進找到蔡福，給蔡福也撂下一千兩金子，讓蔡福保全盧俊義的性命。蔡福權衡利弊，沒有加害盧俊義，反倒盡力照顧他。宋江率領梁山人馬前來攻打並智取了大名府，蔡福、蔡慶兄弟隨即與大夥一起上了梁山。

上梁山後，蔡福專管梁山殺人行刑之事，任山寨專司行刑二劊子手之首，排梁山頭領第九十四位。招安後蔡福參加了征討遼國和平定田虎、王慶和方臘。征方臘攻打清溪縣時，蔡福重傷，後醫治不痊身死。

地損星一枝花蔡慶

蔡慶，北京大名府（在今河北大名縣）土居人氏，綽號「一枝花」，七十二地煞星之第五十九地損星。蔡慶是蔡福的弟弟，大名府專管牢獄的兩院押獄兼充行刑劊子，是有名的劊子手。他生來愛帶一枝花，故人稱「一枝花蔡慶」。

盧俊義被關押在大名府時，蔡慶與哥哥蔡福收受了梁山柴進送給的一千兩金子，救了盧俊義的性命。宋江率兵智取大名府後，蔡慶與兄蔡福同上梁山入夥。

上梁山後，蔡慶重操舊業，做了梁山行刑劊子手，為山寨專司行刑二劊子之第二位，排梁山頭領第九十五位。招安後，蔡慶跟隨宋江率領的人馬征遼國，平田虎、王慶和方臘等。宋江人馬征討方臘奏凱還朝之後，朝廷封蔡慶為武奕郎兼都統領，但是蔡慶不願為官，辭官而去，回北京做了平民百姓。

地奴星催命判官李立

李立，江州揭陽嶺（今屬江西九江）人，綽號「催命判官」，七十二地煞星之第六十地奴星。李立綽號「催命判官」之「判官」，在民間傳說中，是陰間地獄掌管生死的官員。地獄裡有十殿，每個殿裡有一位閻王，即「十殿閻羅」。每位閻王的邊上又各有兩位判官，他們專門掌管陽間眾生善惡生死的帳簿。「催命判官」是專要催人下地獄的判官，另外他的長相就像一個殺人魔王「赤色虬鬚亂撒，紅絲虎眼睜圓」，因此稱他為「催命判官」。用此綽號形容李立是說他殺人如麻。

李立與李俊是揭陽嶺上一霸，原在揭陽嶺上開酒店，在潯陽江上為私商提供食宿、運輸，靠私商為生。他常殺人越貨，所開酒店動輒用蒙汗藥將客人麻倒，然後謀財害命，將人肉做成饅頭來賣。宋江在赴江州服刑途中，路過李立酒店時便被李立麻醉，幸虧李俊及時趕到，宋江才免遭毒手。

梁山好漢在晁蓋的率領下劫法場，解救了宋江和戴宗，打破無為軍大鬧江州後，李立隨眾上了梁山。梁山排座次時，為四店打聽聲息、邀接來賓八頭領之第七位，與王定六經營北山酒店，迎來送往，打探消息，排梁山頭領第九十六位。招安後，李立參加了征討遼國、平定田虎、王慶和方臘。征討方臘攻打清溪縣時，李立身受重傷，後醫治不痊身亡。

地察星青眼虎李雲

李雲，沂水縣（今山東省臨沂縣）都頭，綽號「青眼虎」，七十二地煞星之第六十一地察星。朱富的老師，他是一個彪形大漢，因為眼睛裡眼黑多於眼白，故稱「青眼虎」。

李雲原是沂水縣都頭，有一身好本事，打鬥起來三五十人不能靠近他。李逵在沂嶺殺死四虎，眾獵戶在保正曹太公家設宴款待他時，被李鬼（即前所說的假李逵）的老婆識破，於是曹太公派人叫李鬼的老婆在縣衙告下李逵並將李逵捉住，縣衙於是派李雲領人前去押解李逵。朱貴、朱富兄弟倆得知消息後，便用酒肉灌醉了李雲等兵士，將李逵救下。李雲見走了李逵，怕自己吃官司，不得已也上了梁山。

「青眼虎」李雲上梁山入夥後，為掌管監造諸事十六員頭領之一，專管起造修葺房舍，排梁山一百零八位首領之第九十七位。被招安後，他跟隨宋江出征遼國，又參加了平定田虎、王慶和方臘的戰爭，於征討方臘攻打歙州城時，李雲與王尚書撞見截殺，王尚書挺槍向前，李雲卻是步戰，王尚書槍起馬到，早把李雲踏倒，當場陣亡。

地惡星沒面目焦挺

焦挺，中山府（在今河北省定縣）人氏，綽號「沒面目」，七十二地煞星之第六十二位地惡星。「沒面目」即沒情面，沒面子。焦挺祖傳三代相撲為生，父子相傳，不教徒弟，平生最無面目，到處投人不著，故稱「沒面目」。

黑旋風李逵偷偷下山去幫助大刀關勝攻打凌州，路途碰見一大漢，兩人打了起來，那人拳腳熟練，李逵被連摔兩跤，一問方知此人名叫「沒面目焦挺」。真是不打不相識，焦挺與李逵兩人結拜為異姓兄弟，兩人意氣相投，準備一同上山入夥，但是李逵要求去攻打凌州，焦挺知道力量單薄，於是約喪門神鮑旭同李逵一起，殺入凌州，放起火來。

焦挺隨李逵上梁山後，為山寨步軍十七將校之第十六名，排名梁山第九十八條好漢。在宋江率領人馬征討方臘智取潤州城的戰役中，焦挺於亂軍中被敵箭射中身亡。

地丑星石將軍石勇

石勇，北京大名府（今河北省大名縣）人，綽號「石將軍」，七十二地煞星之第六十三地丑星。石勇身高八尺，淡黃骨碴臉，一雙鮮眼，沒根髭髯，性情悍勇，恰似宋時百姓敬奉的神祇「石將軍」，且他本人姓石，故稱「石將軍」。

石勇因賭博打死人命，流落江湖，曾逃到柴進莊上住了幾個月。他十分仰慕宋江為人，特去鄆城縣投奔宋江，不料宋江因殺了閻婆惜也出逃在外。後又在宋家村宋江家中住了一夜，宋清便托石勇給宋江送了一封信。石勇在一酒店裡和宋江、燕順相遇，把宋清的家書給了宋江，宋江開書一看原來是說家中老父亡故，故而不勝悲痛，當時就要趕回家裡辦理喪事。後來眾人勸勉一番，宋江只好請大夥分批上山並且留書於晁蓋，自己務要回家理事。石勇跟隨眾人一起投奔梁山後，任梁山步軍將校十七員之末，排梁山頭領第九十九位。招安後，又隨梁山人馬平遼國、征田虎、滅王慶，立下了赫赫戰功。征討方臘時，當時盧俊義渡過昱嶺關，攻入歙州城，梁山軍眾將併力向前，剿捕南軍。方臘偽尚書王寅正走之間，撞著李雲截住廝殺，王尚書騎著戰馬挺槍向前，李雲步鬥。王尚書槍起馬到，把李雲踏倒。石勇見沖翻了李雲，急來相救，可王尚書手中槍使得神出鬼沒，石勇抵擋不住，戰了數合，被刺死。

地數星小尉遲孫新

孫新，祖籍瓊州（今屬海南省）人氏，綽號「小尉遲」，七十二地煞星之第六十四地數星。孫新綽號「小尉遲」之「尉遲」指尉遲恭，尉遲恭字敬德，是隋唐名將，曾經輔助唐太宗李世民建立大唐基業，使用的兵器是鞭槍。孫新的哥哥孫立善使鞭槍，臉皮黃色，似有病態，故被稱做「病尉遲」。孫新生得高大強壯，也學他哥哥的本事，所以被稱為「小尉遲」。

孫新原為軍官子孫，因隨哥哥孫立調在登州駐紮，兄弟就以登州為家，孫新娶母大蟲顧大嫂為妻。解珍、解寶被毛太公陷害入獄，樂和求姐夫的弟弟孫新解救，孫新與顧大嫂聯絡鄒淵、鄒潤等一些好漢，劫了大牢，救出解家兄弟，殺死毛太公全家。孫新等人投奔梁山途中，適逢宋江攻打祝家莊，孫新等人便打入祝家莊內部，與梁山人馬裡應外合，三打祝家莊獲勝。

上梁山後，孫新和顧大嫂主持東山酒店事務，迎來送往，打探聲息，任山寨四店打聽聲息、邀接來賓八頭領第一位，是梁山第一百位頭領。在二敗高俅時，孫新、張青到高俅左邊船廠放火；孫二娘、顧大嫂到右邊船廠放火，四人皆立大功。招安後，孫新跟隨宋江率領的人馬征遼國，平田虎、王慶和方臘。宋江人馬征討方臘奏凱還朝之後，孫新被封為武奕郎兼都統領，回登州任職。

地陰星母大蟲顧大嫂

顧大嫂，登州（今屬山東蓬萊市）人，綽號「母大蟲」，七十二地煞星之第六十五地陰星。「母大蟲」是顧大嫂的諢名，大蟲即老虎。唐朝皇族李氏的祖先名叫李虎，為避諱，後世則稱老虎為大蟲。顧大嫂是一個女性，但是她很強悍，如同一隻老虎一樣，因此得到這樣的一個綽號。

顧大嫂在登州府東門外開酒店，家裡殺牛開賭，她是一位豪氣干雲的女中豪傑，有一身本領，和孫二娘一樣，嫉惡如仇，具有英雄本色。顧大嫂是小尉遲孫新的妻子，是解珍姑媽的女兒。她和孫二娘一樣，長相醜陋，但是武藝甚好。小說對她的相貌描寫很簡單，「眉粗眼大，胖面肥腰。插一頭異樣釵環，露兩臂時興釧鐲。」她能打能殺，二三十個人近她不得！她的丈夫孫新的武藝也不及她。顧大嫂果敢潑辣，有犧牲精神，解珍、解寶是她的表弟。地主惡霸毛太公不但霸占他們的大蟲，而且誣陷二人，解珍、解寶生命危在旦夕。顧大嫂聽到消息後，立刻叫起苦來，她急不可耐地請來了鄒潤叔姪和丈夫孫新、夫兄孫立等劫了大牢，有人提出救人後投奔梁山，她堅決地說：「最好！有一個不去的，我便亂槍戳死他！」顧大嫂為人也極有見識，曾規勸自己的伯伯（孫立）認清朝廷的黑暗：「如今的朝廷有甚分曉。走了的倒沒事，見在的便吃官司。常言道：『近火先焦』。」這既表現了顧大嫂為拉孫立入夥軟硬兼施的高明手段，又顯示了她的遠見卓識，這番擊中時弊的話語，無疑會激起那些好漢們的共鳴。

顧大嫂救出解氏兄弟後上梁山入夥。上梁山後，顧大嫂任梁山四店打聽聲息、邀接來賓八頭領第二位，與丈夫孫新開梁山東山酒店，排梁山頭領第一百〇一位。招安後，征遼時，勇破完顏光混天象陣中的太陰陣；征方臘時也屢立戰功。梁山人馬回朝後，顧大嫂受封為東源縣君。

地刑星菜園子張青

張青，孟州道（今河南省孟縣）十字坡黑店店主，綽號「菜園子」，七十二地煞星之第六十六地刑星。張青原在孟州道光明寺種菜，故人「稱菜園子張青」。菜園子指種菜人，約同於今天的菜農。

張青在孟州道光明寺種菜時，因為小事殺了光明寺的僧人，燒其寺廟，於是逃到大樹十字坡作了劫匪。在十字坡，被母夜叉孫二娘父親打敗，收為女婿。孫二娘父親去世後，張青便和妻子孫二娘在十字坡開起了酒店。開店中，二人常用蒙汗藥蒙翻捉住過往行人，然後將人殺死。二人將被殺者身上的大塊好肉充作黃牛肉出賣。剩餘的零碎小肉，則用做饅頭餡。江湖有傳言說：「大樹十字坡，客人誰敢那裡過？肥的切做饅頭餡，瘦的卻把去填河。」不過張青吩咐過孫二娘，有三等人不可壞他：「一是雲遊僧道，他又不曾受用過分了，又是出家的人。……第二等是江湖行院妓女之人，他們是衝州撞府，逢場作戲，陪了多少小心得來的錢物，若還結果他，那廝們你我相傳，去戲台上說得我等江湖上好漢不英雄。……第三等是各處犯罪流配的人，中間多有好漢在裡頭，切不可壞他。」可他的妻子孫二娘並不聽他的話。武松因殺死西門慶、潘金蓮被押解路過十字坡時，見酒肉有問題，假裝喝醉酒，反將孫二娘捉住痛打，適逢張青回來告饒，說明原委，於是武松與張青夫婦結識，並拜張青為兄。武松大鬧飛雲浦，血濺鴛鴦樓後，在二龍山落草。不久張青受武松、魯智深之邀也到二龍山落草，三山聚義打青州後同上梁山入夥。

上梁山後，張青夫婦掌管梁山西山酒店，張青任四店打聽聲息、邀接來賓八頭領之第三位，排梁山頭領第一百〇二位。招安後，張青跟隨宋江率領的人馬征遼國，平田虎、王慶和方臘的叛亂。征討方臘隨盧俊義攻打歙州時，張青陣亡於亂軍之中。

地壯星母夜叉孫二娘

孫二娘，孟州（今屬河南省孟縣）人，綽號「母夜叉」，七十二地煞星之第六十七地壯星。孫二娘綽號「母夜叉」之「夜叉」，是佛教中的一種形象凶殘的鬼，後人稱醜惡凶狠的人為夜叉。孫二娘貌醜性悍，故稱其為「母夜叉」。

孫二娘是梁山三位女英雄之一，菜園子張青的妻子，她橫眉殺氣，眼露凶光，學得父親本事，在孟州道十字坡與丈夫張青開黑店，是一位黑店老闆娘，專做殺人越貨的勾當。孫二娘與丈夫張青的關係也很有特點：由於她的膽子大，武藝又強，張青不如她，所以黑店以她為主張青為副，店姓孫而不姓張。孫二娘出場就表現出一種江湖的霸氣：「大樹邊，早望見一個酒店。門前窗檻邊，坐著一個婦人，露出綠紗衫兒來。頭上黃烘烘的插著一頭釵鐶，鬢邊插著些野花。」當她看到武松一行來到門前，便起身迎接，還敞開胸脯，露出「桃紅紗主腰」，沒有一點害羞之意，屬於黑道上的老手。她的父親山夜叉孫元，是江湖上前輩綠林中知名人物。孫二娘繼承了父親的家業，在作坊裡，壁上綳著幾張人皮，梁上吊幾條人腿。在沒有上梁山以前，她是一個行動野蠻，殺人成性的女人。儘管其丈夫一再叮囑她「有三等人不可壞他」，可她還是我行我素，魯智深、武松都險些遭了她的毒手，差一點成為她的饅頭餡。她幹的是殺人的活，說的是殺人的話，武松被發配到孟州，路過十字坡時，武松裝作被麻倒，孫二娘得意洋洋地說：「著了！由你奸似鬼，吃了老娘的洗腳水。」「這等肥胖，好做黃牛肉賣。那兩個瘦蠻子，只好做水牛肉賣。扛進去，先開剝這廝。」結果，孫二娘反被假裝喝醉酒的武松捉住，張青求饒，武松遂與張青、孫二娘夫婦相識。

此外，孫二娘不但凶狠，而且有膽識、智慧。當武松質疑人肉包子時，她仍能鎮定自若，後來差點以渾色酒蒙倒了武松一行，只是武松早有準備，武藝又高強，才制服了孫二娘。

武松要去投奔二龍山時，因為臉上有金印不便行走，孫二娘便讓武松扮成一個頭陀，使武都頭成了一個假僧人武行者，這一舉動既表現了她隨機應變的智慧，又體現了她發自肺腑的對於親人的關懷與照顧，是一位男性化的女性形象。

三山聚義打青州後，孫二娘與張青上梁山入夥。梁山排座次時，孫二娘任梁山四店打聽聲息、邀接來賓八頭領第四位，與丈夫共同主持梁山西山酒店，排梁山頭領第一百〇三位。招安後，孫二娘參加了征討遼國、平定田虎、王慶和方臘。平方臘時，在清溪縣被敵將杜微飛刀所傷，陣亡。

地劣星活閃婆王定六

王定六，建康府（今屬江蘇省南京）人，綽號「活閃婆」，七十二地煞星之第六十八地劣星。他排行第六，生得瘦健，腿細如鷺鷥，疾走如閃電，故人稱「活閃婆王定六」。「活閃」即「霍閃」，「閃電」之義，今天蘇州方言仍稱閃電為「霍閃」，所謂活閃婆乃道教中的電母。

王定六平時愛好弄槍使棒，多方拜師，未得真傳，於是便在揚子江邊賣酒為生。張順奉命去請江南名醫安道全替宋江治病，不想在揚子江被張旺謀財害命丟入江中。張順從水中潛出遊到王定六的酒店，得到王定六相助，請回神醫安道全。王定六也因此跟著張順，上了梁山。

王定六上梁山後，做了北山酒店的店主，為山寨打聽聲息、邀接來賓八頭領之末，排梁山頭領第一百〇四位。征討方臘隨盧俊義攻打宣州時，王定六死於毒箭之下。

地健星險道神郁保四

郁保四，青州（今屬山東）人，綽號「險道神」，七十二地煞星之第六十九地健星。郁保四原是青州地面強人，曾頭市的強盜。他「身長一丈，腰闊數圍」，故稱他為「險道神」，即「顯道神」，為開路神，傳開路神身長丈餘，頭廣三尺，力大無比。由於郁保四身材高大，其諢號，即由於此。

梁山段景住與楊林、石勇在北方買了二百多匹好馬，回來時，被青州險道神郁保四兩次搶去，晁蓋中箭；宋江於是率人馬攻打曾頭市，替晁蓋報仇，奪回馬匹。幾次交手，曾頭市的長官打不過梁山人馬，郁保四被作為條件交給了宋江。宋江、吳用讓郁保四引誘曾頭市人馬出來作戰。郁保四照計而行，宋江攻破曾頭市。

上梁山後，郁保四任梁山山寨掌管監造諸事十六頭領之末，專一把捧帥字旗，排梁山頭領第一百〇五位。征討方臘攻打清溪縣時，郁保四、女將孫二娘，被杜微飛刀所傷，陣亡。

地耗星白日鼠白勝

白勝，濟州府（在今山東巨野縣）安樂村人，綽號「白日鼠」，七十二地煞星之第七十地耗星。白勝綽號「白日鼠」，是因為宋時將竊賊一類人稱為白日鬼、白日賊，這裡引申做白日鼠。

白勝原為閒漢、賭徒，身體強壯，家住黃泥崗東十里路安樂村。晁蓋等智取生辰綱時，住的就是白勝家。黃泥崗上，是白勝把摻入蒙汗藥的藥酒賣給押運生辰綱的官兵，將十五個官兵蒙麻，然後劫走了十一擔的生辰綱。白勝是個不知收斂的賭徒，分了生辰綱後，他在賭桌上輸了大把的銀子一點都不痛惜，結果讓一起參加賭博的何觀察的弟弟何清發現了破綻。生辰綱事發後，何觀察被上司追逼得緊，前來向他借錢的弟弟何清說出了疑點，白勝因此被觀察何濤、何清兄弟抓捕歸案。在官府，白勝熬不過苦刑將晁蓋供出。幸虧宋江走馬報信，晁蓋等人才得以先行逃走。

白勝後被梁山人馬救出。在梁山，白勝任梁山軍中走報機密步軍四頭領之末，排梁山頭領第一百〇六位。白勝在跟隨宋江在征討方臘途中，病亡於杭州。

地賊星鼓上蚤時遷

時遷，高唐州（今山東省高唐縣）人，流落薊州，綽號「鼓上蚤」。七十二地煞星之第七十一地賊星。時遷練就一身好功夫，能攀檐走壁，盜墓做賊，江湖上人稱「鼓上蚤」。古時候夜晚要打更鼓，用來戒備盜賊預防失火。上指上更，「鼓上」，是指起更戒嚴，蚤指跳蚤，善跳。因為他常在上更的時候飛簷走壁，故稱之為「鼓上蚤」。

時遷曾因飛簷走壁、跳籬騙馬而吃了官司，後為楊雄所救。楊雄、石秀殺了潘巧雲、裴如海，商量投奔梁山時，沒想到撞上了時遷，於是一起前往。去梁山途中，時遷偷吃了祝家莊酒店的公雞，被祝家莊人馬捉去，惹出宋江三打祝家莊一段事來。三打祝家莊後上梁山入夥。

時遷上梁山後，被派去東京盜得徐寧的寶甲，和湯隆一起將徐寧騙上梁山，以此立下功勞。此後在攻打大名府時火燒翠雲樓，征遼攻打薊州時在寶嚴塔放火，都立下大功。梁山排座次時，時遷任軍中走報機密步軍四頭領第二名，排梁山頭領第一百〇七位。宋江等梁山人馬征討方臘獲勝，在凱旋回朝的路途中，時遷因「絞腸痧」發作病亡。

地狗星金毛犬段景住

段景住，祖籍涿州（今河北涿州），綽號「金毛犬」，七十二地煞星之末地狗星。段景住曾經自我介紹說：「人見小弟赤髮黃鬚，都呼小人為金毛犬」，故以「金毛犬」稱之。他長相很奇特，「鼻孔朝天，焦黃頭髮髭鬚卷」，專幹盜竊馬匹的營生，主要靠盜金人馬匹為生。

段景住平生只靠去北邊地面盜馬。曾盜得一匹寶馬，名叫「照夜玉獅子馬」，渾身雪白，能日行千里，乃是大金國王子的坐騎，放在槍竿嶺下，被段景住盜來了。段景住想把這匹寶馬獻給梁山泊，作為自己的進身之禮，不料路過曾頭市時被曾家五虎搶去寶馬，段景住一個人逃奔去了梁山，將此事報告給了宋江。宋江派戴宗去曾頭市打探消息，得知那匹馬成了教頭史文恭的坐騎，而且曾頭市還放出話來，要與梁山為敵，要剿除晁蓋，生擒宋江。晁蓋聽後大怒，因此命梁山人馬攻打曾頭市。誰知天王晁蓋出師不利，就在金沙灘餞行之宴上，忽起一陣狂風把晁蓋新做的軍旗吹折了，眾人都大驚失色，勸天王暫緩出兵，但是晁蓋不從，執意出兵，結果中了曾頭市武教頭史文恭的毒箭不治身亡。後來宋江和吳用計賺來河北玉麒麟盧俊義，打破北京城，智取大名府，並殺退朝廷官兵。當時段景住往北方又購買馬匹回來，誰料又被曾頭市的人奪去，這時梁山人馬再也無法忍受，於是才引發了宋江夜打曾頭市、盧俊義活捉史文恭的故事。

上梁山後，段景住任梁山軍中走報機密步軍四頭領第三名，是梁山泊第一百零八位頭領。征討方臘攻打杭州時，阮小七和張橫、侯健、段景住帶領水手，在海邊找到船隻，往錢塘江駛來。不料風水不順，船隻被潮水打出抛進大海裡去了，當他們拚命把船穩住時，船又被大風打破，眾人落在水裡後，侯健和段景住兩人不識水性，因而被淹死在大海中。

《水滸傳》裡的女性

有人說《水滸傳》是一部男人的戲。在《水滸傳》故事裡，女性只是起了一個穿針引線的作用。而《水滸傳》裡稍費筆墨描寫的女性，又大多是「淫婦」、「蕩婦」或其他不良的形象。這既與作者對女性的態度有很大的關係，也與作者所處的封建統治時代有關。在男權社會中，女人是沒有什麼社會地位的。我們在《水滸傳》中可以看到女性有時候就像是物品一樣被男人輕易處理掉了。這一點，恐怕連作者本人都沒有意識到。儘管如此，《水滸傳》中還是出現了少數幾個具有正面形象的女性。本章主要用現代的眼光，以全新的視角，重新審視這些女性。另外，水滸一百零八將中也有三位女將，但她們已被男性化了，並且上文也有論述，故不再述及。

潘金蓮是「淫婦」嗎？

潘金蓮是《水滸傳》為數不多的女性中用筆墨最多的一個人物，出於在《水滸傳》中對潘金蓮偷情殺夫等情節淋漓盡致的刻畫，潘金蓮也在後世讀者心目中樹立起了「淫婦」這一形象，時至今日，人們仍愛用「潘金蓮」來喻指那些對丈夫不忠的女人。潘金蓮真的就是一個「淫婦」嗎？也許，是到了為潘金蓮翻案的時候了。

小說中，潘金蓮一出場，作者便給她塗抹上了十分光彩的一筆。潘金蓮原是清河縣一大戶人家的使女，年方二十出頭，頗有些姿色。老而好色的大戶要收她做通房丫頭，潘金蓮不肯，大戶不放，又要糾纏她，所以潘金蓮只好告訴了主人婆，意下不肯依從。寥寥數筆，卻寫出了一個有尊嚴、有性格的女性形象。

大戶不能如願，遂記恨於心，出於報復將她嫁給了一個身不滿五尺、面目醜陋、頭腦可笑的「三寸丁、穀樹皮」武大郎。而且不要武大一文錢，反倒賠了些嫁妝，就白白的嫁給他了。武大與潘金蓮，真是烏雞配上了金鳳凰，這種強烈的反差會令所有的人都感到不適。就連西門慶得知潘金蓮是武大的娘子時，也笑得前仰後合，還十分痛心地說：「好一塊羊肉，怎地落到狗口裡！」

那麼潘金蓮到底是一塊怎樣的「好羊肉」呢？原著第二十四回「王婆貪賄說風情，鄆哥不忿鬧茶肆」是這樣描述潘金蓮的：「眉似初春柳葉，常含著雨恨雲愁；臉如三月桃花，暗藏著風情月意。纖腰裊娜，拘束得燕懶鶯慵；檀口輕盈，勾引得蜂狂蝶亂。玉貌妖嬈花解語，芳容窈窕玉生香。」

不管作者以怎樣的筆調、語氣進行描繪，都不能否認潘金蓮是個貌美如花的女子。而武大郎呢？卻是一個身不滿五尺、面目醜陋、頭腦可笑的「三寸丁、穀樹皮」。潘金蓮嫁給武大郎，這種婚姻本身就是不協調、不般配的。潘金蓮的內心感受注定是痛苦的、哀傷的，可又無法抗拒和訴說。試想一下，如果潘金蓮嫁的不是武大郎而只是一個平常的人，她的生活也應該是幸福的，她也會知足的，她也絕不會到外面去招蜂引蝶。說不定潘金蓮還會成為一名貞婦烈女，這從她反抗大戶的威逼中就可以看出。

在那個封建社會，潘金蓮也許只能「嫁雞隨雞，嫁狗隨狗」。可潘金蓮偏不，她不是一個向命運低頭的女性，她顯然不會滿足於這種沒有愛情基礎的婚姻，她一定有過許多「非分」的想法，所以書裡說「這婆娘倒諸般好，為頭的愛偷漢子。」正因為如此，才引得一班狂蜂浪蝶在她家門前挑逗。武大在清河縣安身不牢，只好把家搬到了陽穀縣。家是搬走了，可是潘金蓮的思春之心會因為換了一個環境而歸於沉寂嗎？一個二十出頭的年輕女子，感情世界絕對不會單調、貧乏，對愛情的渴望是一件自然而然的事。果然在遇到英氣逼人的武松後，她的心扉又被撞擊開了。當她得知武松未曾婚配時，當時就想：「不想一段因緣卻在這裡！」但武松不是輕薄之人，更嫌她是自己的嫂嫂，又怎可動非分之想？在挑逗武松被拒絕後，愛心湧動的她不願壓抑自己的感情和慾望，這時西門慶又乘隙而入，這才有了和西門慶的姦情。當風流倜儻的西門大官人向她大獻殷勤、表情達意時，潘金蓮焉能無動於衷？對愛的渴望，使她很自然地投進了西門慶這個情場老手的懷抱，使自己的渴望之情得到些許滿足。

潘金蓮和西門慶通姦，應當屬於道德範疇，應該受到道德的譴責。但她並沒有犯罪！但是，當她和西門慶、王婆合謀，下砒霜毒死武大郎，「騎在武大身上，把手緊緊地按住被角，那裡肯放鬆寬」時，就完全質變成了一個地道地道的殺人犯，最後落了個身首異處的可悲結局。

所以說，從生命品質考慮，從人性本身著眼，潘金蓮悲慘的命運的確令人同情。從今天的觀點看，除了殺夫這一刑事犯罪行為，潘金蓮的作為似乎無可厚非。因此，潘金蓮所謂的「淫婦」形象也該一洗了之了。

閻婆惜為何敲詐宋江？

閻婆惜的父親是個賣唱的，屬於社會三教九流中最卑賤的一層。《水滸傳》第二十一回「虔婆醉打唐牛兒，宋江怒殺閻婆惜」中是這樣介紹的：「從東京來，不是這裡人家」。「他那女兒婆惜也會唱諸般耍令。午方一十八歲，頗有些顏色」，「在東京時，只去行院人家串，那一個行院不愛他」。對閻婆惜的出身、長相、從事的職業都做了簡單的介紹。

也是閻婆惜命苦，跟隨父親在山東投親不著，「不想這裡的人不喜風流宴樂，因此不能過活」。日子本來就艱難，不想閻父又染時疫而亡，得到宋江資助後，將他認作恩人，「做驢做馬報答押司」。於是，經母親撮合婆惜便做了宋江的外室。

儘管出身微賤，閻婆惜畢竟是從東京妓院出來的，是見過世面的人。她對宋江並不滿意，這才有了和張文遠的苟合。為什麼這樣說呢？原因其實也很簡單。

第一，閻婆惜和宋江在一起，除了被宋江養活餬口外，別無所得。她根本進不了宋家，成不了宋江的妻子，甚至連妾也算不上。閻婆惜在無名無分的情況下，沒必要死心塌地地守著宋江。她還得有個依靠，有個最後的歸宿。

第二，宋江其貌不揚，甚至有些殺風景。「黑三郎」宋江貌不出眾，有幾分顏色的閻婆惜怎麼可能看得上這麼一個人，並與之長期廝守呢？

第三，宋江人在鄆城卻心繫江湖，有他的奮鬥目標和人生追求。也許剛開始時，宋江對閻婆惜還有激情，但時間一長，難免失去熱情，甚至厭倦，於是宋江「只愛學使槍棒，於女色上不十分要緊」，「向後漸漸來得慢了」，從而冷落了閻婆惜。總之，宋江不能給閻婆惜的太多，而張文遠的出現，讓失落的閻婆惜有了些許安慰。也許，在閻婆惜的心裡早就有了脫離宋江束縛的念頭。然而，雖有此想法，卻苦於現實無情，離開了宋江，閻婆惜又能去哪裡呢？

然而，機會終於出現了，她無意中獲得了晁蓋等人寫給宋江的感謝信，閻婆惜立刻看出這是擺脫宋江的束縛和安定以後生活的最好機會。於是，她鼓起勇氣做出了大膽的決定：敲詐宋江。

敲詐一點金子不要緊，還揚言要立馬給錢，不然拿著書信去公廳告官。從閻婆惜的話中可以看出她很有些小聰明。看慣了曲本的小女子知道「公人見錢，如蠅子見血」，沒有將送來的金子退回的一般規律，也知道「歇三日卻問你討金子，正是『棺材出了討輓歌錢』」，要一手交錢，一手交貨。她害怕退回書信宋江再也不會承認，因為在鄆城縣，宋江的話更容易被人相信。或許，此時的閻婆惜正在憧憬，等拿到金子，立刻回到東京，盤個店鋪，招個郎君過小日子呢！可惜，她對宋江一點也不了解，她以為宋江是什麼人，和反賊相通是什麼罪，其中的分量她不知道嗎？以此要挾，打中的正是宋江的要害。她偏要以報官逼迫，宋江能忍受得了嗎？事情發展到這一步，宋江已經到了無路可退之地，要麼你死，要麼我亡。實際上是她逼宋江殺了自己的。特別是她那聲「黑三郎殺人也」更加不明智，正好「提起宋江這個念頭來，那一肚皮氣正沒處出。」結果落了個「七魄悠悠，已赴森羅殿上；三魂渺渺，應歸枉死城中。」

潘巧雲罪該至死嗎？

和潘金蓮、閻婆惜一樣，潘巧雲也出身低微，第四十四回「錦豹子小徑逢戴宗，病關索長街遇石秀」中，潘巧雲之父潘公云：「老漢原是屠戶出身，只因年老做不得了。只有這個女婿，他又自一身入官府差遣，因此撇下這行衣飯。」潘巧雲呢？「先嫁了一個吏員，是薊州人，喚作王押司，兩年前身故了，方才晚嫁得楊雄，未及一年夫妻。」

出身低微的潘巧雲個人命運更苦，初嫁喪夫，再嫁仍未享受到愛情的幸福。楊雄是「兩院押獄，兼充市曹行刑劊子手」，公務繁冗，「一個月倒有二十來日當牢上宿」，尤其是楊雄其人「心思亦不在女人身上」。嫁個這樣的丈夫，擁有這樣的家庭，對潘巧雲而言，哪有幸福可言。她心裡的苦衷，不難想像。在這種情況下，潘巧雲主動勾搭和尚裴如海，主動設定計策，尋找感情依託似乎也是不難理解的。

身處封建禮法的重重制約下，潘巧雲不可能東走西竄，有機會結識其他異性。在她的活動範圍裡，所能認識的便是「結拜潘公做乾爺」的花心和尚裴如海。恰好這裴如海又對她傾慕已久，誠如裴如海所言：「我把娘子十分愛幕，我為你下了兩年心路。今日娘子難得到此，這個機會作成小僧則個！」一個乾柴，一個烈火，相撞怎能不燃？兩人私通之後。潘巧雲自覺行事，安排和裴如海約會，「因此快活偷養和尚戲耍。自此往來，將近一月有餘。這和尚也來了十數遍。」

石秀發現了姦情，告訴了楊雄，潘巧雲為了自保，假惺惺在楊雄面前誣陷石秀。且看她是怎樣對楊雄說的：「自從你認義了這個石秀家來，初時也好，身後看看放出刺來。見你不歸時，時常看了我說道：『哥哥今日又不來，嫂嫂自睡也好冷落。』我只不睬他，不是一日了。這個且休說。昨日早晨，我在廚房洗脖頸，這廝從後走出來，看見沒人，從背後伸隻手來摸索我胸前道：『嫂嫂，你有孕也無？』被我打脫了手。」潘巧雲這一說，楊雄能不火冒三丈嗎？第二天，就把石秀趕走了。

石秀被楊雄趕走，心裡的憤恨自然難消，下決心要把事情搞個水落石出，一方面洗刷自己，另一方面為了結義之情。果然，他弄清了事情真相，先殺了報訊的頭陀。再殺了淫僧裴如海。裴如海作為出家之人，應絕七情，滅六慾，可他卻淫心不死，以色情之事為樂，結果被發現姦情的「拚命三郎」石秀給宰了。裴如海終被石秀所殺，亦合情理。只是也搭上了那個報訊頭陀的性命。

事情到此本該就了結了，可石秀卻不依不饒非要設計將潘巧雲哄騙到翠屏山上，讓潘巧雲自己說出姦情，然後慫恿楊雄殺了潘巧雲。楊雄殺潘巧雲的確夠狠毒，夠殘忍，如書中所云：「楊雄指著罵道：『你這賊賤人，我一時間誤聽不明，險些被你瞞過了！一者壞了我兄弟情分，二乃久後必然被你害了性命。不如我今日先下手為強。我想你這婆娘心肝五臟怎地生著，我且看一看！』」楊雄罵完，隨即「一刀從心窩裡直割到小肚子下，取出心肝五臟，掛在松樹上。楊雄又將這婦人七事件分開了，卻將頭面衣服都拴在包裹裡了。」

潘巧雲之死，來自三方面的原因。

其一是在石秀。在石秀看來，潘巧雲與裴如海私通，就已是罪不容恕，更何況還對自己誣陷，更是罪該萬死。為了一洩心頭之恨，他先殺了裴如海，進而唆使楊雄殺了潘巧雲。

其二是在自己本身。作為有夫之婦，豈可與和尚通姦？何況自己的丈夫「十分豪傑，卻又好漢」，比不得潘金蓮的武大郎，沒有半點男人味，所以才與人勾搭成奸。更何況她也十分清楚，自己的丈夫不是好惹的，絕不是武大這樣的懦弱之輩，這無異於「大蟲口裡倒涎」。事情遲早是會暴露的，為了貪得一時之歡，卻害了自家性命，也不值得。

其三是在楊雄。上面說了楊雄乃是一豪傑，豈可容忍自己的老婆去偷人？在江湖上混是很注重名節的，既然自己老婆的事已被人知曉，如果視而不見，豈不是成了縮頭烏龜，這只會被江湖豪傑們恥笑，以後還有什麼臉面在江湖上行走？只有一刀殺之，而且要殺得酣暢淋漓，手段殘忍狠毒，才能挽回一點江湖豪傑的臉面，才能不失「做個好男子」。

但是，潘巧雲也有可恕之處，罪不至死。

其一也是在石秀。有句話叫「清者自清，濁者自濁」，對於潘巧雲為了自保而對自己的誣陷，石秀完全可以拍拍屁股走人，事實總歸是事實，總有真相大白的那一天。到時候，楊雄自然會心知肚明，和自己重續兄弟之情。況且已殺裴如海，連傷兩命，既洗刷了自己的清白，又對潘巧雲是個警醒，事情到此也該結束了，何必要對一個婦人，窮追不捨，還要下此毒手，方洩心頭之恨？即使有仇恨，也罪不至死，何況她還是自己的嫂嫂。做人總得要有點憐憫之心，觀其路見不平，拔刀相助的仗義行為，絕不是一個無情無義之人，而且起初他也只是要楊雄將潘巧雲誘至翠屏山對質，「把這是非都對得明白了，許與一紙休書，棄了這婦人。」怎麼後來反倒還要慫恿楊雄對一個婦人去下毒手？

其二也在潘巧雲。潘巧雲畢竟是一年輕女子，雖然嫁得一個豪傑般的丈夫，表面光鮮，實際卻少有夫妻之事，當她看到和尚時就慾火難抑，她對情慾的飢渴是可想而知的。她的本性受到了壓抑，而和尚的出現為她的發洩找到了出口。但當她聞知和尚被殺，自不敢說，只是心裡暗暗叫苦，是誰殺了和尚，她心裡想必也是十分清楚的。此時，她應該是既後悔又害怕，既然姦夫已被殺，對潘巧雲也是一個嚴重警告，她今後也斷不敢有半點非分之想了，恪守婦道才是分內之事。如果楊雄對她一紙休書，她也不會為自己有半點辯護，畢竟問心有愧，這總比丟掉自家性命要強。

其三也在楊雄。自己不愛潘巧雲，卻又把她當作自己的私有財產、附屬品來對待，不允許任何人來侵犯。他認為這樣是對自己尊嚴的傷害，是有損臉面的醜事。所以，當潘巧雲誣陷石秀時，他一氣之下趕走了石秀；當得知事情真相後，手刃並肢解了潘巧雲。楊雄此舉，也許解了心中的怒氣，但他卻忽視了一點，他忽視了潘巧雲也是一個獨立的、有感情的人。他不會想到自己對妻子付出了多少，更想不到妻子背叛自己的根本原因是什麼。潘巧雲紅杏出牆，自然有悖道德，但楊雄就沒有責任嗎？不該從自己身上找原因嗎？不應該自責嗎？也許是人物所處的時代不同，有其認識的局限吧。從今天的角度看，楊雄是該反思的，是該負一定責任。

悲情娘子賈氏

盧俊義之妻賈氏是一個多情而又膽小怕事的人。

說賈氏多情，是她和管家李固的私通；說她膽小怕事，是她安於平穩的生活，怕出現意外。對於一個女人來說，希望平平安安地生活這並沒有錯。盧俊義準備去泰安州時，賈氏就說過這樣的話：「自古道：出外一里，不如屋裡。休聽那算命的胡說，撇下海闊一個家業，擔驚受怕，去虎穴龍潭裡做買賣。你且只在家內，清心寡慾，高居靜坐，自然無事。」從這番話中，不難看出她的心思。盧俊義被梁中書擒拿，受審的時候，賈氏又說：「不是我們要害你，只怕你連累我。常言道：一人造反，九族全誅！……盧事難入公門，實事難以抵對。你若做出事來，送了我的性命。自古丈夫造反，妻子不首，不奈有情皮肉，無情杖子。」這幾段話，更把賈氏的這種心思坦露無遺。

如果純粹從這個角度分析，賈氏似乎並沒有什麼明顯的過失。一個女人，誰不想過個安寧日子呢？擔驚受怕，甚至送了性命總非人之所願。賈氏正是基於自身安危的考慮才先是奉勸盧俊義不要出門，後來又迫於現實出賣了盧俊義。

從根本上講，賈氏最終招來殺身之禍，還是源於她和李固的私通。

封建社會發展到宋代，皇權、族權、夫權等繩索緊緊地套在女性的脖子上，比以前任何一個朝代更為厲害。在這一時期，女性的地位降到了前所未有的低等層面。《水滸傳》中女性所處的正是這樣一個大的歷史背景。因此說，恪守婦道比什麼都重要。女性稍有越軌之舉，便會受到最大限度的指責。嚴重者便會招來殺身之禍。被殺了、剮了，也沒有人同情，沒有人憐憫。會被人們認為是罪有應得，甚至死有餘辜。

賈氏身為北京巨富盧俊義之妻，算是豪門之婦。生活原本可以過得安逸舒適，也是她多情，偏要和管家李固眉來眼去，勾搭在一起，如燕青對盧俊義所言：「主人腦後無眼，怎知就裡。主人平昔只顧打熬氣力，不親女色。娘子舊日和李固原有私情，今日推門相就，做了夫妻。」賈氏如此，等於自己找刀架在自己脖子上，或者說她是無異於玩火，能不招惹禍災嗎？

賈氏的「紅杏出牆」，盧俊義沒有責任嗎？許是梁山好漢們的一個通病吧，如燕青說的「只顧打熬氣力，不親女色」。盧俊義棍棒天下無雙，武功高強，少不了要「勤學苦練」的。這樣一來，感情上必然對賈氏多有疏遠。以盧俊義的富裕，說不定有自己專門的練功房，並且帶有休息室。練完功就在那裡休息，不回賈氏房間，換句話說就是和賈氏處於分居狀態。和楊雄疏遠潘巧雲一樣，盧俊義對賈氏的感情的冷漠，也是促使賈氏有外遇的一個重要原因。

盧俊義家境富裕，賈氏自然衣食無憂，如同貴夫人，整天無所事事，能不感覺寂寞、空虛嗎？對一個二十幾歲的青年女子來說，尤為如此。

整天悶在家裡，盧俊義又「不親女色」，賈氏的心中當然淒苦。況且，一個身心健康的青年女性，能不渴望愛的雨露甘霖嗎？既然丈夫不予滿足，賈氏和管家「相好」而勾搭有了私情，亦應不難理解。

封建統治時期，上至皇帝，下到草民，男人對生理需求的滿足都處於主動地位，牢牢掌握著控制權。而女人就不同了，女人完全處於被動地位，皇宮的嬪妃、官家豪門的妻妾、百姓的妻子都是這樣，毫無例外。不管什麼樣的身分。在性方面，她們都一樣，即便有強烈的生理需要，也只能等，等著陛下、官人、當家的來示愛。等不到便只有忍著，壓抑著。這恐怕也是嬪妃爭寵、妻妾不和的一個重要原因吧。

在這種情況下，女人要麼甘心認命，讓青春和生命在煎熬中一天天流逝，要麼衝破枷鎖，追求幸福。但談何容易？這樣會以聲名乃至生命作代價的。稍有不慎，「蕩婦」、「淫婦」這些惡名便會壓在頭上，永世不得清白，更嚴重的，則會性命難保，香消玉殞，落個悲慘的結局。賈氏即為一例。

盧俊義被梁山好漢「智取大名府」救出監獄，上了梁山。賈氏和李固被押下囚車，「拖在堂前，李固綁在左邊將軍柱上，賈氏綁在右邊將軍杵上」，「盧員外拿短刀，自下堂來，大罵潑婦賊奴，就將二人割腹剜心，凌遲處死，拋棄屍首。」

其實，要說這賈氏也是命苦。如果她嫁的不是盧俊義這樣一個被梁山看中的英雄漢，而只是一個一般的富家大戶，可能也不會命喪於「情」。可惜賈氏嫁給了「不親女色」的盧俊義，又不甘埋沒自己，讓青春虛度，結果斷送了性命。實在是可悲，可嘆！

俠妓李師師

「歌舞神仙女，風流花月魁。」這是李師師家門上的一副對聯。李師師在《水滸傳》中雖然不是一個主要人物，但卻是一個重要人物。因為在使宋徽宗了解梁山起義真情，促使他宥赦並招安宋江的問題上，李師師起了別人無法取代的關鍵作用。難怪《靖康野史》上說：「侯蒙上書未若師師進言。」李師師與皇帝的私情是有史為據的，這裡不作重要講述，李師師在《水滸傳》中的兩次出現，都與梁山招安有關，李師師在與宋江、燕青等人的結識過程中所表現的風範氣度，絕不是一個平凡的風塵女子所能為，她所表現出的俠肝義膽、巾幗風度，冠以「俠妓」之名，實不為過。

梁山泊英雄大聚義後，宋江從梁山大計出發，想透過相關途徑向朝廷表達被招安的願望。但由於高俅、蔡京等把持朝政，透過正常途徑向皇帝表達忠心已無可能，只有另謀他路。宋江等便趁元宵節京師放花燈之際潛入京城，想透過與當今皇上打得火熱的李師師表露心跡。宋江先派燕青出馬，和李師師接上了頭，並以重金買得了李師師「經紀人」李媽媽的歡心，宋江才和李師師見了面。宋江作詞一首，中有「六六雁行連八九，只等金雞消息」之句，李師師不解其意，正待要問，正好徽宗「從道地中來至後門」。這是見到皇上的最好機會，不料卻被李逵攪亂了，且暴露了身分。

隨後朝廷進剿梁山。宋江等兩敗童貫、三敗高俅後仍未能招安。於是宋江派燕青第二次進京見李師師。在《水滸傳》第八十一回「燕青月夜遇道君，戴宗定計賺蕭讓」中李師師說道：「你休瞞我。……不是我巧言奏過官家，別的人時，卻不滿門遭禍！他留下詞中兩句，道是『六六雁行連八九，只等金雞消息』我那時便自疑惑，正待要問，誰想駕到。後又鬧了這場，不曾問得。今喜汝來，且釋我心中之疑，你不要隱瞞，實對我說。若不明言，絕不干休！」李師師這一番話絕不是平凡風塵女子所能言，言語之中透出一股豪俠之氣。

燕青只得說明實情：「只是久聞娘子遭際今上，以此親自特來告訴衷曲。指望將替天行道，保國安民之心，上達天聽，早得招安，免至生靈受苦。若蒙如此，則娘子是梁山泊數萬人之恩主也。如今奸臣當道，讒佞專權，閉塞賢路，下情不能上達，因此上來尋這條門路，不想驚嚇娘子。」李師師不驚不慌，說道：「休恁地說！你這一班義士，久聞大名，只是奈緣中間無有好人與你們眾位作成，因此上屈沉水泊。」聽聽，這哪像是一個風塵女子的談話，簡直就是至聖至明，撥雲見日。言語之間也流露出對梁山好漢俠義精神的讚歎。正所謂英雄相惜，如果李師師沒有這點俠義情懷，又怎能對梁山「賊寇」以義士相稱，並說他們是「屈沉水泊」？

當然李師師畢竟是風塵中人，她幫助梁山，除了自身的俠肝義膽外，還有一些其他因素，諸如接受了梁山的不少錢財，對浪子燕青的喜愛和對梁山諸人的同情等，正是在各種因素的共同作用下，促使李師師對梁山接受招安的意願做出了努力。她對徽宗說：「陛下雖然聖明，身居九重，卻被奸臣閉塞賢路，如之奈何？」說得天子都嗟嘆不已。在李師師的努力下，燕青不但面見天顏，而且將梁山的忠心以達聖聽，將幾次征剿、招安梁山的實情如實道來，還為自己也討得一紙赦書，並最終促成了梁山的全部人馬招安。

李師師的俠義精神透過在《水滸傳》中的兩次出場就展現在了讀者面前。在《水滸傳》之外，還有一些關於李師師俠義言論、行為的記載，錄於此，可為李師師冠以「俠妓」美名的佐證和補充。

張邦基《汴都平康記》上說：宋徽宗看上李師師後，曾將安南國（今越南）進貢的美酒賜給李師師。李師師把皇帝賜的御酒又轉贈給了邊防將士，要主帥梁師成效仿漢代李廣，把御酒注入泉井，讓每一個士卒都能嘗到。當時有人賦詩紀此事道：「九天玉露出禁苑，不賜樓蘭賜勾欄。幸有鳳城飛將在，甘泉宮酒入酒泉。」李師師從此就得到「飛將軍」的綽號。

但是同書又記載梁師成得到李師師的贈酒後，並沒有把御酒注入井泉，讓全體將士都嘗到，而是自己留下喝了。李師師又拿出白銀三千兩送給梁師成，讓他購買美酒，慰問出征將士。梁師成又把這三千兩白銀貪汙了。李師師非常氣憤，就花重金收買了刺客去刺殺梁師成。不料刺客被梁師成抓獲給殺掉了，李師師從此以「俠」名震京師。《汴都平康記》上說：「李師師慷慨飛揚，有丈夫氣，以俠名傾一時，號『飛將軍』。每客退，焚香啜茗，蕭然自如，人靡得而窺之也。」墨香閣刻本此條下注：「『以俠名傾一時』，蓋指刺梁壯舉也。」

另據史家記載，靖康之難，金人陷京師，徽欽二帝也被金人所獲，金主慕李師師美色，也將其擄獲北上，並欲納之為妃。金殿之上，李師師歷數金人罪行，威武不屈，碰壁而亡，後人悉其事，贊之曰：「庸中佼佼，鐵中錚錚。」當然，此非信史，可為佐料，更顯其「俠妓」之名。

貪說風情的王婆

王婆在《水滸傳》中扮演了一個不光彩的角色。起初貪圖西門慶的錢財，說誘良家婦女與西門慶勾搭成姦，接著又誘逼潘金蓮鴆殺武大郎，最後事情敗露，落了個被活剮的下場。王婆的形象是一個內心齷齪，行為鄙俗，卻又有點「小人」之智的市井小民的形象。她愛打聽小道消息，喜歡說三道四，搬弄是非，內心殘忍，對男女之事還特別熱衷，又善於察言觀色，頗有點小人之智。

王婆本生活在社會底層，開個小茶鋪，賣點茶水、茶葉之類養家餬口，同時，給人說說媒，收點錢貼補家用。按現在的說法她應該屬於勞苦大眾。可她偏不是善類，偏愛招惹閒事。在第二十四回，潘金蓮掉落叉竿打在了西門慶頭上，正好被王婆看見了，於是一段「說風情」的好事開始上演了。從西門慶被叉竿打到那天下午到第二天早上，西門慶先後五次來到王婆茶坊。他的目的顯然是為了把潘金蓮弄到手，讓王婆從中幫忙。西門慶又不可能直言不諱，只好吞吞吐吐，忸忸怩怩。對西門慶的這點兒心思，精於此道的王婆早就一眼看透，所以她便不斷用各色茶湯點心的名稱，來進行挑逗、誘激、掇弄和啟發，一箭雙鵰地點出西門慶的心事，並含蓄地向西門慶暗示各種訊息。

西門慶第一次到茶坊來，王婆便明白他的來意，打趣道：「大官人卻才唱得好個大肥喏！」這是點出西門慶看上了潘金蓮，已經心猿意馬；過了兩個時辰，西門慶第二次進店，王婆趕忙迎出來說道：「大官人，吃個梅湯？」這是借用「梅」字與「媒」字的諧音來挑明西門慶想託她做媒；到「天色晚了」，西門慶第三次進茶坊，王婆說道：「大官人，吃個和合湯如何？」這「和合」的意思，是預祝西門慶獲取新歡，二人能和和美美，做成一處；第二天一大早，西門慶第四次來到茶店，王婆「濃濃的點兩盞薑茶，將來放在桌子上。」薑是熱性，又有點兒辣，這是暗示西門慶要打鐵趁熱，心狠手辣；西門慶第五次踅入茶店來時，王婆請他吃「寬煎葉兒茶」，這裡「寬」是寬心的意思，「煎」是煎熬的意思，這一方面表示王婆對西門慶一夜未睡，頗受煎熬的理解，同時也表示自己辦理此事胸有成竹，給西門慶一顆「寬心丸」。可見這五道茶裡面的確有很多講究和寓意。透過這五道茶，王婆的陰險毒辣和運籌帷幄的馬泊六（皮條客）形象，已經展露無遺了。

事情挑明後，王婆的表現就更加充分了。在西門慶答應說成此事，「便送十兩銀子與你做棺材本」後，王婆道出了自己多年做馬泊六的真經：「但凡捱光（即偷情）的兩個字最難。要五件事俱全，方才行得。第一件，潘安的貌。第二件，驢大的行貨。第三件，要似鄧通有錢。第四件，小，就要綿裡針忍耐。第五件，要閒工夫。此五件，喚做潘、驢、鄧、小、閒。五件俱全，此事便獲著。」接著她對西門慶又說了「捱光」的十個步驟，可以說是步步緊逼，層層深入，直到「做成」。在這裡，我們還是不得不佩服她的「小人之智」。事情到底做成沒有呢？書中說得明白，王婆先假做衣之名將潘金蓮騙至自己家中，然後一步一步按計畫實施，簡直就像是在套用公式一樣，事情的發展一切全按王婆計畫的步驟進行著，潘金蓮一步步走進圈套，最後做成了「好事」。當西門慶得手後，整理衣襟之時，王婆又假意從外面推門歸來，故作清白人，在誘逼之下，使潘金蓮許下了不負西門慶的承諾。這樣潘金蓮被王婆拖下水，並越陷越深。此後，西門慶把王婆的茶坊當成了尋歡之所，王婆還主動擔起了望風的責任。

世上沒有不透風的牆，何況是這樣見不得人的事。潘金蓮與西門慶的姦情暴露後，武大來捉姦，王婆大喊報信，武大被西門慶踢中心窩，口吐鮮血。當西門慶得知武大的兄弟是武松時，像掉進了冰窖裡，王婆反倒冷笑西門慶遇事就慌了手腳，此時，王婆倒有幾分處變不驚的「氣概」。王婆出了一條「斬草除根」之計，由西門慶出砒霜，卻教潘金蓮下手，毒死武大。西門慶弄來砒霜後，王婆頗有心得地教潘金蓮如何下藥，如何灌藥，如何不讓人知，如何銷毀罪證。講這番話時，她顯得十分老練和輕鬆，王婆的殘忍由此可見，而潘金蓮卻在王婆的教唆下成了殺夫凶手。武大被毒死，王婆極為老練自如地幫潘金蓮料理完後事，便回去了。第二天一大早，西門慶來問信時，她還提醒西門慶去吩咐負責驗屍的何九叔不要看出什麼破綻。武松回來了解到事情真相後，喝令潘金蓮和王婆跪在武大靈前，並殺了潘金蓮，將她的心肝五臟供在武大靈前，而王婆由士兵羈押在樓上。後來武松鬥殺西門慶後自首，王婆也終難逃「生情造意，哄誘通姦，立主謀故武大性命，唆使本婦下藥毒死親夫……唆令男女故失人倫，擬合凌遲處死」，只落得個千刀萬剮的下場。

王婆之死罪有應得，罪該萬死。世人只有教人行善之舉，豈有教人為惡之心？王婆以「小人之智」，初雖逞一時之志，終免不了挨千刀之苦，實足為後世搬弄口舌、說黑道白者戒！

秦明元配與花榮之妹

在《水滸傳》中有一對婦女未曾謀面，但一前一後，與同一個人有關係，這個人就是秦明，這對婦女一個是秦明元配，一個是花榮之妹。兩個人雖然沒有謀面，但有個共同點，都成了政治犧牲品。

這兩個人在《水滸傳》中沒台詞，是根據情節的需要引出來的人物。先說秦明元配。秦明奉命攻打清風山，打了敗仗，被宋江等人活捉了去。為了挽留秦明在山上，宋江設陷阱，將秦明軟困，幾人輪番敬酒，將秦明灌醉，然後派一個和秦明長得像的小卒穿了秦明的衣甲，騎著秦明的馬，橫著狼牙棒帶著一幫人直奔青州城下，在青州城外殺人放火，將原有數百人家，化作一片瓦礫場。青州知府以為是秦明帶人來殺人放火，一怒之下，將秦明之妻斬首示眾。秦明元配之死，是宋江等假青州知府之手而殺的，目的是欲挽留秦明在清風山，以堅定其反叛朝廷的決心。這樣，秦明的元配不明不白成了第一個政治犧牲品。

幾天以後，或許秦明元配的頭顱還高掛於青州城樓上時，秦明又娶了繼室花榮之妹。宋江初見花榮之妹是他剛到清風寨花榮的寨上，花榮視宋江如親哥哥，也喚自己的妹子出來拜見哥哥。也許從那時起，宋江就開始注意起花大小姐來了。秦明的元配死於宋江的設計之中，替秦明找新婦，自有贖罪之意。且看宋江如何為秦明說親的：「雖然沒了嫂嫂夫人，宋江恰恰知得花知寨有一妹，甚是賢慧。宋江情願主婚，陪備財禮，與總管為室，若何？」宋江視花榮之妹為政治籌碼，分配她給老婆枉死的秦明為繼室。而花榮也很隨意，任憑宋江決斷，好像跟自己沒有半點關係。他是不太關心自己妹妹的婚事呢，還是和宋江一樣，多少有點贖罪的心理呢？因為害得秦明家破人亡，花榮也有份。不過後來花榮還是認了自己的妹夫，好像還很滿意這門婚事，儼然以秦明的大舅哥自居。且不說宋江有沒有權力為花小姐主婚，也不論花小姐願意不願意，單就秦明來說，元配屍骨未寒，就又做新郎，不知他是何感受？想來秦明還是十分樂意的，也早已忘了對前妻的思念之情。至於花小姐今後的命運，書中沒有交代，但看看秦明的命運就大體知道了。秦明後來死於征方臘的戰事中。想來花小姐與秦明也就有兩三年的婚姻生活，由此可見，她僅僅充當了另一個政治犧牲品而已。

貞烈娘子張氏

《水滸傳》中多淫婦、蕩婦，真正唯一正面歌頌、描寫的貞烈女性是林冲的娘子張氏。

張氏在《水滸傳》一出場時，便遭到了高衙內調戲。其時，林冲陪娘子來岳廟燒香，正好看到隔壁大相國寺裡魯智深在使禪杖，便叫娘子與使女錦兒到岳廟裡還香願，自己卻看得入了神，因此而與魯智深結義。二人正在敘談之際，卻得使女來報，娘子在廟中和人合口（吵嘴）了。林冲奔到廟裡時，看到娘子紅著臉說：「清平世界，是何道理，把良人調戲！」從這句話裡我們完全可以看出林娘子是一個恪守婦道、行端言正的良家女子。這句話寥寥十多字，沒有帶半個髒字，須知這是林娘子在被人輕薄時盛怒之下說的話，要按一般的人，還不破口大罵，髒話連篇了。林娘子卻只把大道理來講，而且語言不多，這說明林娘子根本就不善於和人吵架，說她和人合口都有些言重了。而且說這番話時還是紅著臉。紅臉，一是林娘子因怒紅臉，二是林娘子因羞紅臉。在林娘子看來，光天化日之下，被人調戲，也是一件丟人的事，故而紅了臉。由此，我們可以看出林娘子是有很好的教養和修養的，她平時也是斷不會和人吵嘴的，就是在又氣又羞的情況下說出的話也是那樣有涵養，有分寸。僅僅從這句話裡我們就可以看出林娘子與潑婦、蕩婦無緣，她是一個性情溫和，能謹守婦道的貞潔女性。

林冲放過高衙內，高衙內賊心不死，卻定計叫林冲的朋友陸謙賺林冲出來吃酒，然後誘騙林娘子到陸謙家，再伺機騙奸林娘子。陸謙到林冲家，故意對林娘子說請林冲到他家喝三杯酒解悶，林冲出來時，林娘子趕到布簾下叮囑了一句：「大哥，少飲早歸。」這話是說給陸謙聽的，意思是不要勸自己的丈夫多喝，讓他早點回來。一片愛夫之情溢於言表，也說明二人感情很深。出來後，陸謙又說別回家去了，不如就到樊樓上喝兩杯。二人喝酒之際，高衙內依計派一個叫富安的閒漢冒充陸謙的鄰居跑到林家對林娘子說林冲和陸謙吃酒時，一口氣不上來，便倒下了。林娘子愛夫心切，更兼陸謙來林家時說過就在自家喝酒，因此林娘子帶上錦兒和富安直奔陸家。上到樓上，不見林冲，卻見高衙內在樓上相候，方知中計。卻得錦兒跑下樓去，尋到林冲，林冲奔至陸家，卻見樓門緊閉。只聽得林娘子叫道：「清平世界，如何把我良人妻子關在這裡！」這和第一次受侮時的話如出一轍，再一次表明林娘子是一良家婦女。林冲大叫開門，林娘子知是丈夫來了，只顧來開門。高衙內嚇得跳牆跑了。林冲問被這廝點汙沒有？林娘子說沒有。林冲痛恨陸謙，砸了他家，並拿了一把刀要找陸謙算帳。林娘子勸他道：「我又曾被他騙了，你休得胡做！」林冲不依，林娘子苦勸，怕他惹事，還不肯讓他出門。可見，林娘子是一個息事寧人的人，這與她溫和善良的性格是相符的。

高衙內得不到林娘子仍不死心，高俅又定計陷害林冲，使他誤入白虎堂，被發配滄州。行前，林冲覺得自己已是犯罪之人，而娘子正值年少，怕誤了娘子的青春，便狠心寫下一紙休書，任從改嫁。林冲寫完，正付與岳父之際，林娘子號天哭地而來。林冲見了，將休妻之意對她說了，林娘子說：「丈夫，我不曾有半點些兒點汙，如何把我休了?」林冲的岳父張教頭勸解說，他寫歸寫，我是不會讓你再改嫁的。這事由他放心去，他便不來時，我也安排你一世的終身盤纏費，只教你守志便了。兩相比較，林冲是愛妻而教妻改嫁，張教頭是愛女而教女守志。由此可見，這一家人感情是何等融洽，何等真摯。我們從中也可以看出，張教頭家教是很嚴格的，故張氏能嚴守婦道也是很自然的事。「好女不嫁二夫」在今天來說是有些封建殘餘思想，但在當時來看，還是值得稱道的。林娘子當然是好女，她怎麼可能再嫁二夫呢?故而她聽得說，心中哽咽，又見這封書，一時哭倒，聲絕於地。半天才被救醒，也自哭不住。這一幕生離死別的場景就是鐵人也垂淚。我們既為林冲的有情有義而敬服，更為林娘子的貞潔剛烈而稱嘆。

最後的結局令人扼腕。林冲自刺配滄州後就再也沒有回來，還屢遭人陷害，終至忍無可忍，逼上梁山，落草為寇。在初上梁山的那段日子，他由於受到王倫排擠，本想帶妻子上山，因見王倫心術不定，難以過活，就把這事給耽誤了，家裡的情況也無從知曉。到大戰王倫時，他才一吐心中悶氣，想派人下山帶家人上山。得來的消息是娘子被高太尉威逼成親時自縊身亡，已故半載。張教頭憂慮過度，上月前也染病身故，只有女使錦兒招贅丈夫在家過活。林娘子威武不屈，以死維護自己的貞潔，在當時也稱得上是一名貞烈女子，令人感佩。這也是《水滸傳》中難得一見的貞婦烈女形象。

仗勢至死的白秀英

白秀英是行走江湖的藝妓，色藝雙絕。因為她與鄆城縣新任知縣在東京就有來往，於是便倚仗縣太爺的勢力，來鄆城縣發展。

她來到鄆城後，特意還來參見鄆城縣都頭雷橫。由於雷橫公差出外，白秀英未能見到。一個藝妓，有了縣太爺撐腰，還要拜見縣刑偵大隊的大隊長，足見雷橫是鄆城縣的頭面人物。

白秀英來鄆城後，在勾欄裡說唱諸般品調，每日都有那一般打散（歌舞雜耍的總稱），或有戲舞，或有歌唱，人山人海地看。可見，白秀英不愧是色藝雙絕。

雷橫回來，聽到街上閒漢李小二的介紹，也想到勾欄去看看。人到裡面，也不客氣，就大大方方在左邊第一個座位上坐下了。白秀英唱罷，便先從左邊第一位雷橫的位置開始要賞錢。不巧雷橫身上未帶銀兩，反倒被白秀英的父親白玉喬羞侮了一番。雷橫大怒，這時有人告知這是本縣的雷都頭，白玉喬不依不饒，反倒取笑他是「驢筋頭」。雷橫忍無可忍，從坐椅上跳下戲台來，揪住白玉喬一拳一腳，打得唇綻齒落。眾人見打得凶，都來解拆開了，又勸雷橫回去，勾欄裡的人也一哄而散。

白秀英見自己的父親被打成重傷，又被攪了勾欄，一氣之下，跑到縣衙去告狀。知縣當然聽白秀英的。知縣差人把雷橫捉拿到官，當廳責打，取了招狀，將具枷來枷了，押出去號令示眾。那白秀英要逞好手，又去跟知縣說，教把雷橫號令在勾欄門口。第二天，白秀英再去做場時，知縣果然叫人將雷橫號令在勾欄門首。那白秀英更加來勁，又叫看管雷橫的人將雷橫捆綁起來，並坐在茶坊裡監守著。這時，恰好雷橫的母親給兒子來送飯，見兒子被綁著示眾，十分痛心，要為兒子去解索，不料白秀英從茶坊走出來，二人發生爭執，白秀英大怒，搶先上前只一掌，把雷母摔了個跟頭。白秀英又趕上去，「老大耳光子只顧打。」雷橫是個孝子，一時怒從心發，扯起枷來，望著白秀英腦蓋上打將下來，那一枷打了個正著，劈開了腦蓋，打得腦漿迸流，眼珠突出，一命嗚呼了。

白秀英之死，與自己得寸進尺，仗勢欺人有關。試想一下，白秀英剛來的時候還想拜會雷橫，一是久聞雷橫的江湖名聲，二是想不得罪當地的頭頭腦腦，以便發展自己的「文化藝術事業」，卻沒能相見。不想日後會在勾欄裡碰上，場面不但令雷橫難堪，還傷了自己的父親。此時，白秀英一改當初想參見他的初衷，或許她認為江湖上聞名的雷都頭也只這副「德性」，覺得有了知縣這座最大靠山，在鄆城縣還不是為所欲為。於是對雷橫不依不饒，結果死於非命。其實，白秀英大可不必如此。所謂「強龍難壓地頭蛇」，好歹雷橫也是一人物，否則怎會坐到都頭的位置上？他要真得寸進尺來，吃虧的還不是自己？再說要圖個日後好相見，也要得饒人處且饒人，何必把事做絕了？雷橫打了她的父親，她不平，向知縣告狀，這也在情理之中。但凡事不可做過分，她完全可以透過知縣從中調解，讓雷橫賠理道歉，再賠點銀子，做醫藥費和精神補償費。雷橫畢竟是知縣的下屬，能不給個面子嗎？這樣白秀英既挽回了面子，又得了銀子，何樂不為呢？也許白秀英把這個後台看得太硬了，逮住了機會，要向鄆城縣都頭逞威，壓住了「地頭蛇」，也好為自己顯姓揚名，日後看誰再敢欺侮她？沒想到「插翅虎」也不是浪得虛名，一怒之下，大發虎威，頃刻之間，白秀英命斃枷下。可見，倚仗自己有背景，就不可一世，胡作非為，這絕非明智之舉。只是倚仗別人的勢力，而不是憑自己的真本領，這個勢也是靠不住的，且不說人總有勢盡之日，就是得勢之時，也會有人不吃這一套，自己不濟，終歸不行。因此仗勢息人，而不是仗勢欺人方是上策。

《水滸傳》裡的計謀

梁山泊義軍，最初只有寥寥數人，後來由小到大，由弱到強，發展成為一支聲勢浩大、威震敵膽、擁有十萬雄兵的大軍，原因固然是多方面的，而義軍頭領工於心計，擅用奇謀異略則尤為重要。《水滸傳》充分體現了義軍頭領因人、因事、因時、因地運籌策劃、克敵制勝的謀略思想。無論是大規模的戰爭，還是小打小鬧，無論是真槍真刀的對決，還是費口饒舌的遊說，無不巧用計謀，極富創造性，令人嘆為觀止，堪稱謀略之絕唱，《水滸傳》中用計之處比比皆是，除了能叫出名字的計謀之外，還有許許多多任何謀略兵書上都找不到的無名之計。不能一一列舉，現輯錄書中部分精彩用計供賞。

瞞天過海

瞞天過海是指在公開暴露的事情裡隱藏非常機密的情況。吳用為智取生辰綱策劃了瞞天過海之計。晁蓋、吳用探悉：北京大名府梁中書要起解十萬貫金銀珠寶，與他丈人蔡京慶賀生辰，將由青面獸楊志押送運往東京，路經黃泥崗。

晁蓋道：「吳先生，我等還是軟取，卻是硬取？」吳用道：「我已安排定了圈套，只看他來的光景，力則力取，智則智取。我有一條計策，不知中你們意否？如此如此。」晁蓋聽了大喜，顛著腳道：「好妙計，不枉了稱你做智多星！果然賽過諸葛亮！好計策！」

再說楊志和謝都管並兩個虞候押送十一個禁廂軍挑著十一擔金銀珠寶，一行十五人來到黃泥崗。當時是六月時節，正是酷熱難當的天氣，軍漢們挑著百十斤重的擔子，飢渴難忍，疲憊不堪，見著林子，便要去歇息。楊志知道，這黃泥崗是強人出沒的地方，不能在這裡停腳，只顧催促逼趕，哪個若停息，輕則痛罵，重則藤條抽打，喝道：「這是什麼去處，你們卻在這裡歇涼？起來快走！」眾軍漢道：「你便剁我做七八段，也是走不得了！」楊志拿起藤條，劈頭打去，打得這個起來，那個睡倒，楊志無可奈何。這時只見對面松林裡一個人伸頭探腦地望，楊志趕過去看時，只見松林裡一字兒擺著七輛江州車，七個人脫得赤裸裸的在那裡乘涼。見楊志趕過來，七個人齊叫一起，「阿也！」都跳起來，一個個驚恐不安、提心吊膽的樣子，懷疑楊志是打劫的歹人，自稱是販棗子的小本生意人。這下把楊志的懷疑和擔心消去了大半。他回到擔邊，把樸刀插在地上，自去一邊樹下坐了乘涼。

沒半碗飯時，只見遠遠地一個漢子，挑著一擔酒唱上崗子來。松林裡頭放下擔桶，坐地乘涼。眾軍漢又熱又渴，要湊錢買酒喝，楊志調過樸刀桿便打，罵道：「你這村鳥，理會的什麼？到來只顧吃嘴，全不曉得路途上的勾當艱難！多少好漢被蒙汗藥麻翻了！」那挑酒的漢子看著楊志冷笑道：「你這客官好不曉事！早是我不賣與你吃，卻說出這般沒氣力的話來！」正在松樹間鬧動爭說，只見對面松林裡那夥販棗子的客人，都提著樸刀，走出來問道：「你們做什麼鬧？」那挑酒的漢子道：「我自挑這酒過崗子村裡賣，熱了，在此歇涼。他從人要問我買些吃，我又不曾賣與他。這個客官道我酒裡有什麼蒙汗藥，你道好笑麼？說出這般話來！」那七個客人說道：「我只道有歹人出來，原來是如此。說一聲也不打緊。我們正想酒來解渴，既是他們疑心，且賣一桶與我們吃。」那挑酒的道：「不賣！不賣！」這七個客人道：「你這鳥漢子也不曉事！我們須不曾說你……便賣些與我們，打什麼不緊？」挑酒漢子道：「賣一桶與你不爭，只是被他們說的不好，又沒碗瓢舀吃。」那七人道：「我們自有椰瓢在這裡。」只見兩個客人去車子前取出兩個椰瓢來，又捧出一大捧棗子來。七個人立在桶邊，輪替換著舀那酒吃，把棗子過口。無一時，一桶酒都吃盡了。賣酒漢子要五貫足錢，七個人道：「五貫便依你五貫，只饒我們一瓢吃。」那漢道：「饒不得，做定的價錢！」一個客人付錢，一個客人便去揭開另一桶的桶蓋，舀了一瓢便吃。那漢去奪，這客人手拿吃剩的半瓢酒望松林裡便走。那漢趕將去，只見這邊一客人從松林裡走將出來，手拿一個瓢，便來桶裡舀了一瓢酒。那漢看見，搶來劈手奪住，望桶裡一傾，便蓋了桶蓋，將瓢望地下一丟，口裡說道：「你這人好不君子相！」

那對過眾軍漢見了，心內癢起來，都待要吃，楊志尋思道：「俺在遠處望這廝們都買他的酒吃了，那桶裡當面也見吃了半瓢，想是好的，打了他們半時，胡亂容他們買碗吃罷。」於是便應允了，叫眾軍漢吃完酒便起身。從軍漢湊了五貫足錢，來買酒吃。那賣酒的漢子拒絕道：「不賣了！不賣了！這酒裡有蒙汗藥在裡頭！」眾軍漢陪笑，販棗子的客人也極力相勸，那漢子才把酒賣給他們。眾軍漢又向販棗客人借了椰瓢用。都管先吃一瓢，從軍漢一發上，那桶酒頓時吃盡了。楊志見眾人吃了無事，自本不吃，一者天氣甚熱，二乃口渴難熬，拿起來，只吃了一半。

那七個販棗子的客人立在松樹邊，指著這一十五人，說道：「倒也！倒也！」只見這十五個人，頭重腳輕，一個個面面相覷，都軟倒了。那七個客人從松樹林裡推出七輛江州車，把棗子都丟在地上，將十一擔金珠寶貝裝上車子，遮蓋好了，叫聲：「聒噪！」一直望黃泥崗下推去了。這七個人不是別人，正是晁蓋、吳用、公孫勝、劉唐和阮氏三兄弟。那挑酒的漢子便是白日鼠白勝。原來挑上崗子時，兩桶都是好酒，七個人先吃了一桶，劉唐揭起另一桶的桶蓋，又舀了半瓢吃，故意要楊志他們看著，只是叫人死心踏地。次後吳用去松林裡取出藥來，抖在瓢裡，假意舀半瓢吃，那白勝劈手奪來傾在桶裡。這個便是瞞天過海的計策，在光天化日之下做手腳，使警惕性特高的楊志愣沒看出來，眼睜睜上當、受騙、被劫。

裝瘋賣傻

武松殺了潘金蓮和西門慶，替哥哥報仇後，被發配孟州牢城，途經十字坡。武松與兩個公人在孫二娘酒店吃酒，發現孫二娘賣的是人肉饅頭，為了摸清情況，武松採取了將計就計、裝瘋賣傻的計策。

武松問道：「娘子，你家丈夫卻怎地不見？」那婦人道：「我的丈夫出外做客未回。」武松道：「恁地時，你獨自一個須冷落？」那婦人笑著尋思道：「這賊配軍卻不是作死，倒來戲弄老娘！正是『燈蛾撲火，惹焰燒身』。不是我來尋你，我且先對付那廝！」這婦人便道：「客官，休要取笑，再吃幾碗酒，去後面樹下乘涼。要歇，便在我家安歇不妨。」武松聽了這話，自家肚裡尋思道：「這婦人不懷好意，你看我且先耍他！」武松又道：「大娘子，你家這酒好生淡薄，別有甚好的，請我們吃幾碗。」那婦人道：「有些十分香美的好酒，只是渾些。」武松道：「最好，越渾越好吃。」那婦人心裡暗笑，便去裡面托出一旋渾色酒來。武松看了道：「這個正是好生酒，只宜熱吃最好。」那婦人道：「還是這位客官省得。我燙來你嘗看。」婦人自笑道：「這個賊配軍正是該死。倒要熱吃！這藥卻是發作得快！那廝當是我手裡行貨！」燙得熱了，把將過來篩做三碗，笑道：「客官，試嘗這酒。」兩個公人哪裡忍得飢渴，只顧拿起來吃了。武松便道：「大娘子，我從來吃不得寡酒，你再切些肉來與我過口。」待那婦人轉身入去，卻把這酒潑在僻暗處，口中虛把舌頭來咂道：「好酒，還是這個酒沖得人動！」那婦人哪曾去切肉，只虛轉一遭，便出來拍手叫道：「倒也！倒也！」那兩個公人，只見天旋地轉，禁了口，望後撲地便倒。武松也把雙眼來虛緊閉了，撲地仰倒在凳邊。那婦人笑道：「著了！由你奸似鬼，吃了老娘的洗腳水。」便叫：「小二，小三，快出來！」只見裡面跳出兩個蠢漢來，聽他把兩個公人扛了進去。又來扛抬武松，哪裡扛得動？直挺挺在地下，卻似有千百斤重的。只聽得那婦人喝道：「你這鳥男人只會吃飯，全沒些用，直要老娘親自動手！」聽他一頭說，一面先脫去了綠紗衫兒，解了紅絹裙子，赤膊著，便來把武松輕輕提將起來。武松就勢抱住那婦人，把兩隻手一拘拘將攏來，當胸前摟住，卻把兩只腿，望那婦人下半截只一挾，壓在婦人身上，那婦人殺豬也似叫將起來。只叫道：「好漢饒我！」哪裡敢掙扎？幸好其丈夫菜園子張青適時趕到，才化干戈為玉帛。

聲東擊西

聲東擊西在軍事上是一種迷惑敵人以攻其不備的作戰策略。《水滸傳》第三十四回中花榮戰秦明，用的就是聲東擊西之計。

青州慕容知府聞聽清風山強賊劫了監押宋江的花榮的囚車，反了花榮，結連清風山強盜，時刻清風寨不保，事在告急，急遣兵馬統制秦明點起兵馬，徑奔清風寨，以取清風山。清風山上聽小嘍囉報導：「秦明引兵馬到來！」眾人都面面相覷，俱各駭然。花榮便道：「眾位都不要慌！教小嘍囉吃飽了酒飯，只依著我行：先須力敵，後用智取……如此如此，好麼？」宋江道：「好計！」當日宋江、花榮定了計策，便叫小嘍囉各自去準備，花榮選了一騎好馬，一副衣甲，弓箭鐵槍都收拴了等候。

秦明領兵來到清風山下，擺開人馬，發起擂鼓。只聽得山上鑼鼓聲震天響，飛下一彪人馬來。秦明勒住馬，橫著狼牙棒，睜眼看時，卻見眾小嘍囉簇擁著小李廣花榮下山。到得山坡前，一聲鑼響，列成陣勢。

兩個交手，半鬥到四五十回合，不分勝敗。花榮賣個破綻，撥回馬望山下小路便走。秦明大怒，趕將來。花榮扭轉身軀，望秦明頭盔上只一箭，射落了那顆紅纓。秦明吃了一驚，不敢向前追趕，霍地撥回馬，恰待趕殺，眾小嘍囉一哄地都上山去了。花榮自從別路，也轉上山寨去了。秦明喝叫嗚鑼擂鼓，取路上山。眾軍齊聲吶喊，步軍先上山來轉過三兩個山頭，只見上面檑木、炮石、灰瓶、金汁，從險峻處打將下來，向前的退步不迭，早打倒三五十個，只得再退下山來。

秦明怒極，帶領軍馬繞下山來，尋路上山。尋到午牌時分，只見西山邊鑼響，樹林叢中閃出一隊紅旗軍來。秦明引了人馬趕將去時，鑼也不響紅旗也不見了。秦明看那路時，又沒正路，都只是幾條砍柴的小路，亂樹折木交叉，當了路口。正待差軍漢開路，只見軍漢來報：「東山邊鑼響，一對紅旗軍出來。」秦明引了人馬，飛也似奔過東山邊來，看時，鑼也不鳴，紅旗也不見了。秦明縱馬去四下里尋路時，都是亂樹折木，塞斷了砍柴的路徑。只見探事的又來報導：「西邊山上鑼又響，紅旗軍又出來了。」秦明拍馬再奔來西山邊，看時，又不見一個人，紅旗也沒了。秦明怒壞，恨不得把牙齒都咬碎了。正在西山邊氣忿忿的，又聽得東山邊鑼聲震地響。急帶了人馬，又趕過來東山邊，看時，又不見有一個賊漢，紅旗都不見了。秦明氣滿胸脯，又要趕軍漢上山尋路，只聽得西山邊又發起喊來。秦明怒氣沖天，大驅兵馬，投西山邊來，山上山下看時，並不見一個人。秦明喝叫軍漢兩邊尋路上山。數內有一個軍人稟說道：「這裡都不是正路，只除非東南上有一條大路，可以上去。若是只在這裡尋路上去時，唯恐有失。」秦明聽了，便道：「既有那條大路時，連夜趕將去。」便驅一行軍馬，奔東南角上來。

看看天色晚了，又走得人困馬乏，到那山下時，正欲下寨造飯，只見山上火把亂起，鑼聲亂鳴。秦明轉怒，引領四五十馬軍，跑上山來。只見山上樹林內，亂箭射將下來，又射傷了些軍士。秦明只得回馬下山，且叫軍士只顧造飯。恰才舉得火著，只見山上有八九十把火光呼風唿哨下來。秦明急待引軍趕時，火把一齊都滅了。秦明怒不可當，便叫軍士點起火來，燒那樹木。只聽得山嘴上鼓笛之聲，秦明縱馬上來看時，見山頂點著十餘個火把，照見花榮陪著宋江在上面飲酒。秦明看了，心中沒出氣處，勒住馬在山下大罵。正叫罵間，只聽得本部下軍馬發起喊來。秦明急回看時，只見二三十個小嘍囉做一群，把弓箭在黑影裡射人。眾軍馬發喊，一齊都擁過那邊山側深坑裡去躲。正躲得弓箭時，上頭又滾下水來，一行人馬卻都在溪裡，各自掙扎性命，爬得上岸的，盡被小嘍囉撓鉤搭住，活捉上山了；爬不上岸的盡淹死在溪裡。秦明此時怒得腦門都粉碎了，卻見一條小路在側邊。秦明把馬一撥，搶上山來。走不到三五十步，和人連馬顛下陷坑裡去，兩邊埋伏下五十個撓鉤手，把秦明搭將起來，剝了渾身衣甲、頭盔、軍器，拿條繩索綁了，把馬也救起來，都解上清風寨上來。

這便是花榮用的聲東擊西的計策，像耍猴一樣把秦明耍弄得人困馬乏，疲憊不堪，最後將其活捉。

混水摸魚

混水摸魚是指趁混亂的機會撈取好處，是一種亂中取利的謀略。《水滸傳》第四十回梁山好漢劫法場時，就是運用了混水摸魚之計，成功救出了將要被斬首的宋江和戴宗。

由於宋江在潯陽樓題反詩，被黃文炳告發，打入死牢。江州知府蔡九讓兩院押牢節級戴宗去東京向蔡京報信，而戴宗卻將信報與晁蓋、吳用，吳用等人偽造蔡京書信讓戴宗傳回。因印章出現紕漏，又被黃文炳看破，於是宋江、戴宗被判死刑，五日後押赴市曹斬首。梁山好漢得知消息後，晁蓋問吳用道：「怎生去救？用何良策？」吳用便向前與晁蓋耳邊說道：「……這般這般，如此如此。主將便可暗傳下號令與眾人知道，只是如此動身，休要誤了日期。」眾多好漢得了將令，各個拴束行頭，連夜下山，望江州來。

到了行刑這天，六七十個獄卒早把宋江在前、戴宗在後，推擁出牢門前來，江州府看的人真乃壓肩疊背，何止一二千人？押到市曹十字路口，團團槍棒圍住，把宋江面南背北，將戴宗面北背南，兩個納坐下，只等午時三刻，監斬官到來開刀。

這時，只見法場東邊，一夥弄蛇的丐者，強要挨入法場裡看，眾士兵趕打不退。正相鬧間，只見法場西邊，一夥使槍棒賣藥的，也強挨將入來。士兵喝道：「你那夥人好不曉事，這是那裡，強挨入來要看！」那夥使槍棒的說道：「我們衝州撞府，那裡不曾去？到處看出人！便是京師天子殺人，也放人看；你這小去處，砍得兩個人，鬧動了世界，我們便挨入來看一看，打什麼鳥緊！」鬧猶未了。只見法場南邊，一夥挑擔的腳伕又要挨將入來。士兵喝道「這裡出人，你挑那裡去！」那夥人說道：「我們挑東西送給知府相公的，你們如何敢阻擋我！」士兵道：「便是相公衙裡人，也只得去別處過一過！」那夥人就歇了擔子，都掣了扁擔，立在人叢裡看。又只見法場北邊，一夥客商推兩輛車子過來，定要挨入法場上來。士兵那裡肯放？那夥客商齊齊地挨定了不動，都盤在車子上，立定了看。

沒多時，法場中間，人分開處，報導一聲「午時三刻！」監斬官便道：「斬訖報來！」兩勢下刀棒劊子手便去開枷，行刑之人執定法刀在手。說時遲，一個個要見分明，那時快，鬧嚷嚷一齊發作：只見那夥客人在車子上聽得「斬」字，數內一個客人便懷中取出一面小鑼兒，立在車子上噹噹地敲得兩三聲，四下里一齊動手。又見十字路口茶坊樓上，一個彪形黑大漢，脫得赤條條的，兩隻手握兩把板斧，大吼一聲，卻似半天起個霹靂，從半空中跳將下來，手起斧落，早砍翻了兩個行刑的劊子，便望監斬官馬前砍將來。眾士兵急待把槍去搠時，那裡攔擋得住？眾人且簇擁蔡九知府逃命去了。

只見東邊那夥弄蛇的丐者，身邊都掣出尖刀，看著士兵便殺，西邊那夥使槍棒的大發喊聲，只顧亂殺將來，一派殺倒士兵獄卒，南邊那夥挑擔的腳伕，掄起扁擔，橫七豎八，都打翻了士兵和那看的人；北邊那夥客人都跳下車來，推過車子，攔住了人。兩個客商鑽將入來，一個背了宋江，一個背了戴宗。其餘的人，也有取出弓箭來射的，也有取出石子來打的，也有取出標槍來標的。原來扮客商的這夥便是晁蓋、花榮、黃信、呂方、郭盛；那夥扮使槍棒的便是燕順、劉唐、杜遷、宋萬，扮挑擔的便是朱貴、王矮虎、鄭天壽、石勇，那夥扮丐者的便是阮小二、阮小五、阮小七、白勝。這一行，梁山泊共是十七個頭領到來，帶領小嘍囉一百餘人，另外再加上黑旋風李逵，四下裡砍殺起來。晁蓋叫背著宋江、戴宗的兩個小嘍囉只顧跟著李逵走。當下去十字街口，不問軍官百姓，殺得屍橫遍地，血流成渠。推倒顛翻的，不計其數，眾頭領撇了車輛擔杖，一行人盡跟了李逵，直殺出城來。背後花榮、黃信、呂方、郭盛，四張弓箭，飛蝗般望後射來。那江州軍民百姓誰敢近前？直殺到江邊。又有張順、張橫、李俊、李立、穆弘、穆春、童威、童猛、薛永九好漢帶四十餘人，撐三艘大船前來接應。通共二十九位好漢和一百四五十個悍勇壯健小嘍囉，都在江邊白龍廟裡聚義。後又殺退了追趕的官兵。晁蓋整點眾人完備，都叫分頭下船，開江便走。

混水摸魚，首要條件是「水渾」，然後才能尋機「摸魚」。這次處決宋江、戴宗，法場設在市曹十字街口，看熱鬧的人很多，本來秩序就難以維持，再加十七位梁山好漢和百餘名小嘍囉，從四面挨近法場，故意和維持秩序的官軍士兵吵吵嚷嚷，使局面更加混亂，令官兵更難維持和控制，就連知府蔡九亦難應對和收拾。「水渾」的條件已經具備，只剩待機「摸魚」了。隨著一聲「午時三刻！斬訖報來！」好漢們一齊發作，大打出手，橫衝直撞，整個局面失控，眾官軍驚慌異常，自顧不暇。好漢們乘此混亂之機，迅疾出手「摸魚」，一舉成功。

投石問路

為智取生辰綱，吳用說三阮撞籌，動員阮氏三兄弟參與劫取生辰綱的行動。因這一行動非同小可，要冒身家性命之大險，所以吳用不好貿然直接把事情點破，只能小心翼翼地投石問路，觀風點火。

《水滸傳》第十五回寫了吳用說三阮撞籌的全過程，生動地表現出這位智多星高超絕倫的遊說藝術。

吳用到得石碣村，首先見到了阮小二，稱自己如今在一家大財主家做門館，他要辦筵席，用著十數尾重十四五斤的金色鯉魚，因此特來相投足下。阮小二要和他先吃幾杯酒再說。隨後阮小七、阮小五相繼來到，在吃酒說話間，吳用了解到阮氏三兄弟生活極其貧困，「魚不得打」、「賭錢只是輸」。暗想道：「中了我的計了。」席間再次提起要買十數尾重十四五斤的金色鯉魚。阮小七道：「若是每常，要三五十尾也有……如今便要重十斤的也難得。」晚上在阮小二家喝酒時，吳用又提起買魚事來，說道：「你這裡偌大一個去處，卻怎地沒了這等大魚？」阮小二道：「實不瞞教授說，這般大魚，只除梁山泊裡便有，我這石碣湖中狹小，存不得這等大魚。」吳用道：「這裡和梁山泊一望不遠，相通一派之水，如何不去打些？」阮小二道：「這個梁山泊去處，難說難言，如今泊子裡，新有一夥強人占了，不容打魚。」阮小二道：「那夥強人……打家劫舍，搶掠來往客人。我們有一年多不去那裡打魚，如今泊子裡把住了，絕了我們的衣飯，因此一言難盡！」吳用道：「小生實是不知有這段事，如何官司不來捉他們？」（其實吳用早已知道）阮小五道：「如今那官司一處處動彈，便害百姓……那捕盜官司的人，那裡敢下鄉村來！若是那上司官員，差他們緝捕人來，都嚇得屎尿齊流，怎敢正眼兒看他！」吳用道：「恁地時，那廝們倒快活！」阮小五道：「他們不怕天，不怕地，不怕官司，論秤分金銀，異樣穿綢錦，成甕吃酒，大塊吃肉，如何不快活？我們弟兄三個，空有一身本事，怎地學得他們！」吳用聽了，暗暗歡喜道：「正好用計了。」

阮小七說道：「人生一世，草生一秋，我們只管打魚營生，學得他們過一日也好！」吳用道：「這等人學他做什麼！他做的勾當，不是笞杖五七十的罪犯，空自把一身虎威都撇下，倘或被官司拿住了，也是自做的罪。」阮小二道：「如今該管官司，沒甚分曉，一片糊塗！千萬犯了彌天大罪的倒都沒事。我弟兄們不能快活，若是有肯帶挈我們的，也去了罷。」阮小五道：「我也常常這般思量，我弟兄三個的本事，又不是不如別人，誰是識我們的？」吳用道：「假如便有識你們的，你們便如何肯去？」阮小七道：「若是有識我們的，水裡水裡去，火裡火裡去，若能夠受用得一日，便死了開眉展眼。」吳用暗暗喜道：「這三個都有意了，我且慢慢地誘他。」

吳用又說道：「你們三個敢上梁山泊捉這夥賊麼？」阮小七道：「便捉得他們，那裡去請賞？也吃江湖上好漢們的笑話！」吳用道：「小生短見，假如你們怨恨打魚不得，也去那裡撞籌，卻不是好？」阮小二道：「老先生，你不知我弟兄們，幾遍商量，要去入夥，聽得那白衣秀士王倫的手下人，都說道他心地窄狹，安不得人，前番那個東京林冲上山，嘔盡他的氣。王倫那廝，不肯胡亂著人，因此，我弟兄們看了這般樣，一齊都心懶了。」阮小七道：「他們若似老兄這等慷慨，愛我們弟兄們便好！」阮小五道：「那王倫若得似教授這般情分時，我們也去多時，不到今日。我們弟兄三個，便替他死也甘心！」

吳用道：「量小生何足道哉，如今山東、河北，多少英雄豪傑的好漢！」阮小二道：「好漢們盡有，我弟兄不曾遇著。」吳用隨即向他們介紹了晁蓋，說（晁蓋）「這等一個仗義疏財的好男子，如何不與他相見？」並說晁蓋如今「有一套富貴待取，特地來和你們商議，我等就那半路里，攔住取了如何？」阮氏兄弟表示「使不得」，不能去壞仗義疏財的好男子的道路，吃江湖上好漢們笑話。吳用見他們如此惜客好義，便說：「我如今在晁保正莊上住，保正聞知你們三個大名，特教我來請你們說話。」阮氏兄弟聽晁蓋這麼看得起他們，遂十分堅決地表示：「我三個若捨不得性命相幫他時，殘酒為誓，教我們都遭橫事，惡病臨身，死於非命！」阮小五和阮小七把手拍著脖項道：「這腔熱血，只要賣與識貨的！」

吳用道：「你們三位兄弟在這裡，不是我壞心術來誘你們，這件事非同小可的勾當！目今朝內蔡太師，是六月十五日生辰，他的女婿，是北京大名府梁中書，即日起解十萬貫金珠寶貝與他丈人慶生辰。今有一個好漢姓劉名唐，特來報知。今如欲要請你們去商議，聚幾個好漢，向山凹僻靜去處，取此一套不義之財，大家圖個一世快活。因此特叫小生只做買魚，來請你們三個計較，成此一事。不知你們心意如何？」話說到這份上，阮氏兄弟哪還有推辭之理！阮小七跳起來道：「一世的指望，今日還了願心。正是搔著我的癢處，我們幾時去？」都有些迫不及待了。

以長克短

以長克短，就是用自己的長處，攻對方的短處，即發揮自己的優勢，把處於劣勢的對方制服。《水滸傳》第三十八回「張順水中鬥李逵」，用的就是揚長避短之計。

宋江與戴宗、李逵在潯陽江邊琵琶亭酒館吃酒。宋江因見了這兩人，心中歡喜，吃了幾杯酒，忽然心裡想要辣魚湯吃，李逵去魚船上討鮮魚，與漁民打鬥起來。正熱鬧裡，只見一個人從小路里走出來。眾人看見，叫道：「主人來了！這黑大漢在此搶魚，都趕散了漁船！」那人見李逵在那裡橫七豎八打人，便趕上前來，大喝道：「你這廝要打誰！」李逵不回話，掄起竹篙，卻望那人便打。那人搶入去，早奪了竹篙。李逵便一把揪住那人頭髮。那人便奔他下三面，要跌李逵，怎敵得李逵水牛般力氣，直將他一把推開，不能夠攏身。那人便望肋下捅得幾拳，李逵哪裡在意？那人又飛起腳來踢，被李逵直把頭按下去，提起鐵錘般大小的拳頭，去那人脊梁背上擂鼓般地打。那人怎麼能掙扎開？

李逵正打著，宋江、戴宗趕到，李逵才罷手。那人略脫得身，一道煙走了。李逵跟了宋江、戴宗便走，行不得十數步，只聽得背後有人叫罵道：「黑殺才！今番要和你見個輸贏！」

李逵回轉頭來看時，便是那人，在江邊獨自一個把竹篙撐著一隻漁船，口裡大罵道：「千刀萬剮的黑殺才！老爺怕你的不算好漢，走的不是好男子！」

李逵聽了大怒，吼了一聲，撇了布衫，搶轉身來。那人便把船略攏來湊在岸邊，一手把竹篙點定了船，口裡大罵著。李逵也罵道：「好漢便上岸上來！」那人把竹篙去李逵腿上便搠，撩撥得李逵火起，托地跳在船上。說時遲，那時快，那人只要誘得李逵上船，便把竹篙望岸邊一點，雙腳一蹬，那艘漁船箭也似投江心去了。

李逵雖然也識得水，苦不甚高，當時慌了手腳。那人更不叫罵，撇了竹篙，叫聲「你來！今番和你定要見個輸贏！」便把李逵手臂拿住，口裡說道：「且不和你廝打，先叫你吃些水！」兩隻腳把船隻一晃，船底朝天，英雄落水。兩個好漢撲通地都翻筋斗撞下江裡去。宋江、戴宗急趕至岸邊，那艘船已翻在江裡。只見江面開處，那人把李逵提將起來，又淹將下去。李逵被那人在水裡揪扯，浸得眼白，又提起來，又納下去，何止淹了數十遭？宋江看李逵吃虧，便叫戴宗央人去救。戴宗問明那人乃浪裡白條張順，宋江說：「我有他哥哥的家書在營裡。」戴宗聽了，便向岸邊高聲喊道：「張二哥！不要動手！有令兄張橫家書在此！這黑大漢是俺們兄弟，你且饒了他，上岸來說話！」張順方才罷手，且將李逵托上岸來。李逵喘作一團，口裡只吐白水。四個人都到琵琶亭上說話。戴宗指著李逵問張順道：「足下日常曾認得他麼？今日倒衝撞了你。」張順道：「小人如何不認得李大哥，只是不曾交手。」李逵道：「你也淹得我夠了！」張順道：「你也打得我好了！」戴宗道：「你兩個今番做個至交的弟兄。常言道：『不打不相識』」。李逵道：「你路上休撞著我！」張順道：「我只在水裡等你便了！」四個人都笑起來。

不難看出，李逵在陸上像一隻力大無比的雄獅，在水中卻一籌莫展，遭遇慘敗，吃盡苦頭。張順在水中似一條翻江倒海的蛟龍，在陸上卻無可奈何，處處挨打，備受屈辱。在陸上挨了打的張順不肯善罷甘休，他要報復李逵，就將李逵誘至水中，使李逵的優勢成為劣勢，使自己的劣勢成為優勢，一舉制服了在陸上奈何不得的李逵。

偷梁換柱

偷梁換柱，是一種暗中以假代真，達到欺騙矇混之目的的計謀。《水滸傳》第五十九回梁山好漢智取華州，就是運用了「偷梁換柱」之計。

花和尚魯智深和行者武松二人徵得宋江同意，前往少華山邀請九紋龍史進、神機軍師朱武、跳澗虎陳達和白花蛇楊春四位頭領上梁山入夥。二人到了少華山，受到朱武、陳達、楊春的款待，獨不見史進，問及得悉：史進為搭救一個被華州賀太守強奪去的民女，直去府裡要刺賀太守，被拿住監在牢裡。

性烈如火的魯智深聽了，執意單身去救史進，亦身陷華州，被押入死囚牢。武松等聽報大驚，正無計可施時，忽聞梁山泊神行太保戴宗受宋江差遣到來，武松訴說魯智深不聽勸諫失陷一事，戴宗急返梁山泊報與宋江。

宋江聽罷，失驚道：「既然兩個兄弟有難，如何不救！我等不可耽擱。」當日點起七千人馬，直取華州而來。到了少華山，宋江備問城中之事，然後與吳用說道「怎地定計去救取便好？」朱武道：「華州城郭廣闊，濠溝深遠，急切難打，只除非得裡應外合，方可取得。」宋江等實地察看地形，見城池厚壯，形勢堅牢，無計可施，眉頭不展，面帶憂容。吳用建議：「且差十數個精細小嘍囉去遠近探聽消息。」兩日內，忽有一人來報：「如今朝廷差個殿司太尉，將領御賜『金鈴吊掛』來西嶽降香，從黃河入渭河而來。」吳用聽了，便道：「哥哥休憂，計在這裡了！」便叫李俊、張順道：「你兩個……如此如此而行！」楊春帶路，三個下山去了。

次日，吳用請宋江、李應、朱仝、呼延灼、花榮、秦明、徐寧共七個人，悄悄帶五百餘人下山。到渭河渡口，李俊、張順、楊春已奪下十餘艘大船在彼，吳用叫把船都去灘頭藏了。眾人等候了一夜。

次日天明，聽得遠遠地鑼鳴鼓響，三艘官船到來，船上插著一面黃旗，上寫「欽奉聖旨西嶽降香太尉宿」。太尉船到，被好漢們當港截住。宋江、吳用等軟硬兼施，巧與周旋，不容太尉不離船上岸。宋江、吳用先叫花榮、秦明陪奉太尉上山。宋江、吳用也上了馬，吩咐把船上一應人等並御香、祭物、金鈴吊掛，一齊收拾上山，只留下李俊、張橫帶領一百餘人看船。一行眾頭領都到山上。宋江把宿太尉扶在聚義廳當中坐定，眾頭領兩邊侍立著。宋江下了四拜，跪在面前，告覆道：「宋江原是鄆城縣小吏，為官司所逼，不得已嘯聚山林，權借梁山水泊避難，專等朝廷招安，與國出力。今有兩個兄弟，無事被賀太守生事陷害，下在牢裡。欲借太尉御香儀從並金鈴吊掛去賺華州，事畢並還，於太尉身上並無侵犯。乞太尉鈞鑒。」宿太尉看了那一班人模樣，怎生推託得？只得應允了。宋江執盞擎杯，設筵拜謝。

就把太尉帶來的人穿的衣服都借穿了。於小嘍囉中，選揀一個俊俏的，剃了髭鬚，穿了太尉的衣服，扮作太尉宿元景；宋江、吳用扮作客帳司；解珍、解寶、楊雄、石秀扮作虞侯；小嘍囉都是紫衫銀帶，執著旌節、旗幡、儀仗、法物，擎抬了御香、祭禮、金鈴吊掛；花榮、徐寧、朱仝、李應扮作四個衛兵。朱武、陳達、楊春款住太尉並跟隨一應人等，置酒管待。卻教秦明、呼延灼引一隊人馬，林冲、楊志引一隊人馬，分作兩路取城，教武松預先去西嶽門下伺候，只聽號起行事。

宋江一行人等，離了山寨，徑到河口下船而行，不去報與華州太守，一徑奔西嶽廟來。戴宗先去報知雲台觀觀主並廟裡職事人等，直至船邊，迎接上岸。香花燈燭，幢幡寶蓋，擺列在前。先請御香上了香亭，廟裡人伕扛抬了，導引金鈴吊掛前行。觀主拜見了「太尉」。

「客帳司」吳用道：「太尉一路染病不快，且把暖轎來。」左右人等扶策太尉上轎，徑到岳廟裡官廳內歇下。吳用對觀主道：「這是特奉聖旨，齎捧御香、金鈴吊掛，來與聖帝供養。緣何本州官員輕慢，不來迎接？」觀主答道：「已使人去報了，敢是便到。」

說由未了，華州先使一名推官，帶領做公的五七十人，將著酒果，來見「太尉」。原來那小嘍囉，雖然模樣相似，卻語言發放不得，因此只裝染病，把靠褥圍定在床上坐。推官一眼看那來的旌節、門旗、牙仗等物都是內府製造的，如何不信？

「客帳司」吳用直走下來，埋怨推官道：「太尉是天子近幸大臣，不辭千里之遙，特奉聖旨到此降香，不想於路染病未痊。本州眾官，如何不來遠接？」推官答道：「前路官司雖有文書到州，不見近報，因此有失迎接。不期太尉先到廟裡。本是太守便來，奈緣少華山賊人糾合梁山泊強盜要打城池，每日在彼提防，以此不敢擅離。特差小官先來貢獻酒禮，太守隨後便來參見。」吳用道：「太尉涓滴不飲，只教太守快來商議行禮。」吳用引著推官看了那御賜金鈴吊掛，接著又將出中書省許多公文付與推官，便叫太守快來商議揀日祭祀。推官和眾多做公的都見了許多物件文憑，便辭了客帳司，徑回到華州府裡來報賀太守。

宋江暗暗地喝采道：「這廝雖然奸猾，也騙得他眼花心亂了！」此時武松已在廟門下了，吳用又使石秀藏了尖刀，也來廟門下相幫武松行事。宋江閒步看了一會西嶽廟，回至官廳前。門上報導：「賀太守來也！」宋江便叫花榮、徐寧、朱仝、李應四個衛兵，各執器械，分列兩邊；解珍、解寶、楊雄、戴宗各藏暗器，侍立左右。

卻說賀太守將領三百餘人，來到廟前下馬，簇擁入來。客帳司吳用、宋江見賀太守帶著三百餘人，都是帶刀公吏等人來，「客帳司」喝道：「朝廷貴人在此，閒雜人不許近前！」眾人立住了腳，賀太守獨自進前來拜見太尉。入到官廳前，望著小嘍囉便拜。吳用喝聲：「拿下！」解珍、解寶兄弟兩個颼地掣出短刀，一腳把賀太守踢翻，便割了頭。宋江喝道：「兄弟們動手！」早把那跟來的人，三百餘個，驚得呆了，正走不動，花榮等一發向前，把那一千人算子般都倒在地下。有一半搶到廟門下，武松、石秀舞刀殺將入來，小嘍囉四下趕來，三百餘人不剩一個回去。續後到廟來的，被張順、李俊殺了。宋江急叫了御香、吊掛下船。都趕到華州時，早見城中兩路火起。一齊殺將入來，先去牢中救了史進、魯智深，然後打開庫藏，取了財帛，裝載上車，眾人離了華州，上船回到少華山，都來拜見宿太尉，納還了御香、金鈴吊掛、旌節、門旗、儀仗等物，做筵謝別，眾頭領直送下山，到河口交割了一應什物，一件不少。宋江等回到少華山上，便與四籌好漢商議，收拾山寨錢糧，放火燒了寨柵，都望梁山泊來。

梁山好漢這次智取華州，就是這樣巧妙地抓住宿太尉來華山降香這一非常偶然但卻十分有利的機會，實施「偷梁換柱」之計，暗中將宿太尉一行換成了梁山泊一千人馬，使賀太守被矇騙中計，丟了腦袋和城池。

將計就計

將計就計，是指利用對方施展的計策，反過來向對方施計，使對方上當中計。《水滸傳》第五十四回，宋江攻陷高唐州，用的就是將計就計的謀略。

話說李逵打死殷天錫，致柴進身陷高唐州。為搭救柴進，宋江、吳用率八千馬步軍前去攻打高唐州。經過幾番激戰，梁山義軍把高唐州知府高廉的軍馬神兵殺了個盡絕，宋江、吳用又引兵四面圍城，高廉只得使人去鄰近州府求救。差了兩個帳前統制官，齎擎書信，放開西門，殺將出來，投西奪路去了。梁山泊眾將卻待去追趕，吳用傳令：「且放他出去，可以將計就計。」宋江問道：「軍師如何作用？」吳用道：「城中兵微將寡，所以他去求救。我這裡可使兩支人馬，詐作救應軍兵，於路混戰，高廉必然開門助戰，乘勢一面取城；把高廉引入小路，必然擒獲。」宋江聽了大喜，令戴宗回梁山泊另取兩支軍馬，分作兩路而來。

高廉每夜在城中空闊處堆積柴草，竟天價放火為號，城上只望救兵到來。過了數日，守城軍兵望見宋江陣中不戰自亂，急忙報知。高廉聽了，連忙披掛上城瞻望，只見兩路人馬戰塵蔽日，喊殺連天，衝奔前來，四面圍城軍馬，四散奔走。高廉知是兩路救軍到了，盡點在城軍馬，大開城門，出來接應，撞到宋江陣前，被引入小路，斬作兩段。義軍趁機取了城池，救出了柴進。

從上面的戰例可以看出，將計就計的特點就是巧妙地利用敵方的企圖達到克敵的目的。吳用看破了高廉派人殺出城門去求救兵的企圖，不去追拿突圍出城的人，而是放他們去搬救兵，自己則派兩路人馬冒充救兵，誘高廉帶城內軍兵大開城門，出城接應助戰，達到了全殲高廉軍馬，奪取城池，救出柴進的目的。

虛張聲勢

虛張聲勢，是一種故意大造聲勢來嚇唬敵方，使敵方驚慌失措，從而達到制勝目的的一種計謀。《水滸傳》第六十二回石秀跳樓劫法場救盧俊義，用的就是虛張聲勢之計。

盧俊義被賺上梁山留住了兩月有餘，還是執意要回大名府，哪知管家李固已霸其妻，並告盧俊義歸順梁山泊坐了第二把交椅。因此盧俊義一到家，便被綁了押去大牢裡監禁。李固以五百兩金子行賄兩院押牢節級蔡福，要其結果盧俊義的性命。幸奉宋江將令前去打探消息的柴進以一千兩黃金打通了蔡福、蔡慶的關節，蔡家兄弟上下周全，才留住了盧俊義的性命，決了四十脊杖，直配沙門島。李固又收買兩個防送公人，要他們在途中結果盧俊義的性命，幸得跟盯的燕青放冷箭射死了兩個公人，盧俊義才免一死。燕青背起被折磨得腳不能點地的盧俊義去投梁山泊。不想在途中一個小店裡，又被看了捉拿告示、心生疑惑的店小二告發，盧俊義復被捉解往大名府。燕青無奈只好去梁山泊報信。路遇奉宋江將令前往北京打聽盧俊義消息的楊雄、石秀，燕青把事情對兩個說了。楊雄帶燕青回梁山報信，石秀自去北京打探消息。石秀來到市心裡，聞聽當日午時三刻，將在市曹把盧俊義處斬。石秀急到市曹，見十字路口一個酒樓，便來酒樓上，臨街占個閣兒坐下喝酒。坐不多時，只聽得樓下街上鑼鼓喧天，往窗外看時，樓下十字路口，周回圍住法場，十數對刀棒劊子，前排後擁，把盧俊義押到樓前跪下。人叢裡一聲叫道：「午時三刻到！」行刑劊子早拿住了頭，掣出了法刀。當案孔目高聲讀罷犯由牌，眾人齊和一聲。樓上石秀只就一聲和裡，掣出腰刀在手，應聲大叫：「梁山泊好漢全夥在此！」劊子蔡福、蔡慶撇了盧員外，扯了繩索先走。石秀從樓上跳將下來，手舉鋼刀，殺人似砍瓜切菜，走不迭的，殺翻十數個。一隻手拖住盧俊義，投南便走。怎奈寡不敵眾，兩個當下盡被捉了。解到梁中書面前，石秀睜圓怪眼，高聲大罵：「你這敗壞國家殘害百姓的奸賊！你這與奴才做奴才的奴才！我聽著哥哥將令：早晚便引軍來打你城子，踏為平地，把你砍為三截！先叫老爺來和你們說知！」石秀在廳前千賊萬賊價罵，廳上眾人都嚇呆了。梁中書聽了，沉吟半晌，叫取大枷來，且把二人夾了，監放死囚牢裡。吩咐蔡福在意看管，休教有失。蔡福要結識梁山泊好漢，把兩個做一處牢裡關鎖著，每日好酒好肉與他兩個吃，因此不曾吃苦，倒將養得好了，此是後話。

接著，城裡城外報說將來：「收得梁山泊沒頭帖子數十張，不敢隱瞞，只得呈上。」梁中書看了，嚇得魂飛天外，魄散九霄。帖子上寫道：

> 梁山泊義士宋江，仰示大名府官吏：員外盧俊義者，天下豪傑之士。吾今啟請上山，一同替天行道。如何妄詢奸賄，屈害善良？吾今石秀先來報知，不期反被擒捉。如是存得二人性命，獻出淫婦姦夫，吾無多求，倘若故傷羽翼，屈壞股肱，便當拔寨興師，同心雪恨。大兵到處，玉石俱焚。剿除奸詐，殄滅愚頑，天地咸扶，鬼神共佑！談笑而來，鼓舞而去。義夫節婦，孝子順孫，好義良民，清慎官吏，切勿驚惶，各安職業，諭眾知悉。

當時梁中書看了沒頭告示，便喚王太守到來商議：「此事如何剖決？」王太守是個善懦之人，聽得說了這話，便稟梁中書道：「梁山泊這一夥，朝廷幾次尚且收捕他不得，何況我這裡一郡之力？倘若這亡命之徒引兵到來，朝廷救兵不迭，那時悔之晚矣！若論小官愚見：且姑存此二人性命。」梁中書依允，便吩咐蔡福在意看管盧俊義和石秀。

石秀跳樓劫法場，明明只他一個人，卻大喊「梁山泊好漢全夥在此！」嚇亂了法場，使對方斬盧俊義未成；他明明是來打探消息的，卻氣勢逼人地說：「先教老爺來和你們說知！」使「廳上眾人都嚇呆了」；梁山好漢所散沒頭帖子，更使梁中書和王太守不敢貿然殺掉盧俊義和石秀。梁山好漢在緊要關頭，機智巧妙地施用虛張聲勢之計，達到了預期的目的。

暗渡陳倉

此計全名叫做「明修棧道，暗渡陳倉」。楚漢戰爭時，漢軍公開修復被燒毀的棧道，作出揮兵南進的假象，暗地卻回兵攻占楚軍的據點陳倉（今寶雞市）。後以此比喻用假象掩人耳目，實際卻另有所圖。作為戰爭謀略，通常是指明面上做出要從某一方位、某一路線進攻的樣子，而暗中則又從另一路線發起攻擊。《水滸傳》第一〇七回宋江大勝紀山軍就用了此計。

宋江奉命征討王慶，破了宛州、山南兩座城池後，又統領將佐軍馬殺奔荊南，到王慶部將李懷鎮守的紀山北十里外紮寨屯兵。那紀山乃荊南重鎮，山形險峻，易守難攻，李懷所管三萬軍馬，兵強將勇，又得王慶所派大將謝宇率二萬軍馬相助，兵力十分強大。第一次交戰，宋軍就折了兩將，宋江十分煩惱，與吳用計議道：「似此怎麼打得荊南？」吳用疊著兩個指頭，畫出一條計策，說道：「只除如此如此。」宋江依允。當下喚魯智深、武松等十四個頭領，同了炮手凌振，帶領勇捷步兵五千，乘是夜月黑時分，各披軟戰，用短兵、團牌、標槍、飛刀，抄小路到山後行事。眾將遵令去了。

次早，李懷差軍下戰書。宋江、吳用料魯智深等已深入重地，當即批道「即日交戰。」隨後把眾將軍馬分撥已定，親上前線，列陣督戰。

紀山賊將李懷統領四個虎將，二萬五千兵馬及五千鐵騎，衝突下來。正交戰時，只聽得山後連珠炮響，被魯智深這夥將士，爬山越嶺，殺上山來。山寨裡賊兵，只有五千老弱，一個偏將，被魯智深等殺個罄盡，奪了山寨。李懷等見山後變起，急退兵時，又被宋江部兩路軍馬抄殺到來，賊兵大潰。魯智深等十四個頭領引著步兵，從山上衝擊下來，殺得賊兵雨零星散，亂竄逃生。李懷被打死，四個虎將，也只走掉了一個。三萬軍兵，被殺死大半，山上山下，屍骸遍滿。宋江奪獲盔甲、金鼓、馬匹無算。次早，率領兵將上山，收拾金銀糧食，大賞三軍將士，標寫魯智深等人功次，督兵前進，直指荊南，不在話下。

宋江、吳用在攻打紀山軍時，表面上是從山前正面進攻，紀山守將李懹也確信如此。而實際上，宋江、吳用早派魯智深等十數位頭領暗中帶兵去山後行事了。待李懹領軍出寨到山前與宋江、吳用一行交戰時，魯智深等卻出其不意地從山後攻進了大本營。隨後山上山下兩面夾攻，大獲全勝。

引蛇出洞

引蛇出洞，是比喻用計謀把敵人、壞人從隱蔽處引出來。

打仗，有時會遇到這樣的情形：敵人隱蔽在無法攻進的地方，憑險據守，任你叫戰，他就是不出來，讓人無可奈何。在這種情況下，則需用引蛇出洞之計，把敵人引出而滅之。《水滸傳》第一一八回宋公明智取清溪洞用的就是引蛇出洞之計。

話說朝廷派宋江、盧俊義征討方臘，宋、盧分別攻下睦州和歙州後，直奔清溪而來。盤踞清溪的方臘見宋、盧軍馬勢大，忙向幫源洞逃去，宋江、盧俊義率眾直撲幫源洞，連攻數日，方臘緊閉洞門，堅守不出。宋江焦急萬分，無計可施。方臘在洞中，如坐針氈，一籌莫展。正憂悶間，東床駙馬都尉柯引啟奏道：「我王，臣雖不才，深蒙主上聖恩寬大，無可補報。憑夙昔所學之兵法，仗平日所韞之武功，六韜三略曾聞，七縱七擒曾習。願借主上一支軍馬，立退宋兵，中興國祚。未知聖意如何？」方臘見奏大喜，便傳敕令，盡點山洞內府兵馬，教此將引兵出洞。此將柯引不是別人，正是小旋風柴進。宋江攻克蘇州後，他和燕青受委派化名投靠方臘，以為內應，深得方臘寵信，並將女兒下嫁與他。

卻說宋江軍馬困住洞口，已教將佐分調守護。因連攻數日不下，無法擒住方臘，南兵又不出戰，宋江正眉頭不展，面帶憂容，只聽得前軍報來說「洞中有軍馬出來交戰。」宋江、盧俊義見報，急令諸將上馬，引軍出戰，擺開陣勢。看南軍陣裡，當先是柯駙馬出戰。宋江軍中，誰不認得是柴進？宋江先令花榮出馬，略戰三合，花榮撥回馬便走；再叫關勝出戰交鋒，鬥不到五合，關勝也詐敗佯輸，走回本陣；又叫朱仝出陣，往來廝殺，只瞞眾軍，兩個鬥不到五七合，朱仝也詐敗而走。柯駙馬連勝三將，又揮軍追趕了一程，殺退宋江軍十里。方臘聞報大喜，叫排下御宴，親捧金盃勸飲。柯駙馬奏道：「……明日謹請聖上登山，看柯引廝殺，立斬宋江等輩。」方臘欣然答應。次早，方臘令三軍飽食已了，各自披掛上馬，出到幫源洞口，搖旗發喊，擂鼓搦戰。方臘卻領引內侍近臣，登幫源洞山頂，看柯駙馬廝殺。蛇出洞了！宋江諸將，都到洞前，把軍馬擺開，列成陣勢。只見南軍陣上，柯駙馬立在門旗之下，燕青跟在他的後面。眾將皆喜道：「今日計必成矣！」各人自行準備。南軍陣裡，皇姪方傑爭先縱馬搦戰，宋江陣裡關勝、花榮、朱仝、李應四將陸續出戰，併力共戰方傑，方傑見四將來夾攻，撥轉馬頭，往本陣中便走，柯駙馬卻在門旗下截住，把手一招，宋將關勝、花榮、朱仝、李應四將趕將過來。柯駙馬便挺手中鐵槍奔來，直取方傑。方傑見勢頭不好，急下馬逃命時，措手不及，早被柴進一槍戳著，背後燕青趕上一刀，殺了方傑。南軍眾將驚得呆了，各自逃生，柯駙馬大叫：「我非柯引，吾乃柴進，宋先鋒部下正將小旋風的便是。今者已知得洞中內外備細，若有人活捉得方臘的，高官任做，細馬揀騎。三軍投降者，俱免血刃，抗拒者全家斬首！」轉身引領四將招起大軍，殺入洞中。方臘領著內侍近臣，在幫源洞頂上，看見殺了方傑，三軍潰亂，情知事急，一腳踢翻了金交椅，便望深山中奔逃，結果被花和尚魯智深生擒。

此計成功有兩個前提條件，一是事先作了準備，早派柴進、燕青化裝改名，打入方臘內部核心；二是兩軍交戰中，柴進「演戲」配合，連勝三將，殺退宋江軍十里。方臘滿心歡喜，於是決定出洞，登高觀戰，親賞駙馬爺的韜略武功和大敗敵軍、激奮人心的壯觀場面。就這樣把蛇引出了洞，並戰而勝之。

圍魏救趙

話說，盧俊義被提大名府，後石秀劫了法場，終因寡不敵眾，與盧俊義雙雙被擒。宋江聞訊大驚，帶領大隊人馬，直撲大名府。宋江的人馬在飛虎嶺、槐樹坡等地把大名府的聞達、李成、索超等大將打得連敗數陣。

梁中書急修家書，差心腹星夜趕往京師，報與蔡太師知道。蔡太師聞訊召集眾人商議破賊人之法。衙門防禦使宣贊推舉蒲東巡檢關勝，說他是漢末三分義勇武安王關羽的嫡派子孫，幼讀兵書，深通武藝，有萬夫不當之勇，若拜為上將，必能保國安民。蔡京聽罷大喜，速派宣贊星夜趕往蒲東，禮請關勝赴京。

宣贊引關勝一直來到蔡京的節堂，拜見已畢，立在台階下。蔡京細看關勝，真是一表人才：堂堂八尺五六的身軀，細細的三綹髯鬚，兩眉入鬢，鳳眼朝天，面如重棗，唇若塗朱。太師十分高興，便問：「將軍青春幾何？」關勝答道：「小將三旬有二。」蔡太師說：「梁山泊草寇圍困北京城，請問良將，施何妙策，以解大名府之圍。」關勝說：「久聞草寇占住水窪，驚擾一方。今擅離巢穴，自取其禍。如果救北京，請求借數萬精兵，先取梁山，後拿賊寇，讓他首尾不能相顧。」太師聽後，對宣贊說：「這是圍魏救趙之計，正合我意。」於是叫樞密院調山東、河北精銳一萬五千軍兵，讓關勝的結義兄弟郝思文為先鋒，宣贊為後應，關勝為領兵指揮使，大刀闊斧，殺奔梁山泊來。

宋江與眾將每日攻城不下，李成、聞達都不敢出來對陣，索超箭瘡深重，還未平復，就更無人出戰。這夜宋江在軍帳中悶坐，忽然吳用來到中軍帳內，對宋江說：「我軍圍困了這麼長時間，為什麼不見城中的救軍來到，城中又不出戰？先前三人騎馬奔出城去，必定是梁中書派人去京師告急。他丈人蔡太師必然派兵，其中必有良將。如果用圍魏救趙之計，暫且不來解此處之危，反去取我梁山大寨，那可怎麼辦？兄長不可不考慮。我們先讓士兵收拾，不可都退。」正說著，只見神行太保戴宗來報，說：「東京蔡太師拜請關菩薩玄孫、蒲東郡大刀關勝，帶領一支人馬飛奔梁山泊。寨中頭領主張不定，請兄長軍師早早收兵回來，以解山寨之難。」吳用說：「雖然如此，不可以急忙撤兵。今夜先教步軍撤退，留下兩支馬軍，在飛虎峪兩邊埋伏。城中知道我們撤軍，必然追趕。如不這樣，我軍先亂。」宋江說：「軍師的話很對。」傳令讓小李廣花榮帶五百軍兵，去飛虎峪左邊埋伏；豹子頭林冲帶五百軍兵，在飛虎峪右邊埋伏；再叫雙鞭呼延灼帶二十五騎馬軍，帶著凌振，及風火等炮，離城十幾里遠近，只見追兵過來，便施放號炮，令那兩下伏兵，一齊掩殺追兵。這時傳令，前隊退兵，倒拖旌旗，不鳴戰鼓，就如雨散雲行，遇兵不戰，慢慢退回。從半夜退兵，直到第二天巳時才退完。

城上看見宋江軍馬手拖旗幡，肩擔刀斧，有還山之狀，便報與梁中書：「梁山泊軍馬今日都回去了。」梁中書喚李成、聞達商量。聞達說：「必是京師救軍去攻取他梁山泊，他們恐怕丟了巢穴，才慌忙回去，我們可以乘勢追殺，一定能捉到宋江。」話還沒說完，城外報馬到來，帶著東京的文書，約定帶兵共取梁山賊窩。還說：「他要退兵，可以速追。」梁中書叫李成、聞達各帶一支人馬，從東西兩路追趕宋江。

宋江帶兵退回，城中調兵捨命追趕，直到飛虎峪，只聽到背後火炮齊鳴。李成、聞達吃了一驚，勒住戰馬看時，只見後面旗幡對刺，戰鼓亂鳴。李成、聞達急令回軍。這時左邊殺出小李廣花榮，右邊殺出豹子頭林冲，各帶五百軍馬，殺得官軍措手不及。李成、聞達知道中了計，火速回軍。前面又沖出呼延灼，帶著馬軍大殺一陣，殺得李成、聞達金盔倒戴，衣甲飄零，退入城中，閉門不出。宋江軍馬，很有秩序地撤回。

這樣，關勝用了「圍魏救趙」之計，輕易地就解了大名府之圍。但好景不常，回師水泊的梁山泊好漢，讓呼延灼詐降，賺關勝夜裡偷營，設下埋伏，捉住了關勝等。爾後，宋江等利用元宵節大張燈火之機，派眾好漢潛入城中，外面驅兵大進，裡應外合，一舉拿下大名府，救出盧俊義等，帶走了大名府庫藏的金銀寶物、緞匹綾羅，開倉濟民。

隔岸觀火

梁山泊的頭領白衣秀士王倫，是個妒賢忌能、心胸狹隘之人。晁蓋等眾英雄來到山寨，王倫命人宰了兩頭黃牛、十隻羊、五頭豬，大吹大擂擺筵席。雙方寒暄之後，晁蓋便對王倫謙遜地說，希望能在王倫手下當個卒子，王倫答道：「不要這麼說，且請到山寨，再作打算。」來到大寨聚義廳上，雙方分賓主對席坐下。王倫叫小頭目請晁蓋等人的隨從們到山下食宿，然後在聚義廳上大擺筵席，至晚方散。王倫等送晁蓋等七人關下客館內安歇，自有帶上山的隨從們服侍。

回到客館，晁蓋喜形於色，吳用卻只是冷笑。晁蓋問吳用緣由，吳用說：「兄長是個直性人。你以為王倫肯收留我們嗎？不用看他的心思，只看他的音容笑貌言談舉止就很清楚了。」然後分析說：「他開始與你說話，倒還有交情；此後因為你說出殺了許多官兵，阮氏三兄弟如何英雄，他的臉色就有些變了。雖然他嘴裡虛作答應，心裡好不願意。如果他有心收留我們，今天上午就該議定座次了。林沖原是禁軍教頭，是個精細的人，屈居第四位。席間，我看他便有些不平之氣，不時瞅王倫，只是內心躊躇，沒有發作而已。我明天小施妙計，教他山寨自相火拼。」晁蓋說：「全仗先生妙策。」

次日早晨，林沖來客館拜訪。吳用向前稱謝道：「昨天承蒙恩賜，多有打擾。」林沖說：「小可有失恭敬。雖有奉承之心，怎奈不在其位，深望海涵。」話音剛落，吳用道：「我們幾個雖然不才，也非草木，豈不見頭領錯愛之心，顧盼之意，深為感激。」落座後，吳用問道：「小生久聞頭領在東京時，十分豪傑，不知何故被高俅陷害？後來是誰推薦頭領上這梁山的？」林沖一一作答。吳用又道：「柴大官人名揚天下，教頭如果不是武藝超群，他如何肯推薦你上山？不是吳用過譽，王倫論理該把第一把交椅讓給你坐。」林沖說：「小可並不在意位次低微，只因王倫心術不定，語言不準。所以我今日才有進退無路之感。」吳用說：「王頭領待人接物一團和氣，如何倒說他心地窄狹？」林沖說：「現今山寨有你們諸位豪傑到此相扶相助，好似錦上添花，旱苗得雨。但王倫他卻嫉賢妒能，只擔心豪傑勢力相壓，喧賓奪主。昨天兄長把眾位殺死許多官兵剛說罷，他便有些不自然，露出不肯相留的樣子，所以他才請眾豪傑來關下安歇。」吳用說：「既然如此，我們別等他王頭領打發，這就投別處去好了。」林沖說：「小可只恐眾豪傑產生退去的念頭，所以特來早早說知。今天且看王倫如何對待諸位，好壞都包在林沖身上。」吳用說：「頭領為了我們弟兄幾個，倒與舊兄弟翻臉，這如何是好。若是可容即容，不可容時，小生等馬上告退。」林冲說：「先生錯了，古人有言：『惺惺惜惺惺，好漢惜好漢。』量這個畜牲能有什麼用處！眾豪傑請放心。」林冲起身別眾人，自回山上去了。

沒過多久，小嘍囉傳令，請晁蓋等眾人去山南水寨亭上赴宴。小嘍囉去後，吳用笑對晁蓋說：「看來兄長要做山寨之主了。今天林教頭必然火拼王倫；如果他有些心懶，我憑著三寸不爛之舌，不由他不火拼。兄長及諸位身邊各藏了暗器，只看我手拈鬍鬚為號，大家就開始行動。」

來到水亭上，雙方又依賓主之禮坐下。酒過三巡，晁蓋與王倫談話，每當提起聚義一事，王倫就用閒話支吾開。日過中午，王倫讓小嘍囉取來銀子，然後以山寨小為由，請晁蓋等人笑納，下山自投別處。晁蓋說：「若是不能相容，我們自行告退。請收回厚禮，只此告別。」王倫說：「何故推卻？不是不容納眾位豪傑，只因為山寨糧少房稀，恐怕將來誤了您們的前程，大家臉面不好看，因此不敢相留。」話音未落，林冲坐在交椅上大喝道：「我上山時，你推說糧少房稀。今天晁兄與眾豪傑來山寨，你又說出這樣的話來，是何道理？」吳用便對林冲說：「頭領息怒。只是我們不該來，壞了你們山寨的情分。今天王頭領以禮打發我們下山，送給我們路費。又不曾把我們趕下山去。請頭領息怒，我們這就下山算了。」林冲說：「他是笑裡藏刀，我今天饒不了他！」王倫大罵林冲是以下犯上的畜牲。林冲大怒道：「量你這號人怎配做山寨之主！」吳用見狀，佯做要晁蓋等告退。

晁蓋等七人下了亭子，王倫虛意相留道：「且請宴席結束離去不遲。」語音未落，林冲一腳踢翻桌子，從衣襟底下抽出匕首來。吳用即刻用手把鬍鬚一摸，劉唐就跑上亭子，攔住王倫，說：「不要火拼。」吳用丁扯林冲說：「不要亂來。」阮氏三雄分別看住杜遷、宋萬、朱貴，嚇得小嘍囉們目瞪口呆。

林冲拿住王倫，罵不絕口。杜遷等要上來勸，被三阮緊緊看著，哪裡敢動。王倫想尋路逃走，卻被晁蓋、劉唐攔住。林冲又罵了一陣，去心窩裡只一刀，將王倫殺死在亭子上。

晁蓋等見殺了王倫，各掣刀在手。林冲早把王倫首級割下，提在手裡，嚇得那杜遷、宋萬、朱貴都跪下說道：「願隨哥哥執鞭墜蹬！」晁蓋等慌忙扶起三人來。吳用在血泊裡拽過頭把交椅來，便納林冲入座，叫道：「如有不服者，以王倫為例！今日扶林教頭為山寨之主。」林冲哪裡肯依，再三聲明，火拼王倫，並非圖謀他位，皆因王倫心胸狹隘，嫉賢妒能之故。再三再四，扶晁蓋坐了第一把交椅。回到聚義廳上，眾人排定座次，然後祭祀天地，分官設職，發布號令，賜賞將士。從此上下齊心合力，共聚大義，山寨氣象煥然一新。

從這個故事可以看出，隔岸觀火不是一味被動地坐山觀虎鬥，其中還包含著由被動向主動轉化的進攻思想。林冲從逼上梁山之日起，就受盡了王倫的窩囊氣，只是沒有發作的機會。吳用看出了林冲與王倫之間的矛盾，也看出了王倫拒絕收留他們的用心。吳用借林冲來訪之時，假意表示「別投他處」，初步激化了林冲大戰之心。酒席上，當王倫說出拒留晁蓋等人的決定，林冲大罵王倫時，吳用又以「便當告退」相激，直到林冲掣出鋼刀，吳用一面暗示晁蓋等協助行動，一面仍假意勸解，終於激得林冲大戰王倫。由此可見，吳用所用的隔岸觀火之計，把觀火與縱火運用在一起，從而達到了自己的目的。

李代桃僵

李代桃僵，原意是以李樹代桃樹受蟲蛀。比喻兄弟間互相愛護，互相幫助。它轉用比喻互相頂替或代人受過。

在為形勢所迫，難得全勝，必須做出一定犧牲或付出一定代價的情況下，若在幾種犧牲中，還有可以選擇的可能性時，則要以「兩利相權從其重，兩害相衡趨其輕」為原則，盡量犧牲次要的，保住主要的；犧牲局部的，保住全局的；或付出較小的代價，獲取較大的勝利。這是競爭中特有的策略。

且說宋江等被招安後，出師征遼之際，徽宗令宿太尉傳下聖旨，讓中書省院二官員在陳橋驛犒勞宋江三軍，每名軍士酒一瓶，肉一斤，不得克減。中書省得了聖旨，連夜準備酒肉，差二位官員送到三軍。

再說宋江傳令諸軍，便與軍師吳用商議，將軍馬分作二部分起程：令五虎八彪將領引軍先行，十驃騎將在後，宋江、盧俊義、吳用、公孫勝統領中軍。水軍頭領三阮、李俊、張橫、張順帶領童威、童猛、孟康、王定六及各水手頭目，撐駕戰船，自蔡河內出黃河，向北進發。宋江催促三軍，取陳橋驛大路而進，號令三軍，切勿擾民。

且說中書省二位廂官，在陳橋驛把肉酒散給三軍。誰想這夥官員貪婪無厭，徇私作弊，克減酒肉，卻將御賜的官酒每瓶克減到半瓶，肉一斤克減六兩。前隊散過了，到了後隊項充、李袞所管的軍隊，一個軍校接過一看酒只有半瓶，肉只有十兩（宋時一斤等於十六兩）。指著廂官的便罵道：「你們這等好利之徒，壞了朝廷恩賞！」廂官喝道：「我們怎麼成了好利之徒呢？」軍校道：「皇帝賜俺一瓶酒，一斤肉，你都克減了。不是我們好爭嘴，恨你們這些人無道理，在佛面上去刮金！」廂官罵道：「你大膽！你們這些剮不盡、殺不絕的賊寇，梁山泊的反性還不改！」軍校大怒，把酒和肉劈頭蓋臉的打了過去。廂官喝道：「捉下這個潑賊！」那軍校抽出刀來道：「俺在梁山泊時，比你強的好漢殺了萬千，像你這賊官還有什麼了不起！」廂官喝道：「你敢殺我？」那軍校手起一刀飛過去，正砍在廂官的臉上，撲地倒下了。眾人一看都走開了。

當下項充、李袞飛報宋江，宋江聽得大驚，便與吳用商議，此事如何了之。吳用道：「省院官很不喜歡我們，今天出了這樣的事，正中了他們的意。只能先把軍校斬首，再申復省院聽罪。情急之下便叫戴宗、燕青悄悄進城，告知宿太尉。煩他預先奏知曲委，令中書省不能進讒言，方保無事。」宋江計定妥了，飛馬來到陳橋驛邊，見那軍校立在死屍旁一動不動。

宋江命人從館驛內搬出酒肉，賞勞三軍，都叫近前，卻把這軍校叫到館驛中，問其情節。那軍校答道：「他千萬次喊梁山泊反賊，罵我們殺剮不盡，因此我一時性起，殺了他。專待將軍治罪。」宋江道：「他是朝廷命官，我都懼他，你怎麼便把他殺了！恐怕要連累我等眾人！俺如今方始奉詔去破大遼，未曾建尺寸之功，倒做出了這等事來，如何是好？」那軍校叩頭伏死。宋江哭道：「我自從上梁山泊以來，大小兄弟不曾殺過一個，今日一身入官，事不由我，當守法律。雖是你強氣未滅，使不得舊時的性子。」軍校道：「小人只是伏死。」宋江令那軍校痛飲一醉，叫他樹下縊死，然後斬頭號令。將廂官的屍首備棺槨盛儲，然後動文書申呈中書省院。

宋江在招安之後，自知身處兩難之地，一不小心就會因為童貫、高俅等小人讒害而斷送梁山兄弟的前途，甚至性命。此時，只有萬分謹慎才有可能在朝廷中生存，所以作為一代將才的宋江，必須在關鍵時刻，採用「李代桃僵」的謀略，捨去小利而保全大局。這可能在感情上不容，但在客觀上卻是必要的。

欲擒故縱

北京大名府龍華寺僧人大圓和尚，雲遊來到濟寧，經過梁山泊，被請到寨內做道場。吃齋後閒話，宋江問起北京風土人物，那大圓和尚說道：「頭領為什麼沒有聽到河北玉麒麟之名？」宋江、吳用聽了，猛然醒悟，說道：「你看我們沒老，就這樣忘事！北京城裡有個盧大員外，雙名俊義，綽號玉麒麟，是河北三絕；祖居北京人氏，一身好武藝，棍棒天下無雙。梁山泊寨中若得到此人，何怕官軍緝捕，豈愁兵馬來臨？」吳用笑道：「哥哥為什麼喪自家志氣，若要此人上山，有什麼難的。」宋江答道：「他是北京大名府第一等長者，怎能讓他來落草？」吳用說：「小生略施小計，便教此人上山。」宋江便說：「人稱足下為智多星，真是名不虛傳！敢問軍師用什麼計策，賺此人上山。」吳用說：「小生憑三寸不爛之舌，到北京說服盧俊義上山，如探囊取物一般，只是少一個粗心大膽的伴當，和我同去。」說未了，黑旋風李逵喊著要去，吳用要他一路不喝酒，做道童，裝啞巴，李逵應允。

吳用、李逵二人來到北京。吳用扮做算命先生，李逵扮做道童，挑著個紙招兒，上寫著「講命談天，卦金一兩」，朝市中心走去。吳用手中搖著鈴杵，口裡念四句口號道：「甘羅發早子牙遲，彭祖顏回壽不齊，范丹貧窮石崇富，八字生來各有時。」吳用又道：「乃時也，運也，命也。知生，知死，知貴，知賤。若要問前程，先賜銀一兩。」說罷，又搖鈴杵。北京城內五六十個孩子，跟著看熱鬧，正好來到盧員外的店鋪前，又唱又笑，來回走了幾遭。小孩們也跟著哄鬧。

這一下驚動了店裡的盧員外，詢問外面喧鬧的原因後，說：「既出大言，必有學問。快替我請來。」吳用進廳見過盧俊義，盧俊義欠身問道：「先生貴鄉何處，尊姓高名？」吳用答道：「小生姓張名用，自號談天口，祖貫山東人氏。能算皇極先天數，知人生死貴賤。卦金白銀一兩，方才算命。」盧俊義請入後堂小閣，分賓主坐定，取過一兩白銀，放在桌上。

吳用道：「請問貴庚生辰。」盧俊義說：「先生，君子問災不問福。在下今年三十二歲，甲子年乙丑月，丙寅日丁卯時。」吳用取出一把鐵算子。放在桌上，算了一回。拿起算子，桌上一拍，大叫一聲：「怪哉！」盧俊義失驚問道：「主何凶吉？」吳用說：「員外若不見怪，我就直說了。」盧俊義道：「正要先生與迷人指路，但說不妨。」吳用說：「員外這命，目下不出百日之內，必有血光之災。傢俬不能保守，並死於刀劍之下。」盧俊義笑道：「先生差矣！盧某生在北京，長在豪富之家，祖宗無犯法之男，親族無再婚之女。更兼我做事謹慎，非理不為，非財不取。如何能有血光之災？」吳用改容變色，急忙還回原銀，起身便走，嘆息著說：「天下原來都要人阿諛奉承！罷！罷！分明指與平川路，卻把忠言當惡言。小生告退。」

盧俊義說：「先生息怒。我是開玩笑呢。願聽指教。」吳用說：「小生直言，請不要見怪。員外一向都是好運。但今年時犯歲君，正交惡運。眼下百日之內，屍首異處。這是生來注定的，不可逃呀。」盧俊義說：「可以迴避嗎？」吳用再把錢算子搭了一回，便回員外道：「除非去東南方巽地一千里之外，才可免此大難。雖有些驚恐，卻不傷大體。」盧俊義說：「若是免此大難，當以厚報。」吳用說：

「命中有四句卦歌，小生說與員外，寫在壁上，日後應驗，方知小生靈處。」盧俊義說：「取筆硯來。」便在白粉壁上寫，吳用口歌四句：

「蘆花叢裡一扁舟，俊傑俄從此地遊。

義士若能知此理，反躬逃難可無憂。」

當時盧俊義寫完，吳用收拾起算子，作揖便行。盧俊義挽留說：「先生少坐，過中午再走吧。」吳用答道：「多蒙員外厚愛，別誤了小生賣卦。改日再來拜會。」抽身便走。盧俊義送到門口，李逵拿著拐棒也跟出門外。

吳用帶著李逵，徑直出城，對李逵說：「大事辦完了，我們星夜趕回山寨，安排圈套，準備機關，迎接盧俊義，他早晚便來。」

盧俊義自從算卦之後，寸心如割，坐立不安，不聽家人勸阻，帶著主管李固，雇了十輛太平車，叫了十個腳伕，四五十個伴當，裝滿貨物，朝東南走去。他們曉行夜宿，來到梁山泊附近。這時，吳用派李逵、魯智深、劉唐、穆弘、李應等，輪番與盧俊義較量，並趁機劫走了李固等人及車輛財物。盧俊義邊打邊追，越追越氣，後來又被林冲、呼延灼、徐寧等圍堵，來到鴨嘴灘，誤上了李俊的小船，最後被浪裡白跳張順在水中擒獲。

張順拖定盧俊義直奔岸邊。岸邊早就點起火把，有五六十人在那裡等著，只聽神行太保戴宗傳令：「不得傷害盧員外的貴體！」隨即差人將一包袱錦衣繡襖與盧俊義穿，八個小嘍囉，抬過一乘轎，扶盧員外上轎便走。只見遠遠地早有二三十對紅紗燈籠，照著一撥人馬，動著鼓樂，前來迎接。為頭的宋江、吳用、公孫勝，後面都是眾頭領，一齊下馬。盧俊義慌忙下轎。宋江先跪，後面的頭領也一排排地跪下。盧俊義也跪下還禮道：「既被擒拿，願求早死。」宋江大笑說道：「暫請員外上轎。」眾人擁著一直來到忠義廳。宋江上前陪話道：「小可久聞員外大名，如雷貫耳。今日拜識，大慰平生！剛才眾兄弟多有冒犯，萬望恕罪。」吳用上前說道：「前些天奉兄長之命，特令吳某到府上，以賣卜為由，賺員外上山，共聚大義，一同替天行道。」

宋江請盧員外坐第一把交椅。盧俊義答禮道：「不才無識無能，誤犯虎威，萬死尚輕，什麼原因還跟我開玩笑呢？」宋江陪笑道：「怎敢開玩笑！實在是仰慕員外的威德，如飢如渴。萬望不棄，為山寨之主。」盧俊義回答說：「寧願死去，實難從命。」吳用道：「來日再商議。」當時準備酒食款待。盧俊義無可奈何，只得喝了幾杯。小嘍囉請到後堂歇息。

第二天，宋江殺羊宰馬，大擺宴席，請盧俊義中間坐了。酒至數巡，宋江起身陪話道：「夜來多有衝撞，萬望寬恕！雖然山寨窄小，員外可看『忠義』二字之面，宋江情願讓位，不要推卸。」盧俊義答道：「頭領差了！小可身無罪過，還有些家產。生為大宋人，死為大宋鬼。盧某實難從命。」吳用和眾頭領挨個勸說，盧俊義卻越不肯落草。吳用說：「員外既然不肯，難道還能強迫。不然只能留員外身，不能留員外心。只是眾兄弟難得與員外相聚。既然不肯入夥，就請在小寨略住幾日，再送您回家。」盧俊義說：「小可在此不妨，只恐家中擔心。」吳用說：「這事容易。先叫李固送回車仗，員外遲幾日回去，卻有何妨。」盧俊義上了座，眾人才放了心。

吳用道：「李都管你的車仗貨物都有嗎？」李固應道：「一些兒不少。」宋江叫取兩個大銀給李固，其他的也賞銀十兩。眾人拜謝。盧俊義吩咐李固說：「我的苦，你都知道了。你回家，告訴娘子不要擔心。我過三五日便回去。」李固只要脫身，滿口答應。吳用起身送李固，到了金沙灘，對李固說：「你的主人，和我們商議定了，現在坐第二把交椅。他在未上山時預先寫下了四句反詩在牆上。那是藏頭詩，包藏『盧俊義反』四字。本待把你們殺了，顯得我梁山泊無氣量。今日放你們星夜回去，你家主人不會回去了。」李固只顧下拜，連夜奔回北京。

自此，眾頭領輪流做東宴請盧俊義，不覺早過兩月有餘。只見金風漸漸，中秋將近。盧俊義執意要回北京，宋江見狀說：「這個容易，明日金沙灘送別。」第二天果然送盧俊義上路了。

吳用並不是真心放盧俊義，而是用了「欲擒故縱」之計。吳用早就做了手腳，先在盧俊義家中寫了反詩，又跟李固說盧俊義已坐了第二把交椅，所以盧俊義回去早無安身之地了。其結果也正是如此。盧俊義回到大名府便兩度被捕，險些喪命，最後還是梁山泊好漢幾經爭鬥，才救出盧俊義，接到山上，還真的坐了第二把交椅。

反客為主

楊志在黃泥崗丟了生辰綱，悶悶不已，往南走了多半日，來到一家酒店。楊志身上無錢，吃完便走，這樣與酒家動起手來。鬥了三二十合，那酒家跳出圈外，說道：「使樸刀的大漢，你可通個姓名？」楊志剛道出姓名，那酒家撇下槍棒便拜道：「小人是八十萬禁軍教頭林冲的徒弟，姓曹，名正。因見您手段和小人師傅一般，所以抵敵不住。」

兩人又回到酒店，楊志就把做制使失陷花石綱，如今又失陷了梁中書的生辰綱一事，從頭詳細敘述。曹正要留楊志小住，楊志恐官府追捕，便想投梁山泊。曹正說：「小人聽人傳說，王倫心地偏窄，容不得人。我師父林教頭上山，受盡了他的氣。不如到附近的二龍山，山上聚集四五百人，為首的叫金眼虎鄧龍。制使去那裡入夥。」

楊志在曹正家裡住了一宿，第二天便投二龍山去了。走了一天，楊志望見一座高山，便想在面前林子裡歇一夜，明天再上山。轉入林子，吃了一驚，見一個髀子和尚，坐在松樹根上乘涼。二人話不投機，便打起來。楊志和那和尚鬥了四五十合，不分勝敗。那和尚跳出圈外，喝一聲：「且住！」楊志暗暗喝采：「哪裡來的和尚，真個好本事！」那僧人叫道：「那青面漢子，你是什麼人？」楊志說：「我是東京制使楊志。」那和尚說：「莫不是在東京賣刀殺了破落戶牛二的。」楊志說：「不敢問師兄是誰？」那和尚說：「我是延安府老種經略相公帳前軍官魯提轄。因為三拳打死了鎮關西，到五台山淨發為僧。人見我背上的花繡，都叫我花和尚魯智深。」

楊志笑道：「俺在江湖久聞師兄大名，聽說師兄在大相國寺裡掛搭，什麼緣故到這裡？」魯智深說：「一言難盡，我在大相國寺管菜園，遇到豹子頭林冲被高太尉陷害，我路見不平，送他到滄州，救了他一命。不想高太尉又要捉我，我逃到江湖，來到孟州十字坡，結交了菜園子張青夫婦。後來打聽到二龍山寶珠寺可以安身，特來投奔。沒想鄧龍不准入夥，和我廝殺，敵不過便守住山中三道關。由你叫罵，只是不下來廝殺，氣得我無法。」

楊志也訴說了賣刀殺死牛二及解生辰綱失陷等事，還說曹正指點來此，又說：「既是閉了關隘，不如先去曹正家商議。」

來到曹正酒店，楊志向曹正引薦魯智深，曹正慌忙置酒款待，商量打二龍山一事。曹正道：「小人有條計策，制使穿上村中百姓的衣服，小人把這位師父捆上，小人自會做活結頭。再叫小人的妻弟帶六個夥計，扛著禪杖、戒刀，一同上山，只說：『我們是在村旁開酒店的，這個和尚在店中吃得大醉，不肯還錢，還說報人來打你們山寨。乘他醉了，綁到這裡獻給大王。』那廝必然放我們上山。到了山寨見了鄧龍，拽開活結，小人把禪杖遞給師父。你兩個好漢一齊上，那廝哪裡跑。結果了他，他手下的不敢不伏。此計如何？」魯智深、楊志齊說：「妙！妙！」

第二天清晨，眾人取路投二龍山。過晌午來到林中，將魯智深綁了，楊志也穿上破衣服，手裡倒提樸刀。曹正拿著禪杖，眾人提著棍子，前後簇擁，走到山下。

小嘍囉見狀飛報上山，只見兩個小頭目上關問道：「你們是哪裡人，來我們這裡做什麼，哪裡捉到這個和尚？」曹正說：「小人是這山下附近村子裡村民，開了個酒店。這個胖和尚來我店中喝酒，喝得大醉，不肯給錢，口裡還說：『要去梁山泊叫千百個人來打二龍山，和你這村子都洗盪了。』因此小人把他抓到這裡，獻給大王。表我村鄰孝順之心，免去村中後患。」

兩個小頭目一聽這話，歡天喜地，回去報與鄧龍。鄧龍聽說拿到那胖和尚，大喜道：「解上山來，取這傢伙的心肝下酒，消我幾日心頭之恨！」小嘍囉得令，來把關隘門開了，放一行人上山。

楊志、曹正押魯智深上山，來到寶珠寺佛殿，只見中間放著一把虎皮交椅，眾多小嘍囉拿著槍棒，立在兩旁。

一會兒，只見兩個小嘍囉扶出鄧龍來，坐在交椅上。鄧龍說：「你這禿驢，前日點翻了我，傷了小腹，至今青腫未消。今日要與你算總帳！」魯智深圓睜怪眼，大喝一聲：「山賊休走！」兩個夥計拽開活結，魯智深從曹正手中接過禪杖，楊志提起樸刀，曹正掄起棍棒，眾夥計一起上前。鄧龍急待掙扎時，早被魯智深一禪杖，當頭一杖，把腦蓋劈作兩半，把交椅都打碎了。手下的小嘍囉，早被楊志打翻了四五個。曹正叫道：「都來投降！若不答應，便全都處死！」寺前寺後，五六百小嘍囉和幾個小頭目，都驚呆了，只得歸降。隨即叫人把鄧龍等屍首抬到後山燒化，一面去查點倉庫，整頓房舍，再去看寺後有多少物件。又安排酒肉慶賀，魯智深與楊志做了山寨之主。

反間計

宋江同眾好漢收了芒碭山，返回梁山泊，只見蘆葦岸邊大路上一個大漢朝著宋江便拜。宋江慌忙下馬問道：「足下姓甚名誰，何處人氏？」那漢子答道：「小人姓段，雙名景住，祖籍涿州人氏。平生只靠到北邊盜馬。今春在槍竿嶺北邊，盜得一匹好馬，渾身雪白，無一根雜毛，頭至尾長一丈，蹄至脊高八尺。那馬又高又大，一日能行千里。此方喚牠做『照夜玉獅子馬』，是大金王子的坐騎。江湖上只聽及時雨的大名，無緣相見，想把此馬進獻頭領，權表我進身之意。沒想來到凌州西南曾頭市，被曾家五虎奪去了。小人說是梁山泊宋公明的，不想他們說了很多髒話。小人逃脫，特來告知。」

宋江見段景住儀表非俗，心中暗喜，便說：「既然如此，等回到寨裡再商議。」宋江叫戴宗到曾頭市探聽那匹馬的下落。三五天後，戴宗回來向眾頭領說：「這個曾頭市，共有三千餘家。其中有一家，喚作曾家府。這家老爺子原是大金國人，名為曾長官，生下五個孩兒，號為曾家五虎：曾塗、曾密、曾索、曾魁、曾升。還有教頭史文恭，副教頭蘇定。那曾頭市聚集五七千人馬，紮下營寨，造了五十輛囚車。他們發願與我梁山誓不兩立，定要捉完山寨中的頭領。那匹千里玉獅子馬，現今成了史文恭的坐騎。更加可恨的是，他們杜撰了幾句話，讓市井小兒唱道：

『搖動鐵環嶺，神鬼盡皆驚。
鐵車並鐵鎖，上下有尖釘。
掃蕩梁山清水泊，剿除晁蓋上東京。
生擒及時雨，活捉智多星。
曾家生五虎，天下盡聞名。』」

晁蓋聽了，心中大怒道：「這畜生怎敢這樣無禮，我須親自走一遭，不捉住此輩，誓不回山。」眾人勸阻不住，晁蓋帶領二十位頭領，五千人馬，征討曾頭市。不料殺到第四日，晁蓋中計，被兩個和尚騙到法華寺，被曾家的亂箭射中，當眾將退回梁山泊時，晁天王已水米不進，渾身虛腫。當日三更，晁蓋囑咐道：「賢弟保重。日後捉到射死我的，可為梁山泊主。」說完，便瞑目而死。

此後，梁山泊經過無數陣戰，攻城略地，劫獲了無數財物，還增添了呼延灼、徐寧、關勝等眾多虎將。吳用智取大名府後，關勝主動請戰，到凌州迎戰將要討伐梁山的單廷矽、魏定國。結果，關勝到凌州便使二人歸順。

關勝等軍馬回到金沙灘，只見段景住一個人氣急敗壞地跑過來。眾人到了忠義堂，關勝介紹單廷珪、魏定國與眾頭領相見。段景住對宋江說：「我和楊林、石勇前往北地買馬，選了駿馬二百多匹，回到青州地面，被郁保四等二百餘強人劫走，都解送到曾頭市了。石勇、楊林也不知去向，小弟連夜逃來報知。」宋江聽了大怒道：「前者奪我馬匹，今又如此無禮！晁天王的冤仇，還沒有報。若不去報仇，要惹人恥笑。」吳用讓時遷打探消息。二三天後楊林、石勇逃回山上，備說史文恭出言不遜，要與梁山泊周旋到底。宋江根據情況，派了五路大軍。

雙方第一次交陣，曾塗便被花榮射中落馬，呂方、郭盛雙戟並用，曾塗死於非命。當夜史文恭劫寨，曾索又被解珍一槍搠於馬下。

曾長官見又折了曾索，煩惱倍增。次日，請史文恭寫投降書。史文恭也有幾分畏懼。隨即寫一封書信。差人送到宋江大寨。宋江拆開看時，上面寫道：

> 曾頭市主曾弄頓首再拜宋公明統軍頭領麾下：日昨小男倚仗一時之勇，誤有冒犯虎威。向日天王率眾到來，理合就當歸附。奈何無端部卒，施放冷箭。更兼奪馬之罪，雖百口有辭，原之實非本意。今頑犬已亡，遣使計和。如蒙罷戰休兵，將原奪馬匹盡數納還，更齎金帛犒勞三軍。此非虛情，免致兩傷。謹此奉書。伏乞照察。

宋江看罷心中大怒，扯書罵道：「殺吾兄長怎肯干休！只待洗盪村坊，是我本願。」下書人俯伏在地，凜顫不已。吳用慌忙勸道：「兄長差了！我等相爭，全為義氣。既然曾家派人下書講和，難道能為一時的氣憤，而失掉大義嗎？」隨即便寫了回書，來使帶回本寨。信中說若要講和，必須歸還二次搶奪的馬匹，還要奪馬的凶徒郁保四。

曾長官與史文恭看了，都很驚憂。第二天曾長官又派人來信說：「若肯講和，各請一位做人質。」宋江不肯。吳用便道：「無妨。」隨後便差時遷、李逵、樊瑞、項充、李袞五人前去為人質。臨行時，吳用叫過時遷，附耳低言：「如此如此，休得有誤。」

時遷帶四個好漢來見曾長官，曾長官請五人到法華寺安歇，撥五百人前後圍住。曾升帶郁保四到宋江大寨講和，並把第二次奪的馬匹，還有一車金帛，送到大寨。宋江見沒有那匹千里白龍駒，讓曾升寫信討馬。史文恭派人來說道：「如果一定讓我還照夜玉獅子馬，必須退兵。」

宋江聽到這話，便跟吳用商量。忽然有人報：「青州、凌州有兩路軍馬殺來。」宋江說：「他們要得知，必然變卦。」暗傳號令，派關勝、單廷珪、魏定國去迎青州軍馬；花榮、馬麟、鄧飛，去迎凌州人馬。暗地裡叫出郁保四，用好言撫卹他，說道：「你若肯建此功，山寨也教你做個頭領。奪馬之仇，折箭為誓，一齊罷休。你若不從，曾頭市破在旦夕。」郁保四道：「情願投拜，在帳下聽命。」吳用授計，對郁保四說：「你只裝作私自逃跑，回到寨中與史文恭說：『我和曾升去宋江寨中計和，打聽得真實了。如今宋江大意，只想賺回這匹馬，無心講和。若還給他，必然翻臉。如今聽得青州、凌州兩路救兵到了，十分心慌。正好乘勢用計，不可有誤。』他若信從了，我自有處置。」郁保四依計，一直到史文恭那裡，把前事說了一遍。曾長官聽到說：「我那曾升還在那裡，若翻臉，必然加害於他。」史文恭說：「打破他的營寨，好歹救了曾升。今晚傳令各寨，盡數出發，先劫宋江大寨，回來再殺李逵等不遲。」史文恭調動人馬，郁保四趁機來到法華寺，暗與時遷通了消息。

當晚，史文恭帶領眾將，來到宋江總寨。史見寨門沒關，寨內無人，情知中計，立即轉身。這時只聽見曾頭市鑼鳴炮響，東西兩門，火炮齊鳴，喊聲大作。李逵等也殺將出來。曾長官見寨中大亂，又聽到梁山泊分兩路殺來，就在寨中自縊而死。曾密奔到西寨，被朱仝一樸刀砍死。曾魁要奔東寨，被軍馬踏死。蘇定奔到北門，被亂箭射死。史文恭騎著千里馬，殺出西門，被玉麒麟盧俊義一樸刀搠下馬來，立即被捆，燕青牽著馬，一同來到大寨。然後將曾升斬首，曾家一門老小，盡數不留。抄擄到的金銀財寶，米麥糧食，裝車都運回梁山。

此時，關勝、花榮等分別殺退了青州、凌州的官軍，凱旋而歸。眾好漢在忠義堂上，都來參見晁蓋之靈，然後將射殺晁天王的仇人史文恭，剖腹剜心，祭奠晁蓋。

吳用攻打曾頭市，主要用的是反間計。郁保四本來是梁山泊的死對頭，他要反過來協助梁山泊去騙史文恭，史文恭哪有不上當的。

苦肉計

少華山寨中有三個頭領，他們是神機軍師朱武、跳澗虎陳達和白花蛇楊春。

一日，朱武與陳達、楊春商量說：「現今聽說華陰縣出三千貫賞錢，叫人捉我們。看來早晚要和他們廝殺。只是山寨錢糧不足，需劫些來供山寨使用。」陳達說：「說得是，現在我們就去華陰縣，先向他借糧，看他怎麼辦？」楊春說：「不要去華陰縣，只去蒲城縣，便會萬無一失。」陳達說：「蒲城縣人戶稀少，錢糧不多，不如只打華陰縣，那裡人民富裕，錢糧豐足。」楊春道：「哥哥不知道，若去打華陰縣時，必須從史家村過。那個九紋龍史進是個英雄，不可去招惹他。」陳達說：「兄弟好懦弱！一個村子都過不去，怎麼能抵敵官兵？」楊春說：「哥哥可不要小看了他，那人真是厲害呀！」朱武也說：「我也聽說他十分英雄，說這人有真本事，兄弟不要去吧。」陳達急得叫了起來，說道：「你兩個閉嘴，長別人的志氣，滅自己的威風。他只是一個人，也沒長三頭六臂，我不信。」喊叫小嘍囉備馬，說：「現在我先打史家莊，後取華陰縣。」朱武、楊春再三勸阻，就是不聽。陳達隨即上馬，點了一百四五十小嘍囉，鳴鑼擂鼓下山，直奔史家村。

史進聽莊客報告說少華山來了很多人馬，便命人敲起梆子。不一會兒，莊前便聚集了拖槍拽棒的三四百人。少華山陳達帶來人馬，飛奔到山坡下，命小嘍囉擺開陣勢。

陳達在馬上看著史進，欠身施禮。史進高聲斥道：「你們殺人放火，打家劫舍，犯了彌天大罪，都是該死之人。你也有耳朵，好大膽，敢在太歲頭上動土！」陳達在馬上答道：「我們山寨缺少糧食，想去華陰縣借糧，經過貴莊，想借一條路。並不敢動貴莊一根草，放我們過去，回來自當拜謝。」史進道：「胡說！我家現當里正，正要捉拿你們這夥賊。今天不捉拿倒要放過你們，本縣知道，必定連累我。」陳達說：「『四海之內，皆兄弟也』，相煩借一條路。」史進道：「你問我手裡的刀，肯放過你嗎？」陳達怒道：「休要欺人太甚！」說著二人打在一處。

兩個鬥了多時，史進賣個破綻，讓陳達把槍往心窩裡刺來，史進把腰一閃，陳達撲空，史進順勢把陳達用臂夾住，扔到馬下，叫莊客綁了。小嘍囉見狀轉身都逃回了山寨。

朱武、楊春兩個正在猜疑，忽聽陳達被擒，朱武說：「我的話不聽，果然惹禍了。」楊春說：「我們出動全部人馬，與他死拼怎樣？」朱武說：「不可以。他尚且都輸了，你如何拚得過史進。我有一條苦計，如果再救不了，我和你就都完了。」

史進在莊上餘怒未消，只見莊客飛報：「山寨裡的朱武、楊春來了。」史進上馬，正想出莊門，只見朱武、楊春步行已到莊前。他兩個雙雙跪下，淚流不止。史進下馬喝道：「你兩個為什麼跪下？」朱武哭著說：「我們三人，被官司逼迫，不得已上山落草，當初發誓道：『不求同日生，只願同日死。』我們雖然比不上劉備、關羽、張飛的義氣，但那心是一樣的。今天，小弟陳達不聽好言相勸，冒犯虎威，已被英雄捉住押在貴莊，沒辦法我們才前來懇求，希望英雄把我們三個人，一塊解官請賞，我們誓不皺眉。我們在英雄手裡請死，絕無怨恨之心。」史進聽了，尋思道：「他們這樣義氣！我如果抓住他們送官請賞時，反叫天下好漢們恥笑我不英雄。自古道：『大蟲不吃伏肉。』」史進便說：「你們兩個先跟我進來。」朱武、楊春並不害怕，跟著史進，一直來到後廳前，二人又跪下，又讓史進捆綁。史進三回五次地叫他們起來，他們兩個就是不肯。惺惺惜惺惺，好漢惜好漢。史進說：「你們既然如此義氣深重，我若抓你們送官，便不是好漢。我放陳達還你們如何？」朱武說：「不要連累了英雄，還是把我們去解官請賞。」史進說：「不能這樣做——你們肯與我一起喝酒嗎？」朱武說：「一死尚然不懼，何況酒肉呢？」

史進欣喜，放了陳達，在後廳置酒設席，款待三人。朱武等拜謝大恩。喝完酒，三人又謝過史進，回山去了。

《水滸傳》與江湖

江湖是水滸人物活動的主要場所。水滸裡的江湖世界，是瓦舍勾欄的風月，是十字坡前的黑店，是月黑風高的魅影，是快意恩仇的殺伐。在這個江湖世界裡，既有大碗喝酒，大塊吃肉，又有英雄聚義，替天行道。在水滸英雄眼裡，江湖成了「綠林」的代名詞，水滸裡多次提到江湖，並對後世產生了深遠的影響，並形成了特有的「江湖文化」。

《水滸傳》裡的江湖

江湖的本義就是江和湖。擴大一些也就是指江河湖海。後來這個詞發生了變化，內涵逐漸變得豐富起來，有文人士大夫們的江湖（與朝廷相對），也有遊民們的江湖，這個江湖就是我們今天還一直說的「闖江湖」的江湖。《水滸傳》中給讀者提供的「江湖」就是遊民生活的空間，它脫離了宗法網路的羈絆，形成某種獨立性，構成了與主流社會不同甚至相對抗的隱性社會。

這個「江湖」是確實存在的。它的構成主要是遊民和社會上其他階層中的甘心自外於主流社會的邊緣人物。這些人物都知道它的存在，而且要盡量在這個領域中有所作為、建立自己的名號與地位，不做違反屬於這個領域原則的事情。第九回寫到滄州道上一個酒店的主人介紹柴進說：「此間稱為柴大官人，江湖上都喚做小旋風。」「小旋風」這是個綽號，也是江湖上的「字號」，只有江湖上這樣稱他。柴進與朝廷官府或文人雅士往來，如果寫個拜帖，絕不會署上「小旋風」這個綽號。因為這三個字是屬於江湖的，主流社會人士要看到這三個字，便會把柴進視為「匪類」的。柴進喜歡結交落魄江湖的遊民，幫助他們，給以金錢，這贏得了江湖好漢的尊敬和愛戴，而且還有了江湖人才會有的綽號。

智取生辰綱的故事中，寫到晁蓋被江湖上人所擁戴，要做打劫的大買賣，劉唐、公孫勝分別從河北不同的地方來到山東請他牽頭組織。可見江湖上有共同的認知，認為唯有晁蓋才能領導這樣的重大行動。江湖雖是個隱性社會，但是也有被許多遊民公認的領袖。

第十八回，宋江出場時介紹說他一心結識江湖上的好漢，扶危濟困，從不吝惜金錢，因此江湖上稱他「及時雨」，這為他後來流浪江湖時，處處受到江湖人解救和幫助作了鋪墊，也說明江湖客觀存在，平時看不見、摸不著，到了一定的時候就凸顯出來。江湖人也是如此，平常看來都是一般人，當宋江把自己的名號亮出來的時候，這些人「納頭便拜」，因為他們是江湖人，崇拜這位名揚江湖的「宋大哥」。

江湖也有被遊民們認可的道德準則，素養好的江湖人便能自覺遵守。如吳用在誘說「三阮」時，問他們敢不敢上梁山、捉王倫等人向官府請賞？阮小七說那會「吃江湖上好漢們笑話」。當然，也有自己給自己規定的原則，如十字坡的黑店就有張青給孫二娘規定的三種人「不可壞他」，一是「雲遊僧道」，二是「江湖上行院妓女」，三是「各處犯罪流配之人」。這三種人都是遊民。這說明在江湖這個遊民生活的空間裡，有對本階層人的維護意識。

江湖生活，《水滸傳》稱為「江湖上的勾當」。武松與張青、孫二娘夫婦談到的都是些「殺人放火」的事。《水滸傳》所描寫的打家劫舍、攔路搶劫、黑店黑船上的種種勾當，乃至衝州破城都是江湖生活。後來的江湖人也稱此為「生意」。

江湖的訊息十分靈敏，非常快速，宋江、晁蓋、柴進的名聲江湖上盡人皆知，連吳用、公孫勝等人也是在江湖上享有大名的。那時沒有公眾媒體，訊息完全靠人們口耳相傳。傳播者大多是浪跡江湖的遊民。從《水滸傳》的描寫中還可見訊息在江湖上流傳極快，生辰綱剛剛起運，江湖人便獲得了這個訊息，並策劃如何劫取。林冲上了梁山，受到王倫的排擠壓抑，江湖上不到半年就知道了。這些例子使讀者產生遐想，是不是江湖上有個專業性質的傳播系統，時時對江湖人們發布消息？當然不是。訊息傳播快的主要原因就是：遊民流動性大，這些訊息又與他們的利益密切相關，所以傳播特快。

《水滸傳》裡的江湖遊民

中國古代是宗法社會，脫離了宗法網路、沒有穩定收入和固定居處的人們都可稱之為遊民。遊民掙扎在社會的最底層，為了生存他們往往會使用各種手段以獲取生活資源。《水滸傳》中的遊民以「盜」為多，而且還往往是占山為王的大盜。《水滸傳》的一百零八人，最後都上了梁山，都可以說是「盜」。如梁山除了自己班底人馬和初次聚義就選擇了梁山的人物以外，許多頭領還是其他小山頭的山大王。如少華山的朱武、陳達、楊春；桃花山的李忠、周通；清風山的燕順、王英、鄭天壽；黃門山的歐鵬、蔣敬、馬麟、陶宗旺；對影山的呂方、郭盛；登雲山的鄒淵、鄒潤……這是有組織的遊民。還有個體的搶劫者，如活躍在道路上、江河之中李俊、張橫、童威、童猛，開夫妻黑店的張青、孫二娘等。其他如盜馬賊段景住，小偷小摸的時遷。這些沒有任何政治訴求，只是以殺人搶劫為業的人們，在任何社會裡都是非法之徒，為絕大多數人所否定。

當然，遊民不是完全從事非法活動的，也有許多並無禍害民眾行為的遊民。但由於他們脫離了宗法網路，脫離了農村，又沒有正當職業，生活沒有保障，於是隨時隨地都有可能捲入反社會活動。這樣的遊民在一百零八人中也占有一定的比例。他們漂泊江湖，浪跡四方，屬於「生活最不安定」之列，如在家鄉「打殺了人」逃亡在外做小牢子的李逵；打殺了人，四處「躲災避難」的武松；「自幼飄蕩江湖，多走途路，專好結識好漢」的劉唐；販羊賣馬折了本，回鄉不得，流浪薊州，靠打柴度日的石秀；打把式賣藝闖蕩江湖的病大蟲薛永；「權在江邊賣酒度日」的王定六；「平生最無面目，到處投人不著」的焦挺等，都是無家無業的流浪漢。他們的共同點除了脫離了主流社會、沉淪於社會底層之外，都是：愛好拳棒，好勇鬥狠；天不怕、地不怕，敢於犯法紀；講義氣，專好結識好漢等。這是他們在江湖上生存和發展的本錢。有了這些他們才能夠與主流社會對抗，殺人放火，攻擊官府，用暴力向社會索取屬於自己或不屬於自己的利益。他們在江湖上遊蕩期間，有的直接嚮往投奔綠林，不以當「盜賊」為諱；有的尋找一切機會以改善自己的境遇，哪怕為此觸犯國法。例如劉唐就找到了一宗發橫財的機會，報與晁蓋，做了搶劫生辰綱的牽頭人，演出了「智取生辰綱」一幕活劇。

《水滸傳》裡的江湖藝人

張青告誡孫二娘不可謀害「江湖上行院妓女之人」時說：「他們是衝州撞府，逢場作戲，陪了多少小心得來的錢物。若還結果了他，那廝們你我相傳，去戲台上說得我等江湖上好漢不英雄。」這裡的妓女是指江湖藝人，這裡專指女性，當然其中也有大量男性。

宋代城市、特別是大城市（如北宋的汴京，南宋的臨安）有了很大變化，由城坊制改變為街巷制，而且商業空前發展，商店鱗次櫛比，歌樓酒肆，夜不閉市。市民對於精神消費的追求也日益強烈，通俗文藝日漸繁榮。而且江湖藝人有了表演場所，即瓦子。瓦子類似今日的自由市場，各類小商小販都可以在這裡做買賣。江湖藝人在這裡圍個圈子（當時稱作「勾欄」）就可以賣藝謀生。大城市的瓦子集中了來自各地的江湖藝人，他們在此獻藝，在激烈的競爭中獲得生存的機會。更多的藝人在走江湖，四處奔波，隨處演出。當時人們稱他們為「路歧人」，把隨時隨處的就地演出活動稱之為「打野呵」。這些人都是居無定所，生活缺少保障，我們只從「路歧人」這個詞兒就可以想像他們的孤獨、辛酸。這些浪跡江湖的藝人，只要有觀眾就可以開場。茶肆、酒樓、街巷、空地、寺廟、鄉村的農場，都是他們販賣技藝的地方。

江湖藝人「衝州撞府」，以自己的藝術博得衣食之資，也給觀眾帶來愉悅。他們隨時隨地都有可能遇到地頭蛇的欺壓或其他江湖藝人的排擠，物質上的艱難和精神上的孤獨，練就了他們應付各種變故的智慧，鑄就了他們的特殊性格，形成了一套對於社會和人際關係的看法，以及排憂解難的手段。他們除了自己的體力和腦力外，多是一無所有。他們中間有許多人的下場是很悲慘的，只有少數幸運者或具有超常智慧與才能的人才有過轉瞬即逝的輝煌。

《水滸傳》也寫到一些江湖藝人，大多下場很悲慘。讀者可能忘了閻婆惜還是江湖藝人呢！她與父母賣藝到鄆城，不幸老父病死，賣身葬父，也是很悲慘的，但《水滸傳》作者給她的結局是被梁山好漢所殺，身死異鄉；從東京汴梁到鄆城來走穴的「色藝雙絕」的白秀英，是被好漢雷橫打死的；在江州歌樓酒館賣唱，被李逵一指頭戳暈的小女子也是遊走江湖、處處無家處處家的江湖人。她們的遭遇雖然不同，但也各有各的辛酸。

《水滸傳》裡的江湖義氣

「義」字是《水滸傳》中一個重要概念，但也是一個非常複雜的概念。不把這個概念弄清楚，就不能真正讀懂這部小說。

按照一般理解，「義」就是正義的意思。《說文解字》對「義」的解釋是：「己之威儀也。從我從羊。」清代段玉裁的注也說：「威儀出於己，故從我。」既然是自己的威儀，當然是正面的意思。所以後來的《康熙字典》等工具書都從此引發，把「義」字解釋為「宜」、「正」、「善」的意思。

宋代洪邁在《容齋隨筆》中舉出這個意思的好幾種用法，至今我們還在沿用，如「義師」、「義戰」都是形容軍隊和戰爭的正義性；「義士」、「義俠」、「義夫」、「義婦」都是形容「志行過人」者；「義犬」、「義虎」、「義鳥」、「義鶻」都是形容「賢良」的動物。此外像「道義」、「信義」、「仁義」的「義」都是這種意思。今天我們把一些捐助行為也叫做「義演」、「義賣」、「義診」等，也是沿用這個意思。

《水滸傳》中的「義」也有一些屬於這種意思。比如第三回寫魯智深聽見歌女金翠蓮父女受到惡霸鎮關西鄭屠的欺負，怒不可遏，不僅慷慨解囊，幫助金老父女回家，而且還狠狠地教訓了鄭屠。這就是通常所說的義士「見義勇為」之舉。後來魯智深在野豬林救了林冲的性命，並一直護送他到滄州，也是「義行」之舉。又如第四十四回石秀在市上挑擔賣柴，看見楊雄受到一群無賴的圍攻毆打，便主動上去打退無賴，救了楊雄，也是「路見不平，拔刀相助」的義行之舉。

不過如果以為「義」字的含義只有這一種解釋，那就大錯特錯了。因為除了「正義」的意思外，「義」字在《水滸傳》中還有一些其他的意思。

「義」字的基本意思雖然是與正義有關的「宜」、「正」、「善」的意思，但在漢語語詞中有很多以「義」修飾的詞，其「義」的意思實際是「假」或「非真實」的意思。如人體上的「義手」、「義足」、「義髻」是指安裝上去的假手、假腳和假髮；衣服器皿上的「義襟」、「義袖」、「義嘴」是指附加的假襟、假袖、假嘴；在人與人的關係上，「義子」是指非親生的乾兒子，「義父」則是指非血緣關係的乾爸爸。這就說明，「義」字還有與「正」不盡相同甚至相反的意思。儘管這個意思在古代字書中沒有明確的記載，所以就有人（如臺灣學者孫述宇在其《水滸傳的來歷、心態與藝術》一書中）猜測可能這是「義」與表示歪斜的「假」字通假的緣故。這個說法雖然不能完全證實，但「義」字表示「假」的意思的用法卻是比較普遍的。

但值得注意的是，這個表示「假」的「義」字的感情色彩卻並非貶義，而是肯定和褒義的。「義子」和「義父」雖然不是親生父子，但卻有勝似親生父子的意思。正是在這個意義上，後代江湖好漢的「結義」的正確解釋應當是儘管明明知道不是親生兄弟，但卻衷心希望比親生兄弟更加親密。因為親兄弟也不會「同年同月同日死」的。所以，這個「結義」和「聚義」的「義」字是江湖好漢追求團結合作目的的核心所在。

如果說「結義」只是表示個別好漢之間的友情和團結的話，那麼「聚義」則明確是山寨團結一致的大事業。如第四回寫史進等四人在少華山落草後，魯智深對宋江說：「四個在那裡聚義。」第七十一回全體好漢一起盟誓要替天行道，叫做「大聚義」。包括二龍山、桃花山、白虎山等各山寨的議事廳都叫「聚義廳」。在智取生辰綱前，晁蓋和吳用商議參與者人選時，吳用說：「我尋思起來，有三個人，義膽包身，武藝出眾，敢赴湯蹈火，同死同生。」這裡「義膽」的含義就是為了團結合作的事業，可以將個人的生死置之度外，這正是綠林事業最需要的品格。又比如第五十三回戴宗到薊州請求公孫勝出山相助來對付高廉的妖法時說道：「若是師父不肯去時，宋公明必被高廉捉了。山寨大義，從此休矣！」很顯然，這個「山寨大義」，就是「山寨的大合作事業」和「山寨的大團結」的意思。

「義」字是表示山寨團結一致的大事業，還可以從梁山幾個建築物的名稱上得到證實。梁山泊的中心建築原本叫「聚義廳」，後來宋江將其改為「忠義堂」，雖然加強了「忠」的含量，但「義」的意思並沒有消失。這個「義」字的含義還可以從旁邊的建築物名稱上看出。聚義廳旁有「斷金亭」和「雁台」。「斷金」二字顯然來自《易經．繫辭》：「二人同心，利可斷金」，就是團結起來力量大的意思。早在晁蓋一夥上山後梁山處於事業奠基時期時，小說便寫道：「自此梁山泊十一位頭領聚義，真乃是交情渾似股肱，義氣如同骨肉。有詩為證：『古人交誼斷黃金，心若同時誼亦深。』」這裡將「義」字與「斷金」、「同心」、「股肱」、「骨肉」的關係說得十分清楚。宋江雖然將「聚義廳」改為「忠義堂」，但「斷金亭」的名字卻沒有改，而且在七十一回大聚義之前，他還給亭子換了一塊大匾牌。「雁台」也是在這時修築的。「雁台」的意思書中沒有註明，但應當不外是兄弟雁行，團結一致的意思。書中的旁證是，第九十回寫智真長老的「當風雁影翩」預言後，不久便說：「宋江等眾兄弟，雁行般排著，一對對並轡而行。」宋江自己寫的詞裡也有「六六雁行連八九」的句子，都是表示兄弟團結一致的意思。梁山上其他建築多以方位或用途命名，只有中央地帶的幾個建築強調山寨事業和兄弟團結的意思，可見他們對這些問題的極度重視。

既然是一群江洋大盜，就很難用現實社會的所有是非標準來衡量他們的道德和是非。梁山好漢的「義」，其中就包含與現實社會很難相容的「江湖義氣」，這種義氣只講交情，不講是非；只顧自己或其團體，而不管社會和他人。

以智取生辰綱為例，這次行動被稱之為「七星聚義」，可他們做出的事情卻很難說是正義的。晁蓋一夥要劫取生辰綱，理由是它是梁中書靠巧取豪奪聚斂而來的，又是送給貪官丈人蔡京的生日禮物，因此把它稱之為「不義之財」。僅從這個角度講，是沒有問題的。可是問題在於他們取了這筆財物做什麼用。如果是用來賑濟窮苦百姓，幫助像金翠蓮父女那樣的人，那這些好漢理應受到讚佩。可事實並非如此。他們奪取生辰綱的目的是為了自己享用，用吳用的話來說，是「大家圖個一世快活」。從客觀事實而言，在不勞而獲，享用「不義之財」這一點上，七位好漢和梁中書是沒有什麼區別的，區別僅僅在於他們各自攫取的方式不同。而如果七位好漢的行為不能說是正義之舉的話，那麼宋江放走晁蓋一夥的舉動也就很難用「正義」來形容了。可書中卻將晁蓋一夥的行動叫做「七星聚義」，把宋江徇私枉法的行為叫做「義釋晁天王」，這就可以看出書中「義」字的是非是否明確。

再比如第五十七回寫武松遇見孔亮時說：「聞知足下弟兄們占住白虎山聚義。」那麼孔亮兄弟在白虎山「聚義」的原因是什麼呢？書中說他們兄弟「因和本鄉一個財主爭競，把他一門良賤盡都殺了，聚集起五七百人，占住白虎山，打家劫舍」。孔明孔亮兄弟的身分與那財主並沒有什麼區別。他們上山以後又在進行「打家劫舍」的勾當，而在武松的眼裡，這樣的勾當就可以稱之為「聚義」。

最能說明這個問題的是武松醉打蔣門神的故事。蔣忠倚強凌弱，強占他人地盤，固然不是什麼好東西。可施恩和蔣忠又有什麼區別呢？僅僅從他自己對自己行為的描述中，就可以看出他和蔣忠是同類人物：「小弟此間東門外有一座市井，地名喚做快活林。但是山東、河北客商們，都來那裡做買賣，有百十處大客店，三二十處賭坊、兌坊。往常時，小弟一者倚仗隨身本事，二者捉著營裡有八九十個棄命囚徒，去那裡開著一個酒肉店，都分與眾店家和賭坊、兌坊裡。但有過路妓女之人，到那裡來時，先要來參見小弟，然後許他去趁食。那許多去處每朝每日都有閒錢，月終也有三二百兩銀子尋覓。如此賺錢。」（第二十九回）

施恩分明是看好了快活林這塊黃金地帶，然後用犯人在那裡開店，讓所有的店鋪都必須來買自己店裡的酒肉；不僅如此，那來往的妓女也要留下買路錢方可離去。這明明也是巧取豪奪。所以施恩和蔣忠的矛盾並不是善惡之爭，而是黑社會之間的內訌，是大魚吃小魚，小魚吃蝦米的弱肉強食。可武松對此善惡問題並不關心，他在打完蔣忠後向鄰里宣稱：「我從來只要打天下這等不明道德的人！我若路見不平，真乃拔刀相助，我便死了不怕！」施恩無論怎麼不明道德他都不管，他卻非管蔣忠不可。事實上他之所以要參與這件事，是因為施恩給了他好處，是他的頂頭上司。如果蔣忠對武松做了施恩同樣的事，那挨打的恐怕就是施恩了。可見江湖上的義氣有時是只講交情，不講是非的。

如果說梁山好漢的「義氣」是以金錢為基礎的，這話可能不大好聽。可事實是好漢們的江湖義氣的確與金錢不無關係。拿武松醉打蔣門神來說，施恩和蔣忠兩人在善惡問題上並沒有什麼區別，但因為施恩對武松施了恩，給了錢，武松便成了施恩的打手。這種情況在《水滸傳》中並不少見。如李逵對宋江可以說是死心塌地，義氣十足，不僅在相識不久就冒著生命危險去江州劫法場，而且在臨終時也可以為宋江違心地死去，似乎顯得十分崇高和純潔。不過人們一想起李逵與宋江第一次見面時宋江給了李逵那十兩一錠的大銀子，便不免對這「義氣」的崇高和純潔性有了幾分懷疑。

「仗義疏財」是梁山好漢相互評價的一個重要方面。很多人能夠在江湖享有崇高威望，其重要原因就在於他們能夠「仗義疏財」。其中最突出的是晁蓋、宋江和柴進。書中寫晁蓋「平生仗義疏財，專愛結識天下好漢。但有人來投奔他的，不論好歹，便留在莊上住。若要去時，又將銀兩齎助他起身。」（第十四回）宋江「為人仗義疏財……平生只好結識江湖上好漢：但有人來投奔他的，若高若低，無有不納，便留在莊上館谷，終日追陪，並無厭倦；若要起身，盡力資助。端的是揮霍，視金似土。人問他求錢物，亦不推託。」（第十八回）柴進村中酒店主人說柴進是「專一招接天下往來的好漢，三五十個養在家中。常常囑付我們：『酒店裡如有流配來的犯人，可叫他投我莊上來，我自資助他。』」（第九回）三個人的優點幾乎大同小異，只要捨得把錢花在那些不大循規蹈矩的好漢的身上，便不難換來「義」的名聲。

讓人產生疑問的是，他們疏財的目的是為了解救天下受苦百姓呢，還是為了換取「仗義」的名聲？從《水滸傳》的描寫我們可以看到，真正寫他們賑濟貧民百姓的故事大概只有金翠蓮父女一個，剩下的便都是寫他們用錢財來討好那些一身本事的強壯好漢。雖然書中寫到宋江也「常常見他散施棺材藥餌，極肯濟人貧苦」，但這只是說說而已，沒有具體的事例。而事例都是好漢如何得到好處。如武松如何得到柴進的衣物錢財，收到宋江的銀兩，享用施恩的酒肉錢財；林冲之所以要擁立晁蓋為梁山泊寨主，就是因為他感覺晁蓋這個人「作事寬洪，疏財仗義」，值得信任；反之，魯智深不肯在桃花山落草，就是因為見「李忠、周通不是個慷慨之人，作事慳吝」。

當然，從綠林豪傑的實際處境來看，一種生死難測的恐懼感和不安全感使他們不得不為自己的生存考慮。他們這樣做也是為了給自己多留幾條後路，這種花錢買「義氣」的做法多少有一點兒參加某種社會保險的意思。因為這些花錢的人不僅得到很高的評價和名聲，而且也得到很多實際的利益。如果不是「仗義疏財」，人們就不會興師動眾，攻打曾頭市，為晁蓋報仇；如果不是「仗義疏財」，人們就不會冒死去江州劫法場，並擁立宋江為山寨之主；如果不是「仗義疏財」，人們就不會拼著性命，從千里之外請來公孫勝，戰勝高廉，並冒險從井下救出奄奄一息的柴進。從這個意義上說，「仗義疏財」實在是一種很划算的買賣。

《水滸傳》裡的江湖好漢

「好漢」這個詞雖然不始見於《水滸傳》，但是它在此書中的獨特含義卻被後世的下層民眾所接受。其實在《水滸傳》出現以前，好漢一般指的是讀書人。蘇東坡在贈給朋友顧子敦的詩中寫道：「君為江南英，面作河朔偉。人間一好漢，誰似張長史？」《水滸傳》出來後，「好漢」的意義改變了。《水滸傳》中這個詞不僅只是與「武」連繫在一起，而且還帶有不遵守國家法紀、專做一些作奸犯科之事的意思。《水滸傳》中第一次出現「好漢」就是指少華山上的強盜朱武、楊春、陳達三人。第八回在介紹柴進時說他：「專一招接天下往來的好漢，三五十個養在家中。」所謂「好漢」，多是「流配來的犯人」。第十四回說他接待天下「好漢」，這些清楚地表明了《水滸傳》所說的好漢大多帶有一定的反社會性。

好武、弄槍使棒是「好漢」們的另一個特點。貴族出身的柴進「最愛刺槍使棒，亦自身強力壯，不娶妻室，終日只是打熬筋骨」。其他如不怕死，遇事敢作敢當等都屬於「好漢」們的行為。這些說法與主流社會對「好漢」的看法有了本質的區別，但由於《水滸傳》的廣泛流播，逐漸被社會大眾理解和認同，社會也公認了這個用法。於是「好漢」之名流於天下，不僅通俗文藝作品使用，而且也用於現實生活。凡是敢於與主流社會對抗的祕密組織的成員，打家劫舍的綠林豪傑，闖蕩江湖的各類人士，乃至稱霸一方、為人所懼的地痞無賴，都會被畏懼者恭送一頂「好漢」的帽子。馴良的老百姓突然遇到一個打劫的土匪，驚恐萬狀，對匪徒如何稱呼，過去沒有，自讀了《水滸傳》以後，便有一個現成的稱呼：

「好漢爺」。老舍也說過，土匪們對於下過獄的人，都會冠以美名曰「好漢」。有了「好漢」這個「美名」，便有了自我慰藉，做了違反了社會輿論的事情，在心理上也不會造成負擔，這恐怕是《水滸傳》裡「好漢」盛行的主要原因吧。

《水滸傳》裡的江湖等級

《水滸傳》第七十一回，作者用生動的語言描寫了梁山好漢的「平等」關係：

八方共域，異姓一家。天地顯罡煞之精，人境合靈傑之美。千里面朝夕相見，一寸心死生可同。相貌語言，南北東西雖各別；心情肝膽，忠誠信義並無差。其人則有帝子神孫，富豪將吏，並三教九流，乃至獵戶漁人，屠兒劊子，都一般兒哥弟稱呼，不分貴賤；且又有同胞手足，捉對夫妻，與叔姪郎舅，以及跟隨主僕，爭鬥冤仇，皆一樣酒筵歡樂，無問親疏。或精靈，或粗魯，或村樸，或風流，何嘗相礙，果然認性同居；或筆舌，或刀槍，或奔馳，或偷騙，真是隨才器使。可恨的是假文墨，沒奈何著一個「聖手書生」，聊存風雅；最惱的是大頭巾，幸喜得先殺卻「白衣秀士」，洗盡酸慳。地方四五百里，英雄一百八人。昔時常說江湖上聞名，似鼓樓鐘聲聲傳播；今日始知星辰中列姓，如念珠子個個牽連。在晁蓋恐托膽稱王，歸天及早；唯宋江肯呼群保義，把寨為頭。休言嘯聚山林，早願依瞻廊廟。

這是梁山泊好漢的平等夢最集中的一次表達，歷來被研究者所讚頌，下面作一些分析。

梁山好漢要在水滸寨中實行「平等」。他們脫離了宗法網路，在宗法制度中所規定的角色位置都失去了它的意義，沒有存在的必要。於是經濟上的階級（富豪地主與勞動者以及跟隨僕人）、政治上的等級（帝子貴族與將吏、屠兒劊子）、社會分工（獵戶漁人）、家庭中的角色差別（夫妻、叔姪郎舅）、宗教文化差異（三教九流）都不存在了。他們之間「都一般兒哥弟稱呼」，這在宗法人中是無論如何也不能理解的。但是我們也能發現，梁山好漢「兄弟」的稱呼給予的實際上是那些能夠和自己相互幫助的人，是可以利用的人。魯迅先生說過：「因為梁山中人，是並不將一切人們都做兄弟看的。」梁山好漢們的「兄弟」之情僅僅限於和自己同類的人，而非大眾。梁山好漢們反抗打擊的對象是貪官汙吏，但許多無辜的百姓也常常死於刀槍之下。第三十四回，為使秦明上山，宋江用計在青州城下狂砍濫殺，「原來舊有數百人家，卻被火燒做白地，一片瓦礫場上，橫七豎八，殺死的男子婦人，不計其數。」把許多百姓殺了，連秦明的妻子也被慕容知府殺了。第四十回江州劫法場，李逵不問青紅皂白，見人就殺，「不問軍官百姓，殺得屍橫遍野，血流成渠。……百姓撞著的，都被他翻筋斗砍下江去。」他們對百姓哪有「兄弟」之念？梁山需要的是對其有幫助的好漢，這才有為了使秦明上山，用無數百姓的性命作代價之舉；這才有了為營救宋江上山，用無辜生命作代價之舉。所以說，梁山的「兄弟」感情帶有明顯的互相利用的因素。其他人在他們眼裡如同草芥，根本不值一提。鄆城縣的唐牛兒算上宋江的哥們兒，唐牛兒因為宋江的事被關進大牢，宋江怎麼一字不提呢？唐牛兒只是一個社會小混混，沒有什麼利用價值。白勝就不同了，智取生辰綱時白勝是立了頭功的，儘管事情最後敗露，白勝不得已供出了晁蓋等人（事實上官府已知曉了晁蓋等人取生辰綱的情況，審問白勝只是為了進一步證實而已），但畢竟白勝對山寨有功，山寨今後也有用得著他的地方，所以晁蓋還是念及「兄弟」之情，將他從牢中救出。

梁山好漢在山寨裡是「成甕吃酒，大塊吃肉，論秤分金銀，異樣穿衣服。」這似乎說明梁山泊實行的是「經濟平等」。實際上，這種「平等」只是財物的均分。遊民們不事生產，他們的思考達不到經濟領域，因此，作為經濟平等的基礎，生產資源共有問題遊民是不可能提出的。梁山好漢們想到的只是把搶掠來的金銀財寶，人手一份。這個「人」還只是眾頭領，是不包括小嘍囉的。所以說梁山上的「經濟平等」也是不現實的。

梁山好漢的人格平等在他們結合的初期可以大體上做到。但在他們的非法活動和武裝抗爭中，買賣越做越大，這就需要訂立制度來維護小團體「工作」的順利與效率。這時往往就要強調「兄弟關係」中「長幼有序」的一面。慢慢地「兄弟關係」就變為口頭的了，其實質已經是「上下關係」了。一百零八將中不是分為「天罡」、「地煞」嗎？而且就是在天罡、地煞的各自序列中還是有前有後的。七十一回天門大開，石碣「從天而降」，揭示出一百零八人的名位後，宋江以代天宣旨的口氣對眾頭領說：「上天顯應，合當聚義。今已足數，上蒼分為定位，為大小二等。天罡地煞星辰，都已分定次序。眾頭領各守其位，各休爭執，不可逆了天言。」這個鄆城小吏也學著封建統治者的樣子，神道設教，要依上天服從這種「上下有等」的安排。當然，如果鬥爭再發展，根據地擴大了，需要建立政府性質的臨時機構，遊民自然而然就要向「貴賤有別」發展，從而形成統治與被統治的關係。因此從「長幼有序」到「上下有等」，再到「貴賤有別」是合乎邏輯的發展過程。貴賤有別形成後有誰再想重溫「兄弟情誼」就不免要大觸霉頭了。所謂「八方共域，異姓一家」是遊民永不能實現的夢想，因為自他們上梁山就已經有嚴格的等級制度了。

《水滸傳》裡的幫派觀念

毫不掩蓋的雙重價值尺度是《水滸傳》中的一個明顯特徵。一個人評價現實中的某件事情和某個人，必須有個統一的價值標準才不至於導致是非混亂，價值迷亂，才能使擁戴者有所依歸。而《水滸傳》中恰恰與此相反，許多讀者沒有感到這一點，那是因為自己的是非觀跟著《水滸傳》的作者轉。最近有的論者說「《水滸傳》是一部反貪汙、反腐敗的書」。實際上《水滸傳》只反與梁山為敵的貪官汙吏，那些同情或不反梁山好漢，甚至有的最後做了梁山好漢的貪官汙吏，不僅不反，而且頌揚備至。從大官說，力主對梁山招安的殿司太尉宿元景，收了梁山的「一籠子金珠細軟之物」，後來在宋徽宗面前處處為梁山好漢說話，努力促成梁山好漢的全夥招安。而宿太尉在梁山好漢的口中卻是「仁慈寬厚，待人接物，一團和氣」的長者。武松在孟州被張都監設計拿下，關在獄中，一心想把武松害死，而負責此案的葉孔目不答應，張團練、蔣門神已經買通了州府衙門上下，因為葉孔目這關過不了，武松得以保全。《水滸傳》作者讚美葉孔目說：「這人忠直仗義，不肯要害平人，亦不貪愛金寶。只有他不肯要錢，以此武松還不吃虧。」實際上，他也是接受了武松朋友施恩的一百兩銀子，才把武松的「文案都改得輕了，盡出豁了武松」。只要站在梁山好漢一邊，《水滸傳》的作者都會不吝用好話奉承。

管牢房的獄吏戴宗，一見發配來的宋江便伸手索要賄賂，而且態度蠻橫，手段惡劣，現代讀者都會對此持否定態度，而《水滸傳》作者卻不以為然，似乎戴宗沒有什麼可責備的，他對宋江的惡劣態度只是大水沖倒了龍王廟，一家人不認識一家人。與此性質完全相同的事情，如果發生在反對梁山的官吏或與梁山無關的官吏身上，《水滸傳》作者則會大張撻伐，竭力貶斥。如梁中書用十萬貫買了金珠寶貝為他老丈人蔡京祝壽，這些珠寶自然就是「不義之財」，是梁中書為官貪賄的證據。對於那些貪財枉法、什麼殘忍的手段都能夠使得出來的小官、小吏和虎狼差役，只要是與梁山無關的人，《水滸傳》中都會做窮形極相的描繪。例如看押林冲的牢城管營、差撥，乃至押送流放犯人的長解如董超、薛霸之流的醜惡面目都給讀者留下深刻的印象。同樣是惡霸，揭陽鎮的穆弘、穆春，因為歸順了梁山，就是英雄好漢；而祝家莊的「祝氏三傑」，則是被地方民眾所痛恨的「土豪」。從這些情節和人物描寫中可以看出作者的傾向性十分明顯，書中處處以梁山聚義為正義的坐標，凡是對此有利的就是對的，否則就是錯的。強烈的愛憎傾向化為強烈的幫派意識，幫派意識則成為正常感受的障礙，影響了作者對一些極普通的是非曲直的判斷。這種只講敵我，不講是非的思維習慣正是遊民注重小圈子、注重山頭的表現。長期為生存擔憂的群體不可能關注理性思考。

《水滸傳》中的「替天行道」

「替天行道」貫穿《水滸傳》全書，它最早出現在第十九回之末：「替天行道人將至，仗義疏財漢便來。」此回是林冲大戰王倫，將晁蓋立為梁山寨主。這裡是把晁蓋等人看作「替天行道」之人的。這還只是醞釀。正式出場是九天玄女向宋江授「天書」時說的：「宋星主，傳汝三卷天書，汝可替天行道為主，全忠仗義為臣，輔國安民，去邪歸正。」這也可以看作是《水滸傳》對「替天行道」最權威的解釋。

第五十三回戴宗向公孫勝的老師羅真人說「晁天王、宋公明仗義疏財，專只替天行道，誓不損害忠臣烈士，孝子賢孫，義夫節婦，許多好處」。第五十六回宋江本人向徐寧勸降時，更進一步把它與「招安」連繫起來：「現今宋江暫居水泊，專待朝廷招安，盡忠竭力報國，非敢貪財好殺，行不仁不義之事。萬望觀察憐此真情，一同替天行道。」彷彿「替天行道」與官方的意識形態沒有什麼區別了。第六十五回，宋江對索超說，許多朝廷的軍官之所以投降梁山，是因為「朝廷不明，縱容濫官當道，汙吏專權，酷害良民，都願意協助宋江，替天行道。若將軍不棄，同以忠義為主」。「替天行道」似乎可與「忠義」劃等號。

第六十一回，《水滸傳》中第一次寫到梁山泊以「替天行道」為自己的政治旗幟。它是在未上梁山的盧俊義眼中顯現的。這是有一定的象徵意義的。因為有了盧俊義，梁山的一百零八將才可以說是基本齊全了。到七十一回「忠義堂石碣受天文梁山泊英雄排座次」時，從地裡挖出的石碣上，一邊鐫刻著「替天行道」，一邊鐫刻著「忠義雙全」，正式表明梁山聚義的完成。

作者注重用「招安」解釋「替天行道」。支持梁山「招安」的朝內人士宿太尉和宋徽宗枕頭旁邊的女寵李師師，都在徽宗皇帝面前為梁山「招安」說好話，他們也是用「替天行道」表彰梁山好漢「忠義」的。在李師師家，燕青在李師師的掩護下對宋徽宗說：「宋江這夥，旗上大書『替天行道』，堂設『忠義』為名，不敢侵占州府，不肯擾害良民，單殺贓官汙吏、讒佞之人，只是早望招安，願與國家出力。」

「願與國家出力」，為王前驅，似乎已經完全歸順了朝廷，與統治者完全站在一起了，朝廷應該無條件接納他們才是。然而統治者並沒有馬上接受，《水滸傳》作者認為是奸臣的破壞，實際上是由於壓迫者與反抗者之間沒有起碼的互信。

統治者對於曾經武裝造反的人們是沒有信任的，他們認為造反者「替天行道」是欺騙，它只是一個與朝廷爭奪民眾的幌子。第七十四回，御史大夫崔靖上奏說「替天行道」只是「曜民之術」（欺騙老百姓的手段）。對梁山人物的分析是「此等山間亡命之徒，皆犯官刑，無路可避，遂乃嘯聚山林，恣為不道」。另外，他們覺得這個口號裡還是隱藏著老百姓不該有的東西，即那些「亡命之徒」的無所畏懼的進擊精神（「恣為不道」）。不是在特別沒有辦法的時候，封建統治者是不會接納這些「替天行道」的好漢的。

在古人看來，「替天行道」除了上天以外，只有最高統治者，誰（包括王公大臣）也不敢聲稱自己可以這樣做。應該說只有脫離宗法網路的遊民敢為天下先（否則不能生存），遊民沒有社會依靠之後才逐漸認識到自己的力量。他們覺得當「道」不能行於天下的時候自己有權去代替「天」「行道」。遊民提出和利用這個口號表明，他們敢於依靠自己的力量改善自己的境遇，使自己有個比較好的出路和前途，不必靠誰賜予。也就是說，他們力圖使用不合法（在中國古代，也根本沒有合法的手段）的、暴力的手段去實現即使在封建統治者看來也是合理合法的目的。如「全忠仗義為臣，輔國安民，去邪歸正」，敬重保護「忠臣孝子」，清除「贓官汙吏」，乃至「救生民」剷除不公，實現社會正義。這些乃是社會上下的共識，誰也不能說它們不該實現，關鍵在於由誰去實現它。

在統治者看來，程序比目的更重要，也就是說「誰給」比「給什麼」更重要。梁山好漢們的要求雖不過分，但應該等著朝廷賜予，不可自己去取，如果老百姓要自己動手去取，統治者認為這是違背程序的，至少被認為是一種僭越行為。因為統治者認為自己的權力是得之於天的，「行道」是自己的職責，更是自己的權力。這個權力是不能隨便假手於王公大臣和左右親信的，如果形成這種局面，那就是「太阿倒持」、「大權旁落」。對於統治者內部尚且如此，何況是處於社會最底層的遊民？在最高統治者看來，「道」寧肯不「行」，也不能允許處在被統治地位的人們代他去「行道」，也就是說「庖人雖不治庖，尸祝不越樽俎而代之」。在統治者還有力量的時候，他們絕不能允許人民自己去取統治者答應賜予的東西，認為這樣就是「犯上作亂」。可是當他們力量不足或稍有理性的時候，便會較慎重地考慮一下這個口號的實際的目的，放鬆一點對程序的苛求，給底層遊民一定的存在空間。由此可見「替天行道」的被統治階級把它當做反抗或牟利的旗幟，統治階級有時也可以容忍。它能把大批的具有反抗精神的群眾（在封建時代主要是遊民）集合到這面旗幟下與政府對抗，也能帶領具有一定規模的武裝造反隊伍向朝廷投降，招安做官。

當遊民受到招安歸順朝廷以後，這個口號也要作些調整。宋江帶領梁山好漢歸順朝廷以後，便收起了「替天行道」的杏黃旗，打出了寫有「順天」、「護國」兩面紅旗。從「替天」到「順天」，把自己這點主動進取精神收起了了，這是統治者所願意看到的。從《水滸傳》七十一回以後的情節看，宋江的「替天行道」還是真誠的，他把這個口號看成梁山好漢忠於朝廷、忠於國家的招牌，當也是綠林出身的王煥帶兵來清剿梁山時，王煥斥責宋江「安敢抗拒天兵」！而宋江回答是「我這一班兒替天行道的好漢，不道得輸與你」。意思是「你是『天兵』，但我們是『替天行道』的好漢！旗鼓相當」。後來征遼國時，連遼君臣也知道梁山是「替天行道」的。「替天行道」這個口號使宋江名揚天下了。宋江要把這個口號堅持到底，他連身後事都考慮到了。當朝廷賜死宋江時，宋江對李逵說：「我死之後，恐怕你造反，壞了我梁山泊替天行道忠義之名。」所以也給李逵喝了毒酒，二人一起歸天。這裡作者是要塑造一個與岳飛類似的「寧可朝廷負我，我忠心不負朝廷」的忠臣形象，這種悲情的呼喚就使得宋江這個形象崇高而且富有號召力了。

《水滸傳》裡的造反有理

《水滸傳》所描寫的「造反」，主要是遊民的暴力反叛，也就是亂世中大大小小山頭，以及各類打家劫舍的活動。作者心中也很明確地知道，一旦上了山，加入了匪寇，參與造反活動，就是與主流社會決裂了，就是陷入「十惡不赦」的大罪了，這對當時的良民來說是極敏感的問題。可是從遊民的眼光來看，在走投無路時，這也不失為一條出路。當少華山的朱武邀請史進為少華山的寨主時，史進說：「我是個清白的好漢，如何肯把父母的遺體玷汙了？你勸我落草，再也休提。」這有些「當著和尚罵賊禿」的意思，可是說者、聽者都不以為迕，可見這是符合當時主流意識形態的，大家都這樣看，史進說出了真相，從而制止了朱武的進一步相勸。此時史進還沒有衝破宗法網路成為遊民，還可以到關西經略府找師父王進，為他安排一條出路。因為有這條路，所以他還要選擇，不會很快上山。這是符合生活真實的。其他如林冲、宋江、武松、盧俊義也都有這個徘徊過程。有的人曲折更多、時間更長，書中真實地描寫了他們走向梁山的外在和內心的困難及矛盾。但是更突出了他們不上梁山所面臨的種種苦難和生命的危殆，這就從反面說明梁山「聚義」、共同反抗的必要。《水滸傳》展現在讀者面前更多的是作者面對人們走上造反道路時的坦然心態，這種心態不僅是良民們所沒有的，而且超越了一般占山為王的綠林好漢。作者對梁山上英雄好漢們攻州陷府、打擊敵視梁山的地方武裝勢力，甚至借道搶糧沒感到有什麼不對。作者對造反的這種態度不能不影響讀者。

《水滸傳》雖然號稱「忠義」，但是從總體傾向來看，《水滸傳》並沒有否定「上山」，把它看作是好漢們被迫不得已時的一個明智的選擇（當然只局限於上梁山和與梁山有關的「山」）。遊民，特別是受到官府逼迫而成為遊民的人們，他們要想生存，最後只有聚為團體，拿起武器，以暴力反抗官府，保衛自己這一條路好走。從《水滸傳》的形象描寫和作者的議論中都可以說明這一點。我們讀《水滸傳》，只有讀到林冲在一片風雪交加中上了梁山，讀者為他懸著的心才算放了下來，為他終於獲得安全而慶幸；「智取生辰綱」中的「七雄」戰敗何濤之後上了梁山，讀者才會覺得這些好漢終於有了一個美好的結局。宋江也是被劫法場的好漢們救到了梁山之上，讀者才認為他獲得了真正的安全。這是用形象的塑造告訴讀者，這些英雄好漢上梁山是對的。《水滸傳》作者還把來自五湖四海的人們上梁山去造反，下決心與「朝廷做個對頭」稱作「聚義」；把他們衝破重重險阻，終於實現了「聚義」比喻為：撞破天羅歸水滸，掀開地網上梁山。把參加梁山造反隊伍比做衝破天羅地網，這是作者對於英雄好漢們武裝反抗的直接肯定和歌頌。不僅從文學史角度看，這是第一次；即使從思想史上說，也是史無前例的。《水滸傳》產生之前，還沒有一位作者敢於如此大膽地肯定造反活動。

《水滸傳》裡的上梁山

西漢末年新市人王鳳、王匡組織荊州的饑民武裝起義，並以綠林為根據地，這支軍隊當時稱之為「綠林軍」。從此留下「綠林」這個詞，用以指聚集在山林荒野的武裝反抗者和武裝劫盜集團。因為繼承西漢的東漢政權的創業者劉秀武裝起事不過是綠林的繼續，正所謂「光武創基，兆於綠林」，因此，主流社會是肯定「綠林」的；然而，隨著時間的流逝它卻變成了與主流社會對抗的武裝力量的代名詞，或徑指盜匪。但是這個詞彙卻沒有明顯的貶義。例如唐代李涉詩〈井欄砂宿遇夜客〉有句云：「暮雨瀟瀟江上村，綠林豪客夜知聞。」「綠林」這個詞在當時毫無貶義，否則那個「豪客」會不答應的。

後世能和「綠林」齊名，並作為民間武裝反社會力量稱呼的是《水滸傳》的「梁山」。「梁山」與「綠林」比較起來，前者有明顯的褒義。自從《水滸傳》在民間流行、「梁山」這個山頭廣為人知之後，它就不是坐落在今山東省鄆城縣西面的那個小土山了。梁山被賦予了武裝造反、武裝抗暴的色彩，成為造反者的聖地。梁山給許多武裝反叛者以各種想像（如把梁山看作是反叛的象徵，力量的象徵，義氣的象徵，成功的象徵等），因此成為他們敢於把造反事業堅持下去的精神歸屬。

早在明代初年，劉基從梁山路過曾感慨說，歷來武裝造反者頗多，可是最後只有「梁山獨擅名」。這是通俗文藝作品的巨大力量之所在。統治者也承認這一點。明末刑科給事中左懋第在向皇帝上奏寫的「題本」中也說：

> 「李青山諸賊嘯聚梁山，破城焚漕，咽喉梗塞，二東鼎沸。諸賊以梁山為歸，而山左前此蓮妖之變，亦自鄆城梁山一帶起。」

「梁山為歸」，也就是以梁山為精神上的歸宿之意。明代萬曆間的白蓮教起事的頭領徐鴻儒特別相信梁山泊故事，把總部遷至鄆城梁家樓，並模仿宋江禮賢下士。清代的祕密會社把他們的組織直稱作梁山，把參加祕密會社就叫做「上梁山」。

《水滸傳》描寫和塑造了梁山的形象，為了說明「上梁山」的合理性，書中從第七回起敘述了好漢林冲被迫上梁山的過程。透過這個故事，讀者把同情心給了林冲，並從內心贊同他這個選擇。「逼上梁山」這個詞就是這樣產生的。這就給了現實生活中許許多多受到不公正待遇、又得不到伸張的人們以勇氣，給在現實生活中實在活不下去的人們指了一條「出路」。當他們內心因為傳統的薰陶浸漬而有些畏懼的時候，「上梁山」、「逼上梁山」會給他們以鼓舞。主流社會中有些人士也會因為有「逼上梁山」的故事，從而對某些造反者產生些許理解。「上梁山」與「逼上梁山」是「造反有理」的過程與歸宿。

《水滸傳》懸疑

《水滸傳》是一部小說，對於裡面許多常識性的問題，或者一些與情節發展無關的問題，是沒有必要專闢章節去作解答的。後世的讀者在閱讀《水滸傳》時，都會或多或少產生各式各樣的疑問。這些疑問有的是在《水滸傳》成書之時就有的，有的可能是由於時代的隔閡，對於今天的讀者來說，就無法理解了。還有一些是在《水滸傳》研究過程中提出的疑問。但不管怎麼說，懸疑並不「懸」，但是答案可能不止一個，在有些問題上可就是各說各有理了。

《水滸傳》為何剛好一百零八位好漢？

《水滸傳》中將一百零八位好漢分為「三十六員天罡」、「七十二座地煞」，三十六與七十二相加之和正好是一百零八，這帶有明顯的傳統道教色彩。道教認為北叢星中有三十六顆天罡星，每顆天罡星各有一個神，合稱「三十六天罡」；北叢星中還有七十二顆地煞星，每顆地煞星上也有一個神，合稱「七十二地煞」。

「三十六」與「七十二」在中國古代傳統文化中是兩個富有神祕色彩的數字，頻繁出現在各種場合：《孫子兵法》中有三十六計；傳統武術套路中常有三十六招式；皇家園林避暑山莊有三十六景；孔子有弟子三千，賢人七十二個；據說漢高祖劉邦的左腿上有七十二顆黑痣；俗語：「七十二行，行行出狀元」；還有盡人皆知的孫悟空七十二變……另外，人們還喜歡用三十六、七十二來描繪美景，像武夷山有三十六峰之說，黃山、衡山、嵩山有七十二峰之說。看來，「三十六」和「七十二」兩個數字在傳統文化中占有特殊的地位。那麼，這兩個神祕的數字有什麼來歷呢？

「三十六」是六六相乘之和，「六」是古人崇尚的吉利數字。《周易》每卦有六爻，音聲有六律，古代士大夫有六卿，家庭關係有六親。秦始皇統一全國後，「數以六為紀」，帽子六寸，車六尺，用六匹馬駕車等。《水滸傳》中最初也是三十六將，所以宋江說：「六六雁行連八九。」

「七十二」作為神祕數字起源於五行思想。在五行觀中，一年被分為東、西、南、北、中五個方位，一年三百六十天被分為七十二候，每候五天。聞一多先生就此問題特意撰寫〈七十二〉一文進行考證，他指出：「『七十二』是一年三百六十天的五等分數，而這個數乃是由五行思想演化出來的一種術語……它是一種文化活動的表徵。」可見，七十二是古代曆法中的基本計算數，與社會生產、生活息息相關，因此對人們的數量概念產生了很深的影響。

《水滸傳》是中國古代四大名著之一，從它所反映的社會思想到語言風格都帶有濃厚的時代和民間的數字觀念。

色彩，被打上了傳統文化的深刻印記。書中稱梁山泊有一百零八位英雄好漢，正是體現了中國古代人民

《水滸傳》為什麼寫「招安」？

《水滸傳》寫了梁山好漢被「招安」這一情節，使得現代一些研究者感到迷惑不解。劉茂烈提出梁山兩贏童貫、三敗高俅，宋王朝傾其全力，想要一舉消滅梁山全夥，但最終以慘敗告終。此時「按照事物的發展邏輯，梁山軍理應乘勝追擊，『殺到東京』，推翻腐朽的徽宗王朝，建立梁山軍的政權，實現『八方共域，異姓一家』的社會理想。」令劉氏感到奇怪的是，宋江並沒有這樣做，甚至連想也沒有這樣想，而是積極籌備招安，真是令人掃興。

其實說穿了也很簡單，因為關於宋江三十六人縱橫京東一帶的故事，在宋代演說時是屬於「講史」系統的。既然是「講史」，細節儘管可以創造，但大的走向是不能改變的，不管作者或說書人如何崇敬關羽，如何愛戴諸葛亮，寫「三分」的作者，說「三分」的藝人，都不能改變他們抱恨而亡的結局，更不能不讓晉朝一統天下。而像《反三國》（這只是遊戲之作）似的把取得天下者換成蜀漢。宋江在歷史上是被招安了，歸順了宋朝，這一點誰也不能改變。所以「講史」的藝人要遵守這一點。

另外，中國人在審美習慣上是喜歡大團圓結局的，特別是宋代以後的通俗文學中，大團圓傾向更為明顯。這與通俗文藝面向市場是密切相關的。日常生活中多有缺欠的平民百姓，為了求得心靈上的安慰，更是喜歡大團圓的故事。「買主」既有這個要求，「賣主」就要使買主滿足。古人早就認識到這一點。《古今小說》卷末所附的〈綠天館主人敘〉中說：「大抵唐人選言，入於文心；宋人通俗，諧於里耳。」如果我們把這點不只理解為語言，那麼，其內容的「通俗」（例如大團圓的情節）也是為了滿足廣大聽眾的要求。不同類型的人，有不同的大團圓。青年人的大團圓是才子佳人，是有情人終成眷屬；

文人的大團圓是金榜題名，洞房花燭；官員的大團圓是出將入相，連升三級：平民百姓的大團圓則是生活富足，子孫滿堂。那麼什麼是敢於武裝反抗的遊民的大團圓呢？應該是發跡。具體說就是成為帝王將相，最高的當然是做皇帝，最低也是「招安」做官。不僅江湖藝人這樣想，聽眾也是這樣企盼。宋江沒有做皇帝是歷史事實，誰也改變不了，於是，便採用了「招安」做官。這樣的故事不僅寄託了創作者的理想，也反映了平民百姓的心理需求。所以說「招安」這個被現代人所詬病的「投降主義」，恰恰反映了廣大平民百姓的善良願望，它更是遊民重要的爬升之路。《水滸傳》是寫遊民成功與失敗的故事，「招安」做官在遊民看來就是成功。

還有一個原因就是民族的共同願望。宋江的故事本來發生在北宋末，後來被「招安」，這是與南宋建立後在北方的「忠義人」不同而又有相似之點的。南宋初年王彥所率領的太行山上的「八字軍」是被視為北方「忠義人」的代表。「八字軍」在河北都統制王彥率領下聚兵太行山，所部一萬餘人，皆在面上刺有「赤心報國，誓殺金賊」八字，用以表達自己的決心。他們是北方漢人堅決抗金的一面旗幟。紹興三年隨張浚入蜀，後來頻繁在北方（汴京一帶）、南方與金人作戰，屢建功勛。紹興六年七月，在王彥率領下「八字軍」萬人赴杭州，王彥官浙西制置副使（見《宋史．王彥傳》）。這些必然給杭州人留下深刻印象。宋江等人的故事最初就是在杭州瓦子裡演說的，把宋江等人與太行山的「忠義人」連繫起來，這一方面是為了使聽眾對這些武裝造反者更為理解，對他們的故事不再敏感，以取得合法性；另一方面也是借此指出宋江等人的招安行為就像「八字軍」「忠義人」一樣，在抗擊外來入侵中是起積極作用的，他們的故事是應該受到全社會的一致歡迎的。

南宋初年是民族精神高漲時期，把宋江等人的故事演說成為具有報國精神的故事是符合時尚的，後人在梁山聚義故事之後加上「征遼」也是這種精神的延長，然而這一切的前提就是接受宋王朝的招安。基於上述的種種理由，所以在《水滸傳》的寫作過程中，作者始終未放棄宋江等人被「招安」的故事。

梁山好漢共排過多少次座次？

說到梁山英雄排座次，人們常常只想到第七十一回的排座次。其實《水滸傳》排座次共有六次。

第一次是「七星聚義」，東溪村英雄初排座。七星聚義是梁山泊事業的開端。晁蓋把大家組織起來奪取生辰綱，眾人道：「今日此一會，應非偶然，須請保正哥哥正面而坐。」結果是：「晁蓋坐了第一位，吳用坐了第二位，公孫勝坐了第三位，劉唐坐了第四位，阮小二坐了第五位，阮小五坐了第六位，阮小七坐了第七位。」這次排座次是按權力、地位、等級來排定的。

這次排座位，吳用說：「保正夢見北星墜在屋脊上，今日我等七人聚義舉事，豈不應天垂象！」七星聚義，逐一排了座次，它說明《水滸傳》作者很重視權力、地位、等級。

第二次排座次是林冲大戰王倫之後。其座次為：晁蓋、吳用、公孫勝、林冲。公孫勝的武藝和功勞遠不如林冲，但一直在林冲前面，僅次於吳用，這說明《水滸傳》作者對「文」的重視。另一方面，公孫勝是「神權」的代表。吳用是軍師人師，而公孫勝是天師，是天的代言人。第七十一回有：「公孫勝在虛皇壇第一層，眾道士在第二層，宋江等眾頭領在第三層，眾小頭目並將校都在壇下。」古代用兵，特別是組織起義，都要借助於「天」和神，都要以「天」和神為號召、為旗幟。公孫勝就是起旗幟作用。其實公孫勝對梁山的貢獻並不如林冲、李逵、燕青等人。公孫勝地位顯赫，表明了《水滸傳》作者重「文」輕「武」，重「神」輕「人」的思想意識。

第三次排座次是花榮大鬧清風寨後，又同秦明等一批人馬上梁山。這次排座是按「先來後到」。先來坐「左邊一帶交椅，卻是晁蓋、吳用、公孫勝、林冲、劉唐、阮小二、阮小五、阮小七」等，「右邊一帶交椅上，卻是花榮、秦明、黃信、王英」等。

第四次在劫法場救出宋江和智取無為軍後，宋江正式上山入夥，晁蓋要讓賢請宋江為山寨之主，宋江不肯，但坐了第二位，吳用第三位，公孫勝第四位。其餘暫不定座次。宋江道：「休分功勞高下，梁山泊一行舊頭領去左邊主位上坐，新到頭領去右邊客位上坐，待日後出力多寡，那時另行定奪。」

有人對這次排座次評論道：宋江上山之後，名義上居「第二位」，實際上卻又往往不自覺在那裡指手畫腳，發號施令。就在這次排座次中，剛剛議定了第一位至第四位座位，宋江便迫不及待地發號施令：「休分功勞高下，梁山泊一行舊頭領去左邊主位上坐，新到頭領，去右邊客位上坐，待日後出力多寡，那時另行定奪。」此舉非同尋常。宋江這番話並非閒言碎語，乃是一種指令性很強的決策，它一筆把晁蓋時候的號令抹掉，而別出心裁，立下新規。這樣大的決策，竟然未與晁蓋商量，那語氣，那口吻，又儼然是個山寨之主！至少可以說，宋江對晁蓋這位領袖並不那麼「尊重」，且開始樹立自己的權威了。這為他日後坐第一把交椅和實現招安，奠定了權力的根基。

按照這種分析，《水滸傳》作者是把宋江作為批判的、否定的，甚至是反面形象來處理的，認為作者讓宋江那樣說，是為宋江「架空晁蓋」，篡軍奪權，日後實行投降主義路線作鋪墊。這是不符合《水滸傳》作者的思想實際的。《水滸傳》作者是竭盡全力把宋江寫成一個「全忠仗義」的正面人物，對宋江充滿了同情。《水滸傳》作者之所以要宋江出來說「休分功勞高下，梁山泊一行舊頭領去左邊主位上坐」，是因為這個意見只有他說出來才合適，因為他是「新到頭領」，並且是新到頭領的代表。宋江這番話是一種謙讓。是說：「都別謙讓了！你們先來的一撥坐主位，我帶來的一撥坐客位！」這種「你請上座，我們坐下座」的堅持，不是什麼「迫不及待地發號施令」，不是什麼「指手畫腳」，更不是對晁蓋這位領袖不「尊重」，而恰恰是出於對晁蓋和梁山元老們的尊重。

第五次排座次是在晁蓋中箭身亡之後。林冲、吳用以「山寨中不可一日無主」且「四海之內，皆聞哥哥大名」，力勸宋江為山寨之主。宋江答應，「權當此位」，坐了第一把交椅，上首吳用，下首公孫勝，左一帶林冲為頭，右一帶呼延灼居長。宋江隨即宣布改「聚義廳」為「忠義堂」，並宣布了大小頭目分工。這些沒有經過商議，而是由宋江一人定奪的。

有人認為這是《水滸傳》作者對宋江「獨裁專制」的批判。其實不是的。這次排座次之所以不議，是因為沒有為排座次再費筆墨的必要了。從文章布局的角度看，這時已寫到第六十八回，離七十一回最後排座次只有一兩回了。所以這次排座次只是決定誰接替晁蓋的問題，並沒有排座次的必要，實際上也沒有排座次，有的只是工作的安排。但從宋江對各個頭目的安排來看，他是注重了名望高低、職位尊卑，即社會地位和出身。像柴進、李應這樣的大莊主，像秦明、呼延灼等原來的朝廷命官，均占有顯耀的地位，而像武松、魯智深、李逵等社會地位和出身比較低微的好漢，都排到了後面。

第六次是一次總結性的排座次，其座次表是預先埋下，宋江叫人在埋下的地方挖出來。這是假借「天意」，避免爭議。這次排座次，基本上不是論功行賞，而是按社會地位、門第和出身來排。關勝排在第五位，在林冲的前面，因為他是關雲長的後代。李應本事、功勞都比不過阮氏三雄，更比不過魯智深、武松，但卻排在第十一位，在魯智深、武松前面，只因為他是地主員外。秦明、呼延灼也比不上魯智深、武松，但他們排得更高，一個是第七位，一個是第八位，原因是他們原來是高級軍官。李逵因出身是獄卒，所以排在索超、劉唐的後面。石秀表現突出，劫法場跳樓救盧俊義，祝家莊打探消息，對梁山事業貢獻很大，但由於他是樵夫出身，又是楊雄的傭人，所以排在倒數第三。燕青表現更出色，但由於他是盧俊義的僕人，被排在倒數第一位。阮氏三雄從七星聚義、智取生辰綱開始，是梁山事業的開創人，但因出身漁夫，所以排在穆弘、雷橫之下。

最後這次排座次，除了門第、地位外，還從道德上有所考慮。如孫立，社會地位很高，打祝家莊做內應造成了關鍵作用。但在三十六天罡裡，孫立卻沒有份，被捋到地煞第三位。察其原因，雖然他在打祝家莊中造成了別人所不能起的關鍵作用，但畢竟是出賣朋友，有點「缺德」，既不符合當時的道德原則，又不符合江湖義氣，這大概就是使他屈居地煞的重要原因。

從排座次可以看出，《水滸傳》作者的思想並未擺脫封建的等級觀念。

不過，梁山排座次仍然有一定的進步意義。從總的方面看，大家都是平等的。儘管座次有別，星位也不同，但「都一般兒哥弟稱呼，不分貴賤」。再從分工上看：東邊房內，宋江、吳用、呂方、郭盛；西邊房內，盧俊義、公孫勝、孔明、孔亮……正南旱寨，秦明、索超、歐鵬、鄧飛；正東旱寨，關勝、徐寧、宣贊、郝思文。這裡，宋江和郭盛，盧俊義和孔亮，秦明和鄧飛，關勝和郝思文，都是「並列關係」，大家是「平行四邊形」。宴席上，有福同享；把關守寨，有難同當。這跟等級森嚴的封建官吏制度、軍隊制度有所不同，所以又具有進步意義。

梁山好漢為什麼沒有趙姓？

在《水滸傳》所寫的七百多個人物中，趙姓的有十三人。他們中有皇帝、宰相、各級官員、公差、歌妓、平民，還有方臘、田虎的部下，但偏偏梁山好漢中沒有一個人姓趙。這是一種偶然的疏漏或是巧合，還是作者的有意安排？

因為梁山一百零八人來自全國各地，他們之間許多人原來並沒有任何連繫，因為機緣巧合，得以在梁山聚義。就是從機率學的角度來說，有幾個趙姓當屬正常，況且宋朝的第一大姓是趙姓，人口比例也不算小。如果沒有，倒覺得有些奇怪了。

《百家姓》據說是宋朝初年原吳越國無名氏所編。因當時的天子是趙匡胤，趙姓便成了國姓，列為第一。因編者是吳越國人，吳越國王姓錢，為了表示對錢姓的尊重和對國土的懷念，故錢姓放在第二。第三位至第八位據說是后妃們的姓，當然也要列在前面，依次排列，無所爭議。然而，《水滸傳》的作者偏偏藐視這些，一百零八將中的帝子龍孫卻是姓柴，是後周柴世宗柴榮的後代，家有誓書鐵券的柴進；有古代名將、後漢三國時關羽的嫡派子孫關勝；三代將門之後、楊令公之孫楊志；河東名將呼延贊嫡派子孫呼延灼；富豪有獨龍崗大財主李應、河北大名府「第一等長者」盧俊義等。諸如種種，作者偏不讓他們姓趙。第七十一回梁山排座次後，作者寫了一篇讚詞，開頭兩句是「八方共域，異姓一家」，可是這諸多異姓中，獨無趙家。前面說過，這趙姓也是一大姓，一百多人裡出一兩個趙姓也很正常，這樣也照顧到了「異姓一家」，為什麼有些冷姓如「時」姓、「樂」姓都照顧到了，可偏偏對「趙」姓這一大姓，作者卻視而不見呢？看來，這絕不是什麼偶然或巧合，事實上，這是作者的一種有意安排。「黑旋風扯詔謗徽宗」一回書中，李逵就公開聲明：「你的皇帝姓宋，我的哥哥也姓宋，你做得皇帝，偏我哥哥做不得皇帝。」這很明顯，是作者有意安排的，是借李逵這個粗人之口，說出了自家的心裡話，即用宋姓取代趙姓。一百零八將中沒有趙姓，正反映了作者強烈的愛憎情感，對重用奸佞，誤國害民的趙氏王朝的極大不滿。故不願讓梁山英雄與他們同姓同宗，玷汙了清白。

但是也有些研究者認為梁山好漢中之所以沒有趙姓，是因為受《大宋宣和遺事》一書的影響。因為《水滸傳》中的許多故事都是從《大宋宣和遺事》一書中移植、演繹而來。《大宋宣和遺事》裡列舉了以宋江為首的三十六人的姓名和綽號，在這些人中就沒有趙姓，所以《水滸傳》的作者在構思七十二地煞姓名時，也沿用了《大宋宣和遺事》裡沒有趙姓的慣例，不宜塞進一個趙姓；再說梁山上的這些好漢上山後都做了「強盜」，在「強盜」中安排一個趙姓，會有辱國姓。其實，這個說法沒有什麼道理。如果偏要說有辱國姓，那也不是梁山「強盜」的專利。妓女趙元奴，「反賊」田虎手下的趙能、方臘手下的趙毅不是更有辱國姓嗎？另外，如果說三十六人中沒有姓趙的，七十二地煞中就不宜出現，那麼在七十二地煞也有很多姓在三十六人中也沒有，那是不是說作者取這些姓也是不應該的？很顯然，這種說法根本站不住腳，即便作者不取三十六人中沒有的姓，也沒有多少實際的意義，作者也沒有必要受此約束，而趙姓卻是個例外，因為大宋皇帝姓趙，作者所寫的故事又是宋朝的事，作者摒趙姓於一百零八人姓氏之外，是頗費了一番苦心的。

《水滸傳》「不善寫花月」嗎？

文學作品，寫景是為了寫情。《水滸傳》較少用詩詞寫月色，但在寫人物的心情，寫事件的過程中，是很善於寫夜景月色的。如第三十一回「張都監血濺鴛鴦樓」，寫武松「趁著那窗外月光，一步步挨入堂裡」、「鴛鴦樓中，只見三五枝畫燭熒煌，一兩處月光射入，樓上甚是明朗」。這裡，「三五枝」對「一兩處」，對仗工整，內外景交融，被金聖嘆譽為「絕妙好詞」。為什麼內有畫燭外有月光？為了交手時能看得見。武松殺了張都監一家，殺到最後，「將去割時，刀切頭不入。武松心疑，就月光下看那刀時，已自都砍缺了」。武松復了仇，越過城牆，「立在濠塹邊。月明之下，看水時，只有一二尺深。此時正是十月半天氣，各處水泉皆涸」。護城濠的水淺，是為了讓武松順利脫險。護城濠不是自然河流，不會到了冬天就「水泉皆涸」。況且，水的深淺，在月光下看是看不出的。這說明文學創作和現實生活是不同的。

《水滸傳》第二回寫「卻說莊客王四，一覺直睡到二更，方醒覺來，看見月光微微照在身上，吃了一驚，跳將起來，卻見四邊都是松樹」。金聖嘆批：「嘗讀坡公〈赤壁賦〉『人影在地，仰見明月』二語，嘆其妙絕，蓋先見影，後見月，便宛然晚步光景也。此忽然脫化此法，寫作王四醒來，先見月光，後見松樹，便宛然五更酒醒光景，真乃善於用古矣。」金聖嘆認為《水滸傳》作者此筆是從蘇東坡的「人影在地，仰見明月」「脫化」而出，失之穿鑿，但他對這段文章的肯定，指出其文學美，則是有見地的。

《水滸傳》透過月亮寫心情，是表現得很出色的。如第二十一回宋江接受了劉唐送來晁蓋等人的贈金，慶幸「那晁蓋倒去落了草，直如此大弄」。《水滸傳》寫道：「話說宋江別了劉唐，乘著月色滿街，信步自回下處來。」不寫「乘著月色滿街」，直截了當地寫「別了劉唐，自回下處來」行不行呢？行。但那就沒有了文學美。

《水滸傳》借景寫情另一處出色的例子是雙林鎮燕青遇故人。在恬靜秀美的山村，知己好友，杯酒談心。「窗外月光如畫。燕青推窗看時，又是一般清致：雲輕風靜，月白溪清，水影山光，相映一室。」在戎馬倥傯、刀光劍影之後，寫山林靜夜，既是文章的動靜「調劑」，又充滿著悲涼意味，是梁山好漢後來悲慘結局的一個「墊鋪」和暗示。

《水滸傳》三寫燈節的價值何在？

《水滸傳》中三次寫到燈節。

第一次是在第三十三回「宋江夜看小鰲山，花榮大鬧清風寨」。書中描寫道：「到這清風鎮上看燈時，只見家家門前搭起燈棚，懸掛花燈，不計其數。燈上畫著許多故事，也有剪綵飛白牡丹花燈，並荷花芙蓉異樣燈火……看那小鰲山時，但見：山石穿雙龍戲水，雲霞映獨鶴朝天。金蓮燈，玉梅燈，晃一片琉璃；荷花燈，芙蓉燈，散千團錦繡。銀蛾鬥彩，雙雙隨繡帶香球；雪柳爭輝，縷縷拂華幡翠幕。村歌社鼓，花燈影裡競喧闐；織婦蠶奴，畫燭光中同賞玩。雖無佳麗風流曲，盡賀豐登大有年。」

第二次在第六十六回「時遷火燒翠雲樓，吳用智取大名府」。北京大名府的花燈又別是一番景象：「家家門前紮起燈柵，都要賽掛好燈，巧樣煙火。戶內縛起山棚，擺放五色屏風炮燈，四邊都掛名人書畫並奇異古董玩器之物……留守司州橋邊，搭起一座鰲山，上面盤紅黃紙龍兩條，每片鱗甲上點燈一盞，口噴淨水。去州橋河內周圍上下點燈，不計其數。銅佛寺前紮起一座鰲山，上面盤青龍一條，周回也有千百盞花燈。翠雲樓前也紮起一座鰲山，上面盤著一條白龍，四面點火，不計其數。」

這裡，有重點、有代表性地描述了三座鰲山：官府門前的鰲山，佛寺前的鰲山和著名酒樓前的鰲山。

第三次在第七十二回「柴進簪花入禁苑，李逵元夜鬧東京」。京城元宵夜自然不同於別處，且看：「慶賞元宵的人不知其數，古人有闋詞〈絳都春〉，單寫元宵景緻：融和初報。乍瑞靄霽色，皇都春早。

翠幰競飛，玉勒爭馳都門道。鰲山彩結蓬萊島，向晚色雙龍銜照。絳霄樓上，彤芝蓋底，仰瞻天表。縹緲風傳帝樂，慶玉殿共賞，群仙同到。迤邐御香，飄滿人間開嬉笑。一點星球小，漸隱隱鳴梢聲杳。遊人月下歸來，洞天未曉。」

什麼叫「鰲山」？這是宋代的「特產」。將萬盞綵燈，紮成一座巨人的鰲形的山，叫做鰲山。鰲山相傳是宋徽宗的發明創造，南宋遺民獨醒散人的《枕涙痕》說：「道君帝聞瀛洲仙山，形若巨鰲，隨命人以花燈為鰲山，道君率后妃宮娥，遊樂其中，賦詩云：『紫禁煙花一萬重，鰲山宮闕隱晴空，玉皇高拱雲霄上，人物嬉遊陸海中。』」

元宵燈節始於漢代，興於唐代而盛於宋代。《水滸傳》三寫燈節，寫得十分精美細緻，並且挖掘出了花燈裡面包含著的美學、文化、民俗等多重價值。令人心弛神往，美不勝收。

另外，《水滸傳》還能利用燈節安排情節和結構故事。

宋江在清風鎮看燈，被五彩繽紛的花燈和舞鮑老的精彩表演所「陶醉」，忘了自己的身分和處境，「呵呵大笑」，得意忘形，結果被劉高老婆認出他來，致使再陷囹圄，這才引出了花榮大鬧清風寨及一連串故事。第六十六回的元宵燈節的描寫，是為了給梁山好漢火燒翠雲樓、智取大名府張目。七十一回末，梁山好漢「拿得萊州解燈上東京去的一行人」，繳獲了幾架玉棚玲瓏九華燈，宋江就以「觀燈」為藉口和「掩護」，引出了去東京活動招安的事。

「三碗不過崗」是什麼酒？

這裡所說的「什麼酒」，是探究武松在景陽崗酒店吃的是山東白酒，還是江南米酒。

明朝《豆棚夜話》認為武松過景陽崗吃的是山東燒酒。理由是：第一，這是一種含酒精很高的烈性酒，酒量大的人只能吃一斤左右。三碗，一碗三四兩，三碗恰好是一斤；若是江南米酒，三碗只抵得上半碗燒酒，怎麼能「三碗不過崗」？第二，山東向來以高粱作燒酒的原料，當地不種稻子，自然不會有稻米酒、糯米酒。

清朝的蘇州人錢開渠所著《醉餘閒語》認為武松吃的是紹興米酒。他引《本草綱目》：「燒酒，非古法也，自元時始創。其法用濃酒和糟入甑，蒸氣令上，用器承取滴露。」燒酒既然元朝才發明，宋朝人當然不會吃燒酒。但也有人說，《水滸傳》雖然寫的是宋朝的事，但在飲酒描寫上卻是元朝的風俗習慣，武松喝的是元朝山東白酒。

以上各說，各有道理。從武松喝的碗數來看，似是米酒，因為他「前後共吃了十五碗」。但文學允許誇張，說武松吃了十五碗酒，也可能是一種誇張。《水滸傳》作者是為了描寫武松有力氣，因為有力氣的人酒量大；寫武松在喝了那麼多酒的情況下，還能打死老虎，這是借酒寫人。不過，「三碗不過崗」也可能是對米酒效力的誇張。店家說：「俺家的酒，雖是村酒，卻比過老酒。」村酒就是比較渾濁的榨製酒，所以看來武松喝的不是蒸餾酒。

九天玄女是何許人？

九天玄女是《水滸傳》中的一個重要而神祕的角色。雖然她在書中只出現兩次，但卻是決定宋江事業成敗的關鍵人物。第一次是宋江被眾好漢從法場劫上梁山後，又下山去接父親途中，遇到追捕，來到還道村九天玄女廟，得到九天玄女授予的三卷天書，囑咐他要與弟兄們替天行道，盡忠報國。並留下四句法旨：「遇宿重重喜，逢高不是凶。北幽南至睦，兩處見奇功。」這些話最後都一一得到了印證。第二次是當宋江征遼，兀顏光統軍設混天象陣，宋江連戰連敗，一籌莫展的時候，又是九天玄女授予破陣之法，反敗為勝。那麼這個神祕的女人是誰？作者為什麼讓她來充當如此重要的角色呢？

玄女傳說是從先秦時期的玄鳥傳說而來的。描寫殷商後代祭祀自己祖先的《詩經．商頌．玄鳥》

說：「天命玄鳥，降而生商，宅殷土芒芒。古帝命武湯，正域彼四方。」意思是說天帝命令玄鳥生下契來，建立強大的商朝。玄鳥就是商人的始祖。這個玄鳥後來又化為玄女，並被搬入黃帝神話中，成為黃帝之師。

據《太平御覽》卷七十八引《龍魚河圖》的記載：在黃帝攝政前，有蚩尤兄弟八十一人，都是獸身人語，銅頭鐵額，吃的是沙石子。他們造立兵杖、刀、戟、大弩等兵器，威震天下。他們雖然也誅殺無道，但卻不仁不義，所以天下萬民都希望黃帝能夠擔任天子的職責。可是黃帝過於仁義，不能壓住蚩尤，所以敗下陣來。於是黃帝就仰天長嘆，這時蒼天就派玄女下凡授黃帝以兵信神符，制服了蚩尤。《太平御覽》卷十五引〈黃帝玄女戰法〉也有與此類似的記載，說的是黃帝與蚩尤九戰九不勝，就回到太山，一連三天三夜，黑霧瀰漫。後來見到一位婦人，只見她是人的頭，鳥的身子。黃帝就趕忙叩頭行禮，不敢仰視。婦人說：「我是玄女，你有什麼要問的事情？」黃帝說：「我想百戰百勝。」於是他就得到了戰法，取得了勝利。可見玄女是早期神活中向黃帝提供戰法兵書的神祇。這時的玄女雖然還是人鳥同體，但已經成了一位救助危難，傳授兵法的女神了。

後來道教興起，其信徒把玄女拉來作為道教的神仙，並給她加上「九天玄女」的尊號。玄女被道教改造、仙化成為九天玄女後，常常被古代小說家用來充當扶助小說主角（多為造反英雄）的救世主。

金華將軍廟是張順的祭廟嗎？

宋代名叫張順的人中，比較有名的有三個，一個是永興軍的將官，事蹟見《建炎以來繫年要錄》卷三十三和《宋會要》第一百八十一冊。一個是砦軍，事蹟見《宋史．忠義傳》。這兩個張順的事蹟與《水滸傳》中的浪裡白條張順似乎沒有什麼關係。還有一個身為民兵部將的張順似乎與那位浪裡白條有點兒關係。《宋史．忠義傳》記載襄陽受圍五年時，為了解救襄陽，宋閫知道襄陽西北有一條清泥河，便在那裡製造輕舟百艘，並招募勇士三千，得張順與張貴為將。當雨季漢水上漲時，便發舟突圍。張順與張貴身先士卒，乘風破浪，奮戰一百二十餘里，到達襄陽城下。可收兵時發現少了張順。「越數日，有浮屍溯流而上，被介胄，執弓矢，直抵浮梁，視之，順也。身中四槍六箭，怒氣勃勃如生。諸軍驚以為神，結塚殮葬立廟祀之。」這一段記載與《水滸傳》第九十四至九十六回所寫張順於湧金門外被槍箭攢死後顯靈，宋江遂在湧金門立金華將軍廟祭祀的故事大同小異。看來《水滸傳》的這一段描寫是根據《宋史》的張順之死的故事改寫的，所不同的只是地點變了，《宋史》上是襄陽城外，而《水滸傳》卻變成了杭州湧金門。

有意思的是，宋代杭州城外湧金門的確有一個金華將軍廟，但這個金華將軍是不是張順呢？清人梁玉繩的《瞥記》卷六說：「唯湧金門金華將軍，人以為即張順歸神，非是。」梁玉繩雖然否認張順就是金華將軍，但卻沒有指明金華將軍是誰。實際上，這個金華將軍是五代時的曹杲。《咸淳臨安志》卷七十三記載：「金華將軍廟，在豐豫門（即湧金門）內湧金池前。神姓曹名杲，真定人，仕後唐為金華令。時郡兵叛，神以計平之。吳越王嘉其功，就擢婺守。國初，錢氏來朝，委以國事。嘗即城隅浚三池，日湧金。邦人德之，為立祠池上。」宋代吳自牧的《夢粱錄》卷十四〈土俗祠〉中也記載了這一段典故。之所以叫金華將軍，是因為曹杲曾經做過金華令，這跟張順是沒有關係的。

這樣看來，《水滸傳》中關於張順之死及死後立廟的一段故事，是根據《宋史．忠義傳》中張順和五代時曹杲被立為金華將軍的兩段記載糅和而成的。這正是小說家移花接木的慣用手法。

李逵博錢是一種什麼遊戲？

《水滸傳》第三十八回「及時雨會神行太保，黑旋風鬥浪裡白條」，寫宋江第一次與李逵見面，聽說李逵少十兩銀子贖回本錢，便給了他十兩銀子。沒想到李逵拿了銀子，又跑到城外小張乙的賭房裡去玩博錢，沒想到五兩一次的賭注，一連兩次都將十兩銀子都輸掉了。李逵頓時鬧起來，直到宋江和戴宗趕來，才了結了此事。那麼，李逵博錢是一種什麼遊戲？

博錢是一種古老的遊戲，在各個時代的名稱也不一樣。從漢代開始就有這種遊戲，那時叫意錢，就是把幾枚銅錢扔到地上以正反面來判定輸贏。《後漢書．梁冀傳》云：「冀少為貴戚，逸遊自恣，性嗜酒，能挽滿、彈棋、格五、六博、蹴鞠、意錢之戲。」注云：「即攤錢也。」到唐代還是叫意錢。唐代張仲素有詩云：「林間踏青去，席上意錢來。」唐詩中還有「白袷春來學意錢」的句子。意錢又叫擲錢，〈宮詞〉云：「金錢擲罷嬌無力。」說明這是唐代宮廷中宮女的遊戲之一。意錢又叫做攤錢，杜甫詩：「長年三老長歌裡，白晝攤錢高浪中。」還叫做簸錢，《六一詞》：「堂上簸錢堂下走。」

到了宋代，有一種專門以博戲關撲來騙賺財物的行業機構，叫櫃坊局。其方法是用五六枚錢就地撲之，背面叫做快，有字的一面叫做叉。如果你決定要快（背面）而得了叉，就算輸了。李逵博了叉輸了，就是這個原因。而小張乙的賭局就是這種櫃坊局，他自己親自出馬，志在必得，就是因為他做了手腳，有必勝的把握。李逵不了解這些內幕，結果糊里糊塗地輸了個精光。

另外，這種擲錢看正反面的方法不僅是一種賭博遊戲，還是很多人用來簡單占卜的方法。《白獺髓》記載有個叫鄭復禮的人想去偷盜人家女子，沒有把握，便擲錢卜之，兩次都是背面，他便放心地行動，結果成功盜女而去。今天也有許多人用這種方法來決定一些自己拿不定主意的事情，都跟這種遊戲有關。

什麼是「打金印」？

在梁山好漢中，很多英雄因為吃了官司而被在臉上打了「金印」。除了宋江以外，還有林冲、楊志、武松、盧俊義等人都曾被打過金印。什麼是打金印呢？

原來宋代犯人被流放遷徙時，為了防止逃跑無法歸案，便在犯人臉上刺上字，留下記號；這樣無論跑到任何地方，人們也能從臉上的金印認出他的犯人身分；同時，這也是對犯人人格的一種極大侮辱，使他們在別人面前永遠抬不起頭來。所以「打金印」不過是刺配的一種好聽的說法而已。

據《水滸傳》介紹，黥刑留下的金印可以設法去掉。神醫安道全上山後，用毒藥給宋江點去刺字，然後用好藥調治，變成紅疤；最後再用良金美玉，碾成細末，每日塗擦，讓其自然消磨去了。安道全為宋江去掉金印的做法是否有科學依據，這還有待醫學專家去證實。

《水滸傳》有哪些地理常識錯誤？

《水滸傳》第十六回，楊志向梁中書說道：「此去東京，又無水路，都是旱路，經過的是紫金山、二龍山、桃花山、傘蓋山、黃泥岡赤松林……。」按二龍山、桃花山、赤松林都在青州地界（見第五回、第六回、第五十八回），黃泥岡在濟州地界來看（見第十七回），從北京往開封，何以要繞道山東？

第三十六回，宋江由鄆城發配江州（九江），江州在鄆州之南，梁山在鄆城之北，去江州不必經過梁山泊，為什麼出鄆州不南下卻北上？

《水滸傳》第三十九回云：「且說這江州對岸另有個城子，喚做無為軍，卻是個野去處。」按「軍」乃是宋朝行政區域名稱，軍大於縣的情況，為什麼說是「野去處」？無為軍屬淮南西路，領無為、巢縣、廬江三縣，在今安徽省無為縣。江州（九江）在江西省，無為城不在九江對面。

同回，戴宗由江州去東京。江州在東京的東南，梁山泊在東京的東北，從江州去東京，為什麼要經過梁山泊？

第五回，魯智深從五台山去東京，路過桃花村。劉太公對魯智深說：「此間有座山，喚做桃花山，近來山上有兩個大王，紮了寨柵，聚集著五七百人，打家劫舍，此間青州官軍捕盜，禁他不得。」魯智深從五台山去東京，為什麼要經過青州？

上述地理錯誤，說明作者缺乏地理知識，完全是根據故事情節需要，不顧實情，憑空生造。另外，梁山好漢還多次對外作戰，南至江州劫法場，西至西嶽鬧華州，北打北京大名府，足跡遍及大江南北，行動都是十分迅疾的，好像根本不受地理條件的限制，想來就來，想走就走，在當時的交通條件下，是無法隨意就能到達離梁山很遠的地方的，光憑趕路也得十天半月才能到達。更何況離開根據地作戰，而且有時還是攻堅戰，打大城市，這對於一支遠離後方，沒有輜重糧草補給的非正規軍來說，是難以做到的。而且每次梁山遠征回來，好像都是走的直線，一會兒工夫就到了。就是途經各地，也沒有任何官軍阻擋，如入無人之境，最後都是十分順利、迅速地返回梁山，這就更令人匪夷所思了。這只能說明作者在構思故事情節時完全沒有考慮地理條件的限制。

《水滸傳》的傳說

水滸的傳說，是獨立於《水滸傳》故事之外、流傳於民間的「水滸外傳」。這些故事大多都帶有強烈的傳奇色彩和地域特點，有很明顯的自由發揮的痕跡，可能是在《水滸傳》成書之後，為借助其影響，後人將《水滸傳》中未述及的故事加以演繹，成為《水滸傳》有益的補充，或在原有故事基礎上加以改編、敷衍甚至推翻後重新表述而成。這些故事大多沒有什麼歷史依據，只是經過一代代人口傳心授，添枝加葉，成了民間口頭文學的一部分。但讀完《水滸傳》後再看一些這樣的文字，會獲得一種別樣的感受。

八百里水泊

八百五里水，
一眼望不到邊。
一篙到泰山，
一篙到梁山。
淹了梁山頂，
淹不了金線嶺。
梁山頂上掛笮草，
金線嶺上結螞泡。

這是山東梁山泊地區大人小孩都會唱的一首歌謠。裡面還說著一個神話。

有一年，南海觀音娘娘和泰山姥姥，應天上王母娘娘的邀請，同赴蟠桃大會。宴會上，別的神仙都喝酒，兩人不會，就下開了象棋。直到宴會散了，還沒分出輸贏。臨別時，泰山姥姥約觀音娘娘，抽空到泰山來，再分個高低。

這天，觀音娘娘駕祥雲來泰山，那個時候的泰山還沒有現在這麼高。兩位在山頂古松下擺開了棋陣。一連下了七天七夜，沒分出勝敗。泰山姥姥是個急性子，她耐不住了，用長袖把棋子一忽拉，說：「咱別比棋了，乾脆鬥鬥法，誰贏了，就算棋贏了。」觀音娘娘說：「也好。鬥什麼法呢？」泰山姥姥說：「都說你的淨瓶能裝五湖四海單三江的水，是吹大話吧。你把瓶裡水倒出來，能漫我山半腰，我就服你。」觀音娘娘笑道：「別一瓶全倒了，不是吹，滴八滴水也漫你半山腰。」說完，拔出楊柳枝，輕輕倒出八滴水。那八滴水，一時間，變成了一片汪洋，水浪鋪天蓋地，一會功夫，就到了二人腳下。泰山姥姥見自己要輸了，念動咒語，那泰山隨風長，從水裡一下子竄到雲霄。觀音娘娘有點惱，急急忙忙又要從瓶裡倒水。

觀音娘娘剛要倒水，忽聽天空裡有人喊：「觀音手下留情。」二人抬頭一看，雲端站著太白金星。這老頭子氣得鬍子都翹起來，「你們光顧鬥法，全不顧人間死活，虧你倆還是天庭神明呢。」二人往下一看，可不好了，從泰山往西南，一馬平川，地勢低的早變成了一片汪洋了。連西南的梁山頂都淹在水裡了。觀音娘娘叫一聲「不好！」人間千年萬代香火供奉我，尊我為大慈大悲救苦救難的觀音大士，多虧梁山湖窪廣布，人煙不多，這水要再往西南流去，那不淹中原了，後果不堪設想。想到這裡，她急忙從柳枝上折下一個長枝條，吹口仙氣，那柳條越長越長，在漫空飄飄悠悠，往西南飛去，正好落在梁山南，化成了一條長長的高土嶺，擋住了水頭。這水剛好被擋在梁山周圍方圓八百里內，這土嶺就是後來的金線嶺。柳枝化堤，堤上就長滿青翠的楊柳。遠遠望去，綠柳如煙，成了古梁山八景之一——線嶺含煙。

觀音娘娘見水擋住了，又想這水邊的人怎麼生活呢？她駕起祥雲，把自己的蓮花寶座拋進茫茫的水泊，輕輕吹了口仙氣，那蓮花座化作千朵萬朵白的、紅的蓮花，落地長滿蓮藕。她又把原先陸地上的動物化作水裡的魚、鱉、蝦、蟹，把地上的植物變成水中的蘆葦、菱角、雞頭米，供水泊人食用。為了梁山人捕漁、行船方便，她吩咐風婆婆：水泊人行船，一律刮順風。這就是民謠裡說的：「一篙到泰山，一篙到梁山。」

從那以後，觀音娘娘很少上北方來，她覺得對不起梁山泊的百姓。可梁山人並不怪她，知道她是無意的，依然記得她的好處。在梁山東十里杏花村修了蓮台寺，觀音娘娘還是坐在蓮花寶座上，梁山人世世代代燒香祭拜她。後來，這裡也成了古梁山八景之一——蓮台春色。

宋江智斷離奇案

鄆城境內鄧莊，莊上有個叫鄧三萬的富戶，鄧三萬不是他的大號，因他整天吹「家有三萬兩銀子」而得名。他有兩個扛東西的跟班：大的叫大領，小的叫二領，大領、二領也不是名，是對長工的一種稱呼。當大領必須會餵牲口，會趕車、犁地、搖摟、領趟子，割麥、割豆走在前面。沒有這些本事不能當大領。二領要能出力，叫做什麼就做什麼。大領每年一石糧食，二領每年六斗糧食（一石是十斗，一斗是十升，一升等三斤糧食）。盛夏的一天，天剛發亮鄧三萬就把大領、二領叫起來去鋤豆地。大領扛著鋤前頭走，二領要解手落在後頭，等他趕到地頭，看見大領趴在地頭的水坑邊。地頭上的這個水坑，是大領和他在春天一塊起土時形成的，夏天一下雨，坑內存了水。他趴那裡做什麼呢？二領心想，上前一看，大領的脖子斷了一半，血正從脈管裡往外流呢！只嚇得二領渾身打顫，像被釘子釘在地上一樣一動也不會動了，好一會才回過神來，四面望望，連個人影也沒有。心想怪呀，一袋菸的工夫，凶手會飛的話也飛不遠呀！二領急忙往鄧三萬家裡跑去。

鄧三萬趕到地裡也驚呆了，地裡除了大領、二領的腳印，周圍沒有別的腳印。大領的鋤頭沾滿了血。大領年輕力壯，對老母很孝順，又沒有不順心的事，自殺不可能呀。鄧三萬百思不得其解，轉念一想，這人命非同小可，先找個墊背的再說。把臉一沉說：「一定是你二領殺了他。」人群中走出地保、里正，把二領繩捆索綁送到縣衙。

鄆城知縣是個糊塗官，聽說出了人命案，立即擂鼓升堂，把有關人證一一審問。二領殺人無證據，大領自殺也無理由。心想：案子總得有了結啊，如懸案不結上司會責怪我無能，今後咋再往上爬呢？再說鄧三萬平時沒少給銀子，就糊塗官司糊塗斷吧。就判了個二領殺人罪，給鄧三萬一個開脫。二領大喊冤枉，知縣把驚堂木一拍：「你沒殺人誰能作證？來呀夾棍伺候。」兩班衙役喝起堂威，拿來刑具，朝堂前一放，二領哪見過這陣勢，早嚇得魂飛天外，就承認了大領是自己殺的，說是圖財害命。知縣見招了供，叫二領畫了押，吩咐押入死囚牢。

離奇的命案，糊塗的判決，一傳十，十傳百，成為奇談。就在這時，鄆城縣衙新來一押司——「及時雨」宋江，他認為人命關天的大事，怎能不明不白地就結了案，拿人命當兒戲呢？一天，他在公堂上向知縣說道：「二領殺人證據不足，如此定罪，恐上司責怪大人，一旦見責有礙大人前程，還是三思為好。」知縣最敏感的事就是升官，忙問宋江道：「這無頭案，不結案又怎麼辦呢？」宋江施一禮答道：「能否叫宋江代大人審清此案？」知縣大喜，忙說：「有勞宋押司了。兩班衙役都交給你使喚。」

宋江當天就帶領衙役們到現場看了個仔細，果然和聽到的毫無差錯，屍體周圍腳印清晰，沒有第二個人的腳印，二領的腳印在七尺開外，屍體向坑內栽倒，旁邊的鋤鋤刃鋒利，上面沾滿了血，正是凶器。詢問了大領的娘，鄉鄰都說：「大領是有名的孝子，絕不會丟下娘自殺的。」

宋江提審二領，二領大喊冤枉，宋江問：「冤從何來？」二領含淚回答說：「大領一年才一石糧食，他哪有什麼錢財，再說他家我還沒去過。哪有先殺人後探路，再上他家搶東西的道理？小民是屈打成招呀。」二領又說：「那天小人因解手落在後面，有糞便可證。」宋江急忙派人到二領的家鄉查問二領的情況。

宋江又親自去現場查看，當翻開屍體時就見屍體下還有一隻死蛤蟆。宋江覺得蹊蹺，這死蛤蟆說不定是一條重要線索。宋江想到這裡便彎腰在現場的周圍細細察看，又發現坑邊草苗上有幾點淡淡的血跡，從血跡上看不像人血，宋江撥開草叢發現一條死蛇，他提起蛇尾，只見蛇腰間有一道很深的傷痕。他明白了，草苗上的血原來是這死蛇留下的。心想：蛇、蛤蟆當然不能拿起鋤頭去砍大領的脖子，可為啥現場同時有這兩個死物呢？其中必有奧妙。他細細的思索，想得一夜也沒闔眼。

第二天，宋江帶著這兩個死物到莊上跟鄉親們詢問。他拿出蛇來求教鄉親們，老者們看看，都說：「這粗糙傷痕不是利刃所為，倒像螳螂鋸的。」

一位老者問宋江：「在撿到死蛇的地方有沒有死蛤蟆、死老鼠？」宋江暗暗吃驚，忙把蛤蟆拿出，施禮求教。老者哈哈一笑說：「這幾個東西都是冤家對頭，蛇吞蛤蟆、老鼠是常事，螳螂拔刀搭救為天性，跳到蛇腹上咬緊蛇身不愁鋸不開皮肉，天地間正是一物降一物呀。」又一位老者接著說道：「還有一說，螳螂救出被害之物就累得不行了，鋸齒上又沾滿了肉沫，也是厄運難逃，常常又變成了被搭救之物的一頓美餐。這蟲豸之類也有將恩不報反為仇的，實是可憎！」

宋江聽了這些，一拍腦袋，躬身向幾位老者施了大禮：「晚生受益匪淺，終生難忘。多謝多謝。」回到縣衙，宋江稟明了知縣。知縣又喜又惱，喜的是，斷了奇案可有利升官；惱的是，宋江審案比自己高明得多。知縣不情願地說：「你就替本縣升堂判這案子吧！」派去了解二領情況的人也回來了，說二領為人老實本分。

要判奇案了，老百姓把衙門圍了個水洩不通。宋江升堂大聲說道：「知縣大人委託鄙人代辦此案。案情已經查清，大領是自己失手身亡的。起因是蛇、蛤蟆這兩個東西。」百姓們讓他給說呆了，都支起耳朵仔細傾聽。宋江接著說：「大領來到地頭時，看見一條蛇正在追蛤蟆，蛤蟆拚命想逃，哪知越跳離蛇越近，跳到蛇的嘴邊，蛇張口把蛤蟆吞入肚中。一隻螳螂飛來，鋸開了蛇肚救了蛤蟆。迷迷糊糊的蛤蟆見面前有個螳螂，大嘴一張就把救命恩人吞到肚裡去了。大領是個孝子，愛管不平之事，見這蛤蟆可惡，忙甩鋤頭去打蛤蟆，誰知忙中出錯，鋤刃割到自己脖子上，頓時一命嗚呼。仰倒在地上正好壓住了蛤蟆。二領在後面解手，自然不會知道這一切，也就造成了這樁奇案。」人群中有人提出疑問：「怎麼只見蛇和蛤蟆，不見螳螂呢，螳螂哪裡去了？」宋江叫衙役在堂上把死蛤蟆剖開，果有一隻螳螂。案子斷得有理有據，百姓無不佩服。二領被當堂釋放。

月夜釣英雄

梁山泊一箭之地的龜山，山頂有個突起的石台，人們把它叫做「宋江釣魚台」。

宋江在鄆城做押司，一怒之下殺了閻婆惜，投奔了梁山泊的好友晁蓋。後來，晁蓋戰死了，眾好漢再三推舉，宋江不得已做了山寨首領。山寨上缺糧少將，屢次失利。宋江常常為這事愁得夜不能寐。一連好幾天，都是吃不香睡不穩。

這天夜裡，已是秋末，天氣乍寒，宋江悶坐燈下。時交二鼓，有些睏倦，和衣伏案睡著了。不一會兒，忽覺颳起了狂風，冷氣侵入，宋江驚起，抬眼望去，只見一青衣女子飄飄而來，向宋江打一稽首，說道：「小童奉姜尚法師之旨，有請將軍，煩請移步。」宋江心下疑惑，忙問：「法師現在何處？」童子道：「離此間不遠。」說著挽了宋江的手，出了帳房，上得小船，箭一般向湖中駛去。天上明月當空，水上銀波翻動，宋江四顧，是梁山泊又非梁山泊。

不知不覺小船划到一座山下，兩人棄船登岸，童子引路，來到一座亭閣前面。那童子自行退去，宋江一個人走進，只見亭閣正中端坐著一位老者，鶴髮童顏，白鬚飄飄，正手持一根魚竿，凝神垂釣。宋江向山下水中一望，魚蝦穿梭，成群結隊，有的露著閃閃銀鱗，躍出水面；有的撥動鮮紅的雙鰭，悠悠閒閒。宋江再看那老者，仍是靜心凝神，一動不動地注視著魚浮。忽然，「霍」地一聲，水面翻起一個浪花，緊接著，那魚浮迅疾沒入水中，老者將魚竿向上一挑，一尾金光閃閃、足有二三斤重的紅尾大鯉魚釣了上來。他把魚緩緩放入盆中，才回過頭看了宋江一眼，像是自言自語地念叨著：「若要金魚至，須為金石開；夜半來亭閣，穩坐釣魚台。」說完，也不看宋江一眼，伸手把宋江一推，道：「走罷。」

宋江猛醒，抬頭來看，人還是在帳房裡，原是南柯一夢。

第二天早起，宋江請過軍師吳用解夢，吳用聽完宋江講述，忽想起「千金市骨」的美談，眉頭一展，笑道：「金鱗紅尾鯉魚，水中豪傑將士也，這是太公借物喻人，又有四句偈詩相贈，分明是說要得天下猛十良將，就須夜半去那山間台子上垂釣。釣一魚，便得一良將。不知哥哥以為對否？」宋江大喜，連連讚道：「正是，正是，賢弟所言甚是。」吳用又道：「神人託夢，天機不可洩漏。尋找此山，哥哥獨自一人一竿，專等夜半時分，前去垂釣。」宋江朗聲說道：「能得天下龍虎將士，宋江不寢不食也心甘情願！」

宋江派人照他夢中方向，去查看是哪一座山峰。不多時，探兵回來，報知梁山大寨西北去三里有一座龜山，山間景物與宋江所言相似。

當晚，宋江獨自一人駕一條小船，船中放一桿釣魚竿，前往龜山。

來到龜山，宋江四處尋望與夢中所見一絲不差，山間一亭，下臨湖泊，此時水中魚蝦悠游。宋江穩坐凝神，揮竿垂釣。宋江釣呀，釣呀，手臂伸得麻木了，眼睛瞪得痠疼了，眼巴巴待到雄雞高叫，仍是一無所獲。宋江只好收起魚竿，下山回梁山寨。

次日，宋江照常半夜時分來此，天明時照樣空手下山。

如此三五日，都是空手而歸。宋江忍耐不住，找到吳用問道：「你這夢解得怕是不準，為何我連釣數日，都是一無所獲呢？」吳用答道：「太公不是說『若要金魚至，須為金石開』嗎？這『金石』二字，不是說的恆心真意嗎？」宋江恍然大悟，明白了太公託夢的一片苦心，重又鼓起精神，每夜堅持去龜山垂釣。

就這樣，宋江夜夜前往，風雨無阻。

「月夜釣英雄」的佳話，早經吳用之口傳遍了兵士，又由兵士之口傳到了岸上百姓的耳中，三傳兩傳，話越傳越多，又添枝加葉，傳到鄰近府縣。

正是心誠動上天，在第十五日的夜裡，宋江果然釣到了一尾金光閃閃的鯉魚。說來也巧，第二天，梁山寨便得到了楊志這員大將。

宋江欣喜若狂，更是深信不疑。白天，他親率三軍習武演陣；晚上，仍獨駕一葉扁舟，去龜山靜心垂釣。

宋江前前後後在龜山上釣了九十多條大魚，也陸續得到了九十多員戰將。

吳用落第

車市村吳用，勤奮好學，是鄉里出了名的才子。同窗好友晁蓋，很欽佩吳用的才學、人品，兩人結為生死兄弟。

大考之年，吳用想進京趕考，可家裡窮，拿不出盤纏，上不了路。這事被晁蓋知道了，他送來了一百兩紋銀。對吳用說：「兄弟，盼你能中個頭名狀元，為咱家鄉父老增光。」

吳用有了銀子，歡歡喜喜登程，夜住曉行，一路風塵，進了汴京。入考場三篇文章作罷，被主考官看中，要點他第一名。這一事傳出，倒氣惱了一個人，他就是當朝太師蔡京。他看了吳用文章，果然滿篇錦繡，不由讚歎：果然是個人才。轉而又想，吳用草莽小民，沒到自己府上參拜，點了吳用狀元，能和自己平起平坐嗎？他又取過第二名的卷子，一看正是自己外甥的。老賊心裡有了主意，乾脆來個先下手為強。可那幾位主考官都力薦吳用，文章已送到天子那裡，要拿掉吳用還得找個藉口。老賊看見「吳用」兩個字，鬼點子來了。他趕緊叫外甥參拜幾位主考。自己早朝面君，對天子說：「我看吳用的文章寫得雖好，可這名字太不吉利。若點他為狀元，舉國上下都知道新科狀元叫『吳用』，成何體統？萬歲的臉面往哪裡擱？」宋天子對蔡京是言聽計從，聽蔡京說得也在理，就說：「傳孤家旨意，把吳用除名，永不錄用。」頭名去了，自然是點第二名。蔡京的外甥被點為頭名狀元。主考官們知道這裡頭有弊，可受了蔡京外甥的厚禮，又加上蔡京權傾朝野，誰敢得罪？

吳用很惱火，回到鄆城。眼看朝政昏暗，天下大亂，就和晁蓋上了梁山，殺富濟貧，掣起了義旗。

楊志除霸

青面獸楊志，三代將門之後，五侯楊令公之孫，曾在大宋朝伍殿司任制使官。平日裡楊志常在後花園習武，一日他剛想練功，忽然有兩隻兔子一前一後從遠處竄出來，前面一隻小白兔跑得飛快，從楊志身旁「嗖」的一聲竄了過去，直往一堵殘缺的院牆前奔去。

這堵牆雖然不高，卻攔住了小白兔的去路，跳，跳不過去，繞，也來不及，已是走投無路。突然小白兔就地一滾，四腳朝天，仰面躺著一動不動。後面追上來的灰兔子撲上去就要撕咬。說時遲，那時快，小白兔忽然把兩條前腿打開，推掉撲來的灰兔子的前腿，兩條後腿用力一蹬，將灰兔子一下子蹬開三尺多遠。沒等灰兔子緩過氣來，小白兔翻身蹦起，眨眼間逃得無影無蹤。

楊志靈機一動，學著白兔的樣子，在地上練習起來。天長日久，他把這一招練得精熟。

天漸漸冷起來。一天，楊志辦完公事有些疲勞，想喝一壺輕鬆輕鬆，就換上便裝，奔不遠處的桃花春酒館而來。

酒館主人叫朱五，酒館不大生意卻很興隆，朱五為人豪爽，楊志常來常往早已熟悉。見楊志來到，朱五高聲喊道：「大人，裡邊請。」酒館裡已是賓客滿堂，朱五連忙將自己坐的紅漆椅子搬給楊志，然後上一壺熱酒、一盤熟牛肉。

楊志酒正喝得有些興致時，一個花花公子領著一幫閒漢湧入酒館，迎門的桌子被一腳踢翻，嘴裡罵著：「都給我滾。」酒館裡客人們見事不妙，一下全部跑光。楊志放下酒杯看去，這花花公子正是當朝太尉高俅的姪子高八。這高八吃喝嫖賭、欺男霸女，在東京是一惡霸，當地人都怕他三分。楊志早就想懲治一下這個惡霸呢。

高八走過來指著朱五的鼻子說：「你個臭小子聽著，這房子老子要定了，如果再不搬出去，你小子命就沒了。」高八說完，轉身走到楊志身邊說：「快滾！」楊志端起酒壺一飲而盡，手一揚把酒壺扔向一邊，說：「今天我就不怕你龜孫子。」那高八手一擺，七八個打手一起圍上來。楊志輕動拳腳就把那些打手打得喊爹叫娘。冷不防，高八來了一個黑虎掏心，將楊志打倒，高八跟上來剛要掐楊志咽喉，被朱五一個飛腳踢在臉上，摔了個狗啃泥。楊志知道，高八這小子有一手好拳腳，給他點顏色看看，還要動動腦筋，他想起近日常練的、模仿兔子打架的那套拳腳。他低頭看看自己的雙腿，自信地說：「就用這招教訓這龜孫子。」

楊志站起身來和高八交手了幾個回合，故意露了破綻，高八飛起一腳朝楊志腦門踢來，楊志倒退幾步，一個踉蹌，往後一仰跌倒在地。高八跟上一個餓虎撲食，衝向楊志。只見仰天躺著的楊志，突然雙手迅速向上一撩，將高八伸來的雙臂分開，兩腿猛地一蹬。高八毫無防備，被踢在頭上，摔出幾丈遠。楊志一個鯉魚打挺站起身來，彈彈身上的泥土。那夥打手們圍上去，眼看著高八口吐鮮血，一會就沒氣了。

楊志愣住了，本想教訓他一下，沒想到卻把他打死了。知道闖了大禍。

朱五見楊志為人仗義，不畏奸權，拉著他的手來到內屋。原來這朱五是梁山泊好漢朱貴的弟弟。桃花春酒店就是梁山泊的聯絡點。朱五說道：「楊大人，這事高俅一定會拿你治罪的。梁山泊如今聚了許多綠林豪傑，不如投奔梁山去吧。」

楊志雙手抱拳，說：「這倒是好，只是我楊家忠君報國，落草怎對得起列祖列宗。」朱五說：「楊大人，如今世風日下，官逼民反，八十萬禁軍教頭林冲已成為梁山大寨頭領。你又何惜一個殿前制使，不如盡快登程隨我上梁山。」

楊志應允，於是便上了梁山。

劉唐怒殺鐵頭僧

在梁山東二十五里有一座寺院，院大僧多，寺內僧人勤勞善良，周圍村莊不少窮苦人常受到僧人的接濟，大家管它叫「普善寺」。

有一年，來了一個遊方僧，武藝高強，練得一技鐵頭功，曾一頭撞壞了人家門前的石獅子，從此有了「鐵頭僧」的綽號。其實，這鐵頭僧本是東平府程太守的遠房小舅子。他來到普善寺，仗著程太守的勢力，賴著不走，獨霸了寺院。全院僧人一個個都敢怒不敢言，寺中香火日減，慢慢地那些不三不四的小僧也跟著鐵頭僧胡作非為起來。百姓們深惡痛絕，把普善寺叫做「狼蟲窩」。

一天，這鐵頭僧在寺外遊蕩，正巧有一位老人送閨女路過，鐵頭僧見這小女子二十來歲，雖未戴珠翠首飾，倒也烏雲籠鬢，有幾分姿色。那鐵頭僧回到寺院換一身官樣衣裳，把頭一包，緊走幾步，趕到那父女面前，二話沒說，一腳踢倒了老者，抱起那女子跑進樹林。那老者爬了起來，又哭又罵。追進林子，四下望去卻沒有人影，只見寺院森森，院門緊閉。老者知道是進了寺院，奔寺門前大罵不止。

正在這時，從西邊大路上飛也似的過來一人，赤腳毛腿，七尺身材，臉上一撮黑毛。原來是梁山英雄赤髮鬼劉唐，為探聽東昌和東平兩府的情況，經過此地。劉唐見老者在寺院門前大聲哭罵，停了下來。聽罷老者的哭訴，劉唐不由大怒，心想：「自從投奔了梁山，宋江哥哥教俺殺富濟貧，除暴安良，怎忍得這等惡事！」於是叫老者在外等著，自己一縱身翻過院牆進到寺內，看到鐵頭僧正在後院耳房調戲那女子。劉唐哪裡按捺得住心頭怒火，大喝一聲，將門踢開，那鐵頭僧嚇了一跳，抬頭看時，一個赤髮黑臉大漢站在面前。

一場好事，讓這黑漢搞砸了，鐵頭僧不覺大怒，伸手取一禪杖，對著劉唐迎面打來，劉唐閃身躲過。二人跳到院中，殺在一處，來來往往戰了十幾個回合。鐵頭僧使出絕招，把劉唐逼到一個牆角裡，背後是一尺來厚一丈多高的石碑。鐵頭僧一杖打去不中，就頭一低，使出十分力氣對著劉唐腰部撞來，劉唐一個旱地拔蔥，跳上高牆，鐵頭僧的頭正好撞在大石碑上，石碑斷為兩截。鐵頭僧還未站穩腳跟，劉唐居高臨下單刀劈來，鐵頭僧力漸不支，先自怯了幾分，想要溜走，劉唐虛晃一刀，攔腰砍來，鐵頭僧躲閃不及，那刀尖正好掃腹而過，只聽「哎喲」一聲，那和尚便肚破腸出，流了一地。劉唐收刀罵道：「禿驢，作惡到頭了！」

接著，劉唐要放火燒寺院，僧人全都走出來，跪在劉唐面前乞求道：「好漢爺，莫要焚燒寺院，鐵頭僧霸占寺院，我們都被他害苦了，您殺他為我們除了大害，萬望好漢爺把寺院留下。」劉唐救出那女子，交給老者。待問清寺院中事情，這才罷休。

從此，寺院內香火如初，「狼蟲窩」又改叫「普善寺」了。

公孫勝學道

公孫勝祖居薊州，從小就聰明伶俐，做事循規蹈矩。他的家鄉沒幾個會武的，有幾個會的武藝也不精，不幾年公孫勝就全學會了。公孫勝立志要做個頂天立地的英雄，闖一番轟轟烈烈的事業，可他苦於無名師可投。後來聽人說離薊州四十五里地有座二仙山，山上住著一位叫羅真人的道士，此人不僅武藝高超，還能呼風喚雨、騰雲駕霧。聽了這話，公孫勝高興極了，遂辭別母親，背上包袱投師去了。

來到二仙山下，抬頭望去，只見崇山峻嶺直入雲霄。羅真人在哪裡呢？正巧來了位打柴人，給他指明了路徑，公孫勝用了一天的功夫才來到羅真人的住處紫虛觀。只見雲霧縹緲，道觀大門緊閉。正在這時聽得觀裡一陣鐘聲，公孫勝立刻肅敬起來，整了整衣冠，上前叩響了門環。一會兒，一個身穿白袍的道童打開了大門，公孫勝行過禮說道：「弟子公孫勝，前來尊拜羅真人為師學習道法，請小師傅通報一聲。」「師父隱居此處，從不收徒，你請回吧。」白袍道童冷冷地答道，說完便要關門。公孫勝急了，上前頂住大門：「等等……。」好話說了半天，道童還是扳著臉不答應。公孫勝火了，硬要撞門進去。

道童也急了：「真人不在，進來也是無用。」公孫勝哪裡肯信，伸手推開道童，往裡便闖，無奈，道童也動起手來。

「住手……。」忽然有人大聲喝道。道童趕忙躍開，站在一旁。公孫勝轉身一看，見是一位白眉長鬚的道長，只見他紅光滿面，神采奕奕。公孫勝見狀大喜，急忙下拜。那道長大笑道：「我是真人的朋友，雲遊到此，不想真人也雲遊去了，倒叫我撲了個空。」公孫勝聽罷，一腔熱血霎時冷卻，呆呆地站在那裡，不知如何是好。那道長撫著公孫勝的頭道：「孩子，天下無難事，只怕有心人……。」公孫勝頓時醒悟：真人不在家，不能去找嗎？哪怕天涯海角也要尋到真人，不學到本領絕不回去。

公孫勝離開二仙山，四處尋訪真人蹤跡，從深山老林到繁華都市，從道家聖地到偏僻鄉村，不知不覺已一年有餘，身上的銀兩早已花完，身上的衣冠鞋襪也破爛不堪，他不得不沿街乞討，與叫花子為伍，倒也毫無怨言，繼續打聽羅真人的下落。

這天，公孫勝來到一座州城，聽人說此處已數月無雨，旱情嚴重，州官到龍王廟求雨時遇到一位道人。此人說他能呼風喚雨，叫州官築一高台，擺供焚香，讓他作法請雨，事成之後，付白銀萬兩作為報酬。州官一口答應。

第二天，高台下面擠滿了前來觀看的百姓，公孫勝站在人群中，兩眼緊盯著高台上，心裡想著：此人若是羅真人，就緊跟著他，若不是他，興許能從此人口中得些真人的消息。只等得他兩腿又酸又麻，才聽得鐘鼓聲響，道士駕到，只見此人披頭散髮，身穿八卦衣，手持雌雄劍，慢慢走上台來，只見他燒了一道紙符，口中唸唸有詞。台下的人一起抬頭望天尋找雲彩。也真神，沒過多長時間，天空中的雲霧慢慢地聚攏起來，人們驚呆了。頃刻間雷鳴電閃，大雨傾盆。

突然，一隊官兵闖到台下，頓時人群混亂。公孫勝覺得奇怪，一問才知道是州官下了令，說求雨者是妖道，立即捉拿，就地正法。幾個官兵衝上台去揮刀向道士砍去，眼看道士性命難保，就在這一剎那，只聽「轟隆」一聲巨響，響聲未落，道士已經不見了，官兵們個個呆若木雞。公孫勝從那道閃電中看見道人騰空而去，並確信他就是真人無疑。可又直嘆氣，不知何時再能遇到他。

公孫勝悶悶不樂地離去，毫無目的地亂走一通。走到城外，才感到肚子餓得厲害，從樹上摘了個野果，又苦又澀，也只好嚥下去。突然有個東西落在頭上，一瞧，卻是一個白麵大餅，他不管三七二十一，抓過來一口氣吃了下去，等吃完才想到這餅是從哪裡來的，是天上掉的，還是自己在做夢？正疑惑間，背後突然傳來了笑聲。公孫勝回頭一看，啊！這不正是剛才求雨的道士嗎？公孫勝「撲通」跪在泥水裡：「羅真人……師父，我給您磕頭……。」這位道士正是羅真人，他驚訝地說：「你這是做什麼，你怎知我是羅真人的？」公孫勝便把自己的事從頭到尾說了一遍，眼裡淌下來兩行熱淚，連連求羅真人收他為徒。羅真人說自己並沒有人們傳言的那些本領，公孫勝哪裡肯信，只是磕頭不止。羅真人只好答應，帶公孫勝回二仙山。

春去秋來，公孫勝上山已經三載。每天，羅真人只讓他做兩件事：白天要他抱著頭小鹿在一排小樹苗上跳來躍去；晚上，讓他站在台階上觀察天上的星辰，記錄天氣的變化。起初，公孫勝覺得新鮮有趣，到後來，越來越感到沒勁。公孫勝還沒找師父，師父倒先問起他：「怎麼樣，堅持不了啦？」「不……。」公孫勝支支吾吾。他想這也許是師父在考驗自己的恆心毅力。於是他堅持下去。

到了第四年，他實在忍不住了：「這樣下去，什麼時候才能學到本領？」師父笑道：「當初我就說過我並不能騰雲駕霧、呼風喚雨，我沒法教你這些本領！」「師父，當年你在高台上……。」羅真人大笑道：「我那些本領你現在已經學得差不多了！」「什麼……。」真人將公孫勝帶到屋外，指著高高的觀頂：「你跳上去。」公孫勝望望直搖頭。師父一再催促，他無奈硬著頭皮使勁向上一躍——啊，輕飄飄地上了屋頂！師父讓他下來，這次他膽大了，騰空躍起，穩穩地落在師父面前。公孫勝不明白自己哪裡來的這種本領。真人笑著告訴他：「四年了，小鹿長成了大鹿，小樹長成了大樹，你仍然能抱鹿從上面躍過，你現在的輕功可以飛簷走壁了！」公孫勝這才明白師父的用心，當年羅真人就是靠輕功，借天氣昏暗看不真切的時機騰空而去的。「那雨，雨又是怎麼回事？」師父說：「你看這天會不會下雨？」觀察了四年天氣變化的公孫勝也摸到了些規律，他說看樣子要下雨，師父問他什麼時間，他說大概在第二天早上，師父點點頭說：「差不多。」第二天早上，公孫勝學著師父的樣子披頭散髮，手執寶劍，口中念動咒語。不大功夫，風起雨下。「這不，你也會求雨了嘛！」公孫勝這才明白當年師父求雨的真相。

羅真人又說：「你遇到我的那年大旱，老百姓餓死不少，當官的不聞不問，不肯開倉放糧，假惺惺地求神拜佛應付一下，為師根據天氣變化，知道將有大雨，便打算借求雨為名，從州官手中得一筆銀子以救濟百姓，哪料到州官陰險毒辣，要殺人賴帳。」

知道了這一切，公孫勝更加敬重師父，安下心來，在羅真人的指點下勤學苦練，終於成了本領高強的英雄，為梁山泊立下了赫赫戰功。

武松燒鍋

武松家境貧寒，父母早早就過世了，靠哥哥租種二畝薄地，兄弟倆吃了上頓沒下頓。這年，莊稼歉收，東家又來逼租，哥哥和他們頂了幾句，被家丁打倒在地。武松性子烈，上去和他們拚命，被打得鼻青臉腫。武松決心外出學藝，學好武藝，殺盡天下惡人。他聽人說河南少林寺和尚武功天下無敵，就千里迢迢奔了少林寺。

來到少林寺，老和尚問他為什麼學武藝。武松把自己的想法說出。老和尚收下了他，說：「夥房正少個人，去燒鍋吧。」武松雖不高興，可又不能不聽師傅的話。武松從小也沒少幫哥哥燒鍋，以為這還不簡單嗎。誰知，這少林寺裡燒鍋特別，老和尚吩咐要先燒蘆葦，還得一根根用手捏劈。寺裡和尚多，一頓飯下來就燒一大捆。武松起初捏幾根還不算什麼，可做一頓飯捏那麼多，手可受不了了。一天做三頓，把手指都捏腫了。武松疼得直落淚，可老和尚還是一個勁地叫他捏。武松想走，可為了學到武藝，只得咬牙堅持。兩個月過去了，那一把把蘆葦捏得直響，手指也不疼了。誰知老和尚又讓他捏竹竿，武松來氣了，這不是活活拿捏人嗎？蘆葦還好說，竹竿比骨頭還硬。一天下來，手指腫得像棒槌，鮮血直流。十指連心呀，疼得武松飯也吃不下，覺也睡不著。可是為了學藝，武松又忍下了。他賭著口氣一天到晚捏，也讓老和尚看看自己不是草包。世上無難事，只怕志不堅。幾個月過去了，武松捏竹竿就和捏蘆葦一樣輕鬆。

武松進少林寺快一年了，這天老和尚叫來武松說話：「武松，你來的日子不短了，下山去看看哥哥吧！」武松拜別老師下山。

武松來到家鄉，已到了年關。正好惡霸又領著家丁來要帳。真是「富人過年，窮人過關」。哥哥苦苦哀求，惡霸一揮手，幾個家丁上去就要捆哥哥。武松那個火暴性子，可嚥不下這口氣，上前去抓家丁的手，那個家丁慘叫一聲倒在地上，手腕被武松捏斷了。惡霸帶眾家丁一齊圍上，武松伸出雙手，抓一個倒一個，最後抓住惡霸的腳踝，只稍微一用勁，腳踝斷了。兄弟倆見闖了大禍，無奈急急逃離家鄉，哥哥在陽穀縣落腳，武松又回少林寺學藝。

武松這才知道老和尚讓他燒鍋的用意。回山後，又苦學八年，練得一身好功夫，這才有了日後的景陽崗打虎的後話。

花榮比箭

梁山一百單八將中的射箭高手小李廣花榮，箭能入石，百步穿楊。可少年時的花榮射箭比賽時卻是箭箭落空，無一中的。

那一天，城裡不少武將的孩子在一起比試武藝，花榮也在其中，他手執一桿銀槍，戰敗不少孩子。到了比射箭時卻是慘得很慘，其他孩子大多十中六七，而他卻是一箭也射不著靶。花榮心裡著急，平日裡在家中後花園練箭，是箭箭都能射落吊在樹上銅錢的呀！今天連這麼大的箭靶都射不中，真是讓人洩氣。他又一次張弓搭箭，使足了力氣，對準箭靶射去，箭在離箭靶一尺多遠的地方飛過。這下把花榮羞得無地自容。平時常對夥伴們吹噓自己箭法多好多好，可比賽卻箭箭落空。他真恨不得找個地縫鑽進去，打馬如飛地回家去了。

老家院一見他臉色不對，忙問出了什麼事，花榮氣急敗壞地說：「快去準備弓箭，我要到花園裡練習箭法！」老家院不敢怠慢，慌忙去準備。

花榮來到後花園，左手操弓，右手拈箭，望著樹上的銅錢，「嗖」地一箭射去，樹上的銅錢應聲落地，連射幾箭，箭箭如此。花榮高興了，可他怎麼也不明白，自己這麼好的箭法怎麼會連那麼大的靶子也射不中。

第二天，他又去約那些夥伴，說自己得了一匹寶馬，讓他們一起來賞馬，夥伴們一起來了，等他們都到齊了，花榮才說：「對不起各位，我並沒得到什麼寶馬良駒，只是對那天我箭法輸得不服，今天約大家來是再比一比箭法。」他要把失去的面子找回來。

說完，他領著大家來到後花園，指著樹上的銅錢說：「我每一箭都能將樹上的銅錢射落，絕不虛發一箭。」夥伴們有的嗤嗤發笑，有的半信半疑。

花榮讓老家院拿來弓箭，老家院忙勸花榮不要比了。可花榮哪裡肯聽，急不可待地握弓在手，瞄準樹上的銅錢用力射，本以為這一箭射去銅錢會「噹啷」落地，哪料想，銅錢吊在樹上一動不動。花榮的臉一下紅了。再射，銅錢還是絲毫未動。這下夥伴們哄堂大笑。「哈哈哈，花榮，原來你是在吹牛啊！就你這箭法啊，還不如我哩！」「花榮，你如果拿地當靶嘛，差不多能百發百中！」「你就是再比一百次，你還是你。」

花榮真恨不得一頭撞到南牆上去，等夥伴們嘻嘻哈哈地走了，他朝老家院大發雷霆，讓他把被自己摔壞的弓箭拾掇走，自己跑到屋裡睡了一整天。

第二天，老家院對他說：「花少爺，也許是你怯場，當著那麼多的人心裡緊張，才射不準的。你要不再試試。」

花榮又來到後花園，說來也怪，又能一箭將銅錢射落。花榮覺得奇怪了，自己比箭時也是這樣射的呀，這到底是啥回事呢？他手裡拉著弓弦，心裡犯起嘀咕，箭就停在弦上沒射，可樹上的銅錢卻一下子落下了一枚。花榮愣住了，放下手中的弓箭，質問老家院到底是怎麼回事。老家院一看瞞不住了，嚇得「撲通」一聲跪在地上，把事情原委說了出來。

當初，花榮剛學箭時性子急，恨不得一天就練成百步穿楊的箭法，經常朝老家院發脾氣，再不就是一個人躲在屋裡生悶氣，誰也勸不了。後來，老家院就想了個法，每當花榮練箭時，就讓一個叫花慶的家將躲在一旁的花叢裡。花慶是個箭法高明的武將。他躲在花叢中看著花榮，花榮射箭的同時他也射出一箭。花榮不知這些，以為銅錢是自己射落的，可他和別人比箭時花慶卻不能再替他射了。恰巧，那天他約夥伴們在後花園比賽時，花慶又不在家，因此才出現前面說的那個場面。

這時，花慶從花叢中走了出來，到花榮面前。花榮質問二人為什麼欺騙他，花慶說道：「少爺每次練箭總是大發脾氣，要麼就不吃不喝，也是老家院怕少爺氣壞了身體才這麼做的。你也不想想，這箭法可是一朝一夕能練好的麼？我這箭法是整整練了十年啊！只要少爺不急不躁，靜下心來，還愁練不出一手好箭法？你這好槍法不同樣也不是一天練成的麼？需知欲速則不達啊！」

花榮聽了這番話，心裡雖然有氣，但轉念想想，這都怪自己不好，不能怪別人不對。從此，花榮跟著花慶苦練，終於成了百步穿楊的神箭手，贏得了「小李廣」的稱號。

李逵除霸

北宋末年，天下大旱。百丈村的十眼井乾了九眼，剩下一眼，水少井深，井台上整天有一大堆人等著挑水。

百丈村有一財主李百萬，他見長工挑回來的水都是混濁的，非常生氣，說：「看好那口井，免得窮鬼把水都弄混濁了。」管家忙說：「窮鬼斷了水，會鬧事的。」李百萬一想也是，就說：「那就早、午、晚三個時辰開井，其餘的時間絕不准外人挑水。」家丁敲著大鑼在大街上喊了這事，百丈村人個個氣得咬牙切齒，但又不敢說出來。

李逵從外地打短工回來聽了此事，直氣得七竅生煙，要除掉這個欺壓窮人的惡霸。可李百萬住在深宅大院，家丁數百，又輕易不出門，怎麼除掉他呢？他左思右想，終於想出一個引蛇出洞的法子。

第二天，李逵來到井邊，對兩個看井的家丁說：「這大熱天，只看著井可夠痛苦，不如想個法子。」家丁說：「有什麼法子？」李逵說：「場裡有幾個石磨，滾過來兩個，往井上一蓋，你們不是可以到樹蔭涼裡歇著了。到挑水的時辰，將石磨一滾就行了。」兩個家丁一聽，高興極了，忙讓李逵去場上滾石磨。

李逵很快滾來兩個大石磨，把一個滾到井邊用手按住，又輕輕地滾另一個，兩個石磨正好頂著頭落下，蓋住了井口。李逵走後不大會兒，李家財主的長工來挑水，兩個家丁忙去滾石磨，用足了勁也滾不動，稍稍動一點一個，另一個石磨就有掉進井裡的可能。要是石磨掉進了井裡，井就完了。兩個家丁犯難了，這才知道上了李逵的當，只好去請李逵。

家丁找到李逵，李逵笑著說：「這事好辦，叫李百萬親自來求我吧。」兩個家丁只得去找李百萬。李百萬一聽，帶上幾個打手氣勢洶洶地來找李逵。見到李逵，李百萬氣得臉像紫茄子似的，忙讓打手去抓李逵。李逵早就按捺不住，把幾個人打得鼻青臉腫，鬼哭狼嚎。李百萬一看不好要溜，李逵幾步趕上，一腳將他踢翻在地，拳頭像搗蒜似地打起來。這李百萬像個泥捏的，不一會兒便死了。

李逵見打死了李百萬，知道會吃上官司。忙去井邊搬開了石磨，匆匆回家收拾了衣物，辭別了鄉親，流浪到外鄉去了。

張順奪寶

從梁山往南走一百五十里路，就到了濟寧州。宋朝的濟寧城不大，還比不上如今的梁山城。可那時候，濟寧靠著大運河，是個水旱碼頭，運糧的船、販貨的船、捕魚的船，在這裡停，在這裡靠，裝上卸下不間斷。街面上不是店堂，就是行棧，買賣鋪子也有上百家。這裡邊，有錢有勢的，就是掛著招牌的「陳記糧行」。南來的米，北去的糧，這家糧行管了個八成。掌櫃的姓陳不用說了，這個人官府裡有親戚，市面上有勢力，財大氣粗，沒人敢惹。

這天，刮大北風，南來的船都灣在了碼頭上，陳掌櫃的人跑來對他說：「南船裡頭有只雜貨船，挺引人注意。」陳掌櫃眨眨眼，對那人說：「混進船上，把他的貨查查。」那人點頭，到碼頭上去了。

這時，梁山寨的浪裡白條張順也瞄上了這艘船。他為什麼來？頭三天梁山上得密報，說江南有個官想巴結奸臣高俅，這幾天要往東京進貢，給高俅送一盞蟠龍夜光杯和一頂珍珠霞鳳冠。宋江、吳用一合計，人去多了不好，最好去一兩個，意圖行竊。挑來選去，自然是張順最合適。張順剛到，這只南船也到了。這船一停，張順看那些船上的人，不像常年出力作苦活的，有兩個年紀大的，說話還之乎者也，走路邁著四方步。張順躲在遠處，留意察看著。

有人朝那艘船走去，到近旁跟船上的人打個招呼，一縱身竄到船上。那人剛一落腳，船上忽拉圍上四五個大漢，擋著不讓進艙。張順離得遠，聽不見他們說些什麼，只見爭執一陣子，那人又回到碼頭上。那人往回走，張順在後邊跟著，看他踅進了陳記糧行。

不大會兒，從陳記糧行中出來四個人，都是緊身打扮。躲在胡同口暗處的張順一看，就知道這幾個人是要在水裡做壞事，就跟著他們去看個究竟。走了一段路，有個人和另三個人分開，向船的南邊走去，另三個蹲在船停靠處不遠的樹下不動了。張順一盤算，我一人沒辦法顧及兩邊，還是守著船為上策，就找個別人看不見的地方蹲著。

約摸半個時辰過去了，就聽那艘南船上的人喝喊呼叫。北風大，張順聽不清喊叫的啥，只知道船上出事了，也意識到跟剛才走的那小子一定有關。再看這三個人，動也沒動，只是探頭往河邊看了看。張順心想，你不動我也不動，看你們想幹什麼。這會兒，船上喊聲大了，聽到了尖叫「救人」的聲音。張順再看這三人，已飛跑著往河邊去了，張順也隨著跑去。只見那艘貨船沉得沒影了，船上的人正在水裡掙扎。別的船上都下水救人，水裡擠成了黑壓壓的一片。一眨眼，這三個人不見了。等救上人來，張順一看，還是沒有這三人，心裡緊張起來，心想：東西一定落入他們手了。他也不管三七二十一了，轉身就往陳記糧行走。

進了糧行，人家問他有什麼事，他說要找陳掌櫃的。陳掌櫃正在裡屋看剛得來的寶物，一聽有人來找，不知是吉是凶，硬著頭皮從裡屋走出來。一見是陌生人，心裡有點發毛。張順一看他那臉色，心裡就有數了。陳掌櫃問：「兄弟自何方來？」張順答道：「我自來處來。」陳掌櫃又問：「素昧平生，不知有何見教？」張順心裡罵：混帳小子，想打馬虎眼，我先給你來個敲山震虎。說道：「陳掌櫃的眼明手快，事辦得俐落，在下倒要領教。」陳掌櫃一聽，知來者不善，又不敢貿然動手，心裡一轉，喊道：「夥計們，酒菜伺候，陳某今兒交個朋友。」將張順讓到了客廳裡。

張順坐下，眼角一掃，進出的路都看在眼裡了。酒菜上來，雞鴨魚肉樣樣有，冒著熱氣。張順想：閒晃了半天，肚子餓得咕咕叫了，也該吃些點心了。陳掌櫃想：我這酒裡一不摻假，二不下毒，等你露了廬山真面目再收拾你。坐下後，陳掌櫃說：「敢問兄弟高姓大名，府上何處？」張順看他一眼，說：「稍待便知。在下要問，方才河中因何沉船，這南船上又裝了何物？」陳掌櫃不接話，打個哈哈，端起盅子讓酒。張順陪他喝了，左邊一個夥計用根鐵筷子插了塊肥豬肉送到張順嘴邊，說聲「壓酒」。張順猛勁一咬，把鐵筷子咬下來，接著一吐，飛出五尺多遠，「咚」一聲釘進了門框上。笑笑說：「掌櫃的，你這肥肉裡有骨頭呀！」

陳掌櫃一使眼色，右邊一夥計拿起一把柳葉刀，串上一個雞腿又遞上來，說聲「這肉瘦」，直刺張順右腮幫子而來。張順頭一偏，搭嘴咬住了刀刃，那人刺不動也拔不出，沒轍了。陳掌櫃見不妙，站起來就要出手，張順伸手揪住他的衣襟，把嘴上的刀子架在他脖子上。陳掌櫃嚇得直喊：「都別動，聽這位大爺的！」張順對他說：「你好大膽子，送高太尉的禮你都敢盜，不怕滅了九族？」陳掌櫃一聽這話，腿肚子都嚇朝前了，結結巴巴地問：「兄弟是官是民？」張順哈哈一笑，說：「明人不做暗事。我是梁山寨好漢張順。」陳掌櫃一聽，心想這回買賣算是砸鍋了，被官府裡查到該死，惹到梁山也沒好果子吃，只好說：「兄弟想是為寶而來，陳某奉送就是。」張順說：「看你也費了一番工夫，不管得了多少，我只要你兩件。」陳掌櫃問：「哪兩件？」「頭一件是蟠龍夜光杯，再一件是頂珍珠霞鳳冠。」陳掌櫃想：你要的件數倒不多，就是盡揀好的，剩下的還不值這兩件貴重呢！不給又不敢，給又真的捨不得。張順把刀子往下一按，陳掌櫃嚇得拉了一褲襠屎，連忙喊：「給這位大爺拿來。」兩件寶從裡屋捧出來，張順用左手打開匣子，只見滿屋裡珠光寶氣，知道得著了真貨，急忙扣上匣子，說：「今日打擾各位。日後有難時，上梁山找我張順。」一頭說，一頭攜了匣子，閃身而去。等陳掌櫃跑出來看，人早不見了。

時遷盜金牌

梁山義軍大破祝家莊後，在忠義堂上喝慶功酒。席間，眾英雄都誇時遷祝家莊盜雞，本領高強。宋江笑著說：「都說你盜術很高，我沒親眼所見，有點不信。現在我跟你打個賭。」說著，從腰間摸出一塊金牌，「我把它帶在身上，給你三天時間，能盜去，我就信服你。」時遷說：「咱就一言為定。」宋江就把金牌帶在了腰裡。

第一天，白天沒有機會，宋江身為義軍頭領，在忠義堂和眾頭領議事。到了夜晚，時遷就找宋江喝酒閒談，宋江處處時時提防，弄得時遷無法下手。一直到四更天才回去，宋江摸摸金牌還在腰裡好好的放著，就放心睡去，迷糊一會兒就天明了。

第二天白天，宋江去忠義堂，時遷就躲在屋裡睡覺。到了晚上，時遷又找宋江喝酒閒談，喝到四更天，時遷又暈暈瞪瞪地睡去了，宋江一摸金牌還在腰裡。第三天，又早起上忠義堂了。

一直兩天兩夜，宋江睡不好覺，又加上時刻地提防時遷，弄得頭昏腦脹。第三天晚上，時遷又來了，說：「今天咱得快喝。」宋江心想：時遷詭計多端，這最後一夜了，我要少喝，叫他多喝。喝醉了，盜不走金牌，明天他就輸了。自然是時遷執壺倒酒，宋江裝著多喝，盡量讓時遷喝。時遷也不推辭，一讓就喝，嘴裡還不住地嘟囔著偷不到金牌而生的洩氣的話：「我是沒有辦法了，甘願受罰。」這酒一氣喝到三更，喝得時遷東倒西歪，人事不醒，把酒壺也揣懷裡，歪倒地下。宋江扶起他送到他屋裡，時遷一挨床就呼呼大睡起來。宋江心想：兄弟，這回看你如何盜我金牌。自己回到屋裡，天已四更，關上門上床睡去了。宋江三天沒睡好覺了，躺倒後什麼也不知道了。

早上，宋江剛在忠義堂坐定，時遷就興沖沖走進堂前，說：「各位兄弟作證，時遷給宋哥哥還金牌來了。」宋江一摸腰間，金牌真的沒了。

原來前一天晚上時遷並沒喝醉。他約宋江喝酒，用了一把奇特的轉心壺，一半裝白水，一半盛酒。這樣，宋江喝的是酒，他喝的全是涼水。宋江剛從他屋裡出去，時遷就急忙爬起來，施展輕功，早超過宋江，藏在宋江床底下。等宋江睡著，從腰裡解下金牌。就這樣，時遷成功地盜得了金牌。

燕青隱名學藝

宋朝徽宗年間，朝綱混亂，民間盜賊蜂起。河北大名府富豪盧俊義為保家產，專程去河南嵩山少林寺學武三年，學成了一套超群的拳法，自稱「神拳」。盧俊義回到大名府後，不少武藝高強的人找他比武，都敗在他手下。一時間，盧俊義名震河北。不少人投他門下拜師學藝，盧俊義卻概不收徒。

這年麥收時節，盧俊義召來十個短工幫忙，其中有個叫小乙的小夥子，幹活特別賣力，嘴巴又甜，做事心細，深得盧俊義喜愛。麥收後，留下了小乙，在盧家做些雜活。

每天傍晚，盧俊義總要閉門在後花園練習拳法。這時，小乙總是蹲在花叢下澆水，細心觀察揣摩盧俊義的神拳，偷偷習練。這樣，一晃就是三年。

這天，盧俊義外出訪友沒能回來，莊院外突然來了二十多個鹽販子。名為鹽販子，實為盜賊，他們手拉毛驢在莊院外轉圈，準備搶劫。盧家人嚇壞了，不知如何是好。小乙走出來，說莫怕，從鋪下取出小弩，縱身躍上高房。

這幫賊人邊轉邊喊道：「好大一片水啊！」這是黑話，意思是說油水多。小乙在房上回話了：「有水就有魚啊，抓不抓？」「是金條鰓還是白銀鰱？」賊人們問。「不是金條鰓，也不是白銀鰱，全是黃顙魚！」小乙說完，哈哈大笑。

鹽販子們聽了一愣：口氣好硬！黃顙魚身上三根毒刺，逮不好逮，吃不好吃，這不明明是警告麼！可他們明明摸清楚了，盧俊義外出未歸，盧家又無別的能人。這人是誰？

賊人抱拳問道：「你是何人，敢說此大話？」小乙為了鎮住他們，隨口說道：「俺乃盧員外門徒，小乙是也！」「姓盧的從不收徒，嚇唬誰！」

正說話間，飛來一群麻雀。小乙急忙擎弩在手，說聲：「看仔細了。」弦響箭出，當頭一隻麻雀應聲落地，其餘的一陣尖叫，四處逃散。鹽販子們驚呆了，但仍不相信小乙是盧俊義的門徒，他們要小乙走一路拳看看。小乙飛身而下，抱拳在胸，說聲「獻醜了」，亮開架勢，先走了一路虎拳。但見拳拳生風，步步疾速，出手凶狠，變化莫測，叫人眼花撩亂，不但鹽販子們看呆了，就連管家李固也看呆了，心中說：這不是正宗的盧員外的神拳套路麼？他是什麼時候學的？鹽販子都是大盜，通曉拳法，見小乙練的果真是盧俊義的神拳，不敢造次，趕緊退走了。

盧俊義歸來聽說此事後，非常感激，又想這個打雜的絕非等閒之輩，當即吩咐宴請小乙。酒過三巡，盧俊義請小乙說出真名實姓。小乙是個乖巧人，當即跪下磕頭道：「盧員外在上，恕小乙隱瞞之過，我乃高唐州燕青……。」

盧俊義聞聽，失聲問道：「什麼？你就是江湖上遠近聞名的浪子燕青？你不是當了……。」說著，急忙來扶燕青。燕青知道盧俊義說的是什麼，又拜了兩拜道：「燕青不慕榮華富貴，來府三年，只為向員外拜師求藝……。」

燕青原在高唐州衙門當差。知府見他一表人才，聰明伶俐，武藝高強，便常常帶在身邊，出入府門。知府有個寶貝女兒，他想招燕青為乘龍快婿，提做都頭。燕青心思不在兒女私情上，更不願趨炎附勢，只想著拜名師學武藝，所以偷偷地跑到大名府，隱姓埋名，甘當傭人。

盧俊義聽了燕青的敘述，給燕青滿滿斟上一杯酒，答應收他為徒。此後，盧俊義把武藝全部傳授給了他。燕青又把過去學的幾套拳法優點糅進神拳中，獨創出一個奇特的拳種——燕青拳。

關勝奪刀

有一年京城開科選將，校場上有一位使矛的武生一連戰敗了幾十個對手，洋洋得意地向人挑戰，可場內的武生都被他鎮住了，無人敢去應戰。

一陣急促的馬蹄聲打破了沉寂的場面，一位手執大刀的英俊武生上前應戰，打了沒幾個回合，就把那武生的長矛擊落，場內爆發出一陣喝彩聲。使大刀的英俊武生，就是大刀關勝。關勝又在場內連敗四方高手，在場內跑馬三圈，再無人來應戰，眼看勝局已定。

突然，場內又出現一位使錘的少年，揮錘來戰。真是一場惡戰，直殺得天昏地暗，塵土飛揚，可還是難分高下。關勝決定使用祖傳刀法「拖刀計」智取，關勝賣個破綻，撥馬退去。那位武生隨後趕來，等到兩馬接近後，關勝猛轉身用刀背向後擊去。誰知那武生早有防備，把錘向上一舉，刀錘相撞，直震得兩人都向後退去。關勝收刀一看，不禁大吃一驚，大刀的刀頭被磕掉半截，這還怎麼打！關勝氣得臉發白，刀一扔，掉轉馬頭奔出了武科場。

回到家，他想起傳說中祖上那把削鐵如泥的青龍偃月刀，如果有這把寶刀該有多棒啊。他問家裡人，可他們都說不知道，最後他問到了九十多歲的爺爺。老人說：「據我的祖父的祖父說，當年關老爺子麥城敗走身亡，大刀失落東吳。後被他兒子關興奪回，關興得病去世，寶刀傳給弟弟關索。蜀漢亡後，關索隱居他鄉，途中翻越叫飛天嶺的大山時遭遇三隻猛虎，關索仗著手中的寶刀，拚死砍殺，將三隻猛虎殺死。可手中寶刀，隨一聲巨響化作一條青龍躍入山中的深澗……。」

關勝聽得目瞪口呆，心想：既然刀化青龍，龍在就有刀。於是，他背上行李偷偷地出走，去尋找傳說中的青龍去了。一路走一路問，很快就到了飛天嶺。找來找去，這裡沒有深澗，也就更沒有青龍了。可關勝不死心，繼續打聽，一天關勝正在樹林中休息，忽聽一陣喊殺聲，出去一看，是一隊官兵正在追捕一少年。那少年關勝看著眼熟，又見他手擎兩只大錘，想起是京城武科場交過手的那位武生。關勝躍上馬，和少年一起殺退了官兵。兩人相見又驚又喜，原來這少年名叫李成，因在京城打抱不平殺了人，被官兵追殺到這裡。當李成得知關勝的來意，說：「山北邊有位打柴老漢，據說有把祖傳的大刀，好像是當年關公的青龍偃月刀。」關勝聽後大喜，立即辭別李成前往北山。李成說：「我就在飛天嶺上住，有事就來找我。」

打柴老漢見了關勝，知道他是關公的後人，流著淚對關勝說：當初，關索丟失的大刀被一位獵人拾得，知道這刀是無價之寶，就收藏起來，打算關家人來找時當面歸還。可是等了一輩子也沒等到人來找，就把刀傳給了兒子，囑咐兒子務必把刀還給關家後人。就這樣一代代傳下來，傳到打柴老漢手裡，儘管老漢守口如瓶，還是讓人知道了。老漢決定將刀轉移出去，幾天前的一個黑夜，老漢剛從屋後老槐樹洞裡取出寶刀，一群官兵呼啦圍住老漢，將寶刀奪去。搶刀的人是當地城裡的一名武將，他仗著京城有當大官的親戚橫行霸道，老百姓都叫他「下山虎」。老漢失了寶刀，還挨了頓毒打。

關勝聽後，把身上的銀子送給老漢，便策馬向城裡下山虎的家奔去。

下山虎自從奪了寶刀，心裡特別高興，並聲言三日後將寶刀送往京城，以求升官發財。這天他在家裡設宴請人賞刀，關勝恰好趕到，「下山虎，快把寶刀交出來！」下山虎吃了一驚：「大膽，你是何人？」「哼！我就是關公的後代，名叫關勝，今日特來取刀。」

話不投機半句多。三兩句話就把火給激起來了，霎時，客廳變成了戰場。關勝見他們人多勢眾，無奈只好殺出城來。後面的官兵緊追不放，追到了飛天嶺下，只見前面殺出一彪人馬。為首的是李成，原來李成帶領山寨中嘍囉們來接應關勝。他們把官兵殺退，一同回到山寨。

下山虎自關勝來後，憂心忡忡，生怕夜長夢多，決定第二天便將寶刀送往京城。李成派出的探子回來報告了此事，李成對關勝說：「飛天嶺是進京的必經之路，你我帶領人馬在此截取寶刀就是。」

這天，送刀隊伍經過飛天嶺下，只聽得三聲炮響，關勝、李成帶領人馬殺了出來。雖說官兵人多，但哪裡是他們的對手，不一會就殺得四處逃竄。關勝尋不到寶刀，抓住一個將官喝問後才知道，下山虎請了幾個武將已於昨晚抄近路將刀送往京城了。關勝聽罷大怒，撇下人馬，與李成急忙向京城方向追去。

下山虎等人正馬不停蹄地往京城趕，眼看就要到了，才放下心來，下馬休息一會。下山虎坐下後看著手中的大刀，奸笑起來：「關勝啊關勝，你中了我的妙計了，這刀從此就不姓關啦！」正說著，關勝、李成像從天下掉下來似的出現在他面前，「下山虎，把刀留下！」下山虎嚇得趕緊跳上馬背，命令手下迎戰。關勝沖過來想奪寶刀，被兩員將官迎住廝殺。下山虎想要溜走，關勝看見掉轉馬頭追去，可那兩員將官卻將他截住。李成這邊也被將官圍住拚殺，脫身不得，就把手中的鐵錘飛擲過去，將一名將官擊落馬下。關勝大喜，催馬追上下山虎，幾個回合就把下山虎活捉，奪得了青龍偃月刀。這時，李成單錘迎戰多人，漸漸不支，關勝急忙撥頭回來，寶刀一揮將幾個將官斬落馬下。下山虎見狀，嚇得拔腿就跑，李成正要追趕，卻被關勝拉住，「既然寶刀到手，就饒他一命吧。」

安道全一針救三命

水滸一百零八將中，有個神醫安道全。自從張順把他請上梁山給宋江看病，就留在了山寨。坐了一把交椅，專職醫病。他不僅在山寨出了名，就是在梁山周圍的各州府縣，也都知道他有妙手回春、起死回生之術，給百姓看病，身備藥物，診一個好一個，四鄉漁民百姓都很感激他。

有一回，東平知府的老太太長了個瘩背瘡，請了無數個郎中診治仍無效果，知府給宋江寫了封信，差官帶禮來山寨請安道全。宋江派安道全下山，一連用藥三天，很是見效，留下藥品返回山寨。知府拿出金銀，安道全婉謝不取。

離開府衙，安道全剛剛走出西門，見一出喪的，眾人痛哭，安道全望見地下有從棺材裡滴出的幾滴血。再細瞧，是產婦的血，而且憑著多年的行醫經驗，安道全認定棺材中的人並沒有死。

安道全緊追幾步，向抬棺材的喊道：「你們停停！」抬棺的正想歇歇，一聽叫喊就放下了。安道全跨前一步，問：「棺材內之人並沒有死，你們為何要埋？」悲痛不已的一青年男子，一聽人沒死，忙向前叩問：「請先生救救！」安道全說：「我觀棺材內是一產婦，難產所致。快快打開棺木！」抬棺材的一聽他說得這麼準，趕快打開棺木。安道全拔出隨身帶著的銀針，在少婦身體穴位上紮下。不一會兒，就聽到少婦呻吟，趕緊叫一老婦人給少婦褪下褲子，一男孩「哇」地一聲生了下來。

大家一看，抬喪的、哭喪的都跪下給安道全磕頭，感激萬分。那男青年一連磕了數個響頭，邊磕邊說：「你不光救了我妻小，連我母親也救啦，她老人家心疼兒媳婦望死不望活。」一老者說：「你這一針救三命呀！真乃神醫啊。」

戰前神針醫病馬

梁山好漢中的紫髯伯皇甫端，在梁山一帶人們稱他「神針獸醫」。

一天，梁山泊眾頭領正在山寨議事，只見神行太保戴宗急急忙忙走上聚義廳。見到宋江、吳用，稟報說：「前天大哥讓我到開封打探消息，現已探得，皇帝準備派童貫率十萬大軍重犯我梁山泊，眼下正調兵遣將，用不多久就可到達！」宋江、吳用聽罷，急忙與眾頭領商量如何應敵，各路頭領得令而至，大家七言八語，競相獻計獻策。

這時，一個餵馬小卒氣喘吁吁地跑進聚義廳，稟道：「寨主、軍師，打前天開始有三匹戰馬拉肚子，我們只當受了涼，誰料昨日有一半多都開始拉肚子，今天全病了！」獸醫皇甫端回東昌老家探視老母，眾頭領一聽，個個搖頭嘆息。軍師吳用說道：「兵臨城下，戰將沒馬怎麼行，得請皇甫端火速歸山。」戴宗忙道：「我去叫他。」宋江言說：「不可，東京官兵動靜需隨時打探，你不能離開。」這時，險道神郁保四走上前，說：「醫治戰馬要緊，我路熟，還是我往東昌去吧。」宋江道：「也好，速去速回，不得耽擱。」

當天晚上，月亮西沉，星光燦爛。郁保四使出全身的本事，腳下生風，連夜趕到皇甫端家中，道明情由。皇甫端聽後，焦急得很，迅速隨郁保四趕回了山寨。

來到梁山北寨養馬場，皇甫端飛身下馬，不顧勞頓，奔各馬廄診視。馬廄裡糞便成漿，惡臭撲鼻；戰馬或頻頻踏地，或立臥不寧，個個毛焦腿軟，行動遲緩，已是半死不活。

眾頭領早就急得抓耳撓腮，騎兵將領更是心焦如焚，聽郁保四言說皇甫端返至山寨，不約而同來到養馬場，看看還有無解救良方。皇甫端診視完畢，走出馬廄，望望眾家兄弟急忙安慰道：「各位兄弟請回，這種疫病一傳十、十傳百，來勢凶猛，去之也快，不日即可康復。」大家半信半疑，各自回營寨了。

皇甫端等眾頭領走後，取出銀針，將馬匹個個過針。隨即開了張藥方：黨參、黃耆、鬱金等都在百斤以上，讓飼馬小卒用大車拉來，鍘切細碎，幾口大鬣同時煮，煮好後待溫了慢慢飲馬。等到第二天，所有的馬都止了瀉。皇甫端又以補中益氣、強身健脾之藥，慢慢調理，精心照料，到了第三天，那馬又一個個精神抖擻，像沒得過病一樣。

寨主宋江聽說病馬都治癒了，十分高興，為皇甫端記了一大功，正與眾家好漢談笑之時，山下探馬跑來，急報：「童貫十萬大軍已到！」宋江急忙命令備馬點將，按計而行。各路頭領一個個威風凜凜，揮鞭策馬，帶領士兵浩浩蕩蕩迎戰殺敵而去。

水滸有點派

跟著梁山一百零八將在宋朝熱血革命

作　　者：劉燁 , 山陽
發 行 人：黃振庭
出 版 者：崧燁文化事業有限公司
發 行 者：崧燁文化事業有限公司
E-mail：sonbookservice@gmail.com
粉 絲 頁：https://www.facebook.com/sonbookss/
網　　址：https://sonbook.net/
地　　址：台北市中正區重慶南路一段六十一號八樓 815 室

Rm. 815, 8F., No.61, Sec. 1, Chongqing S. Rd., Zhongzheng Dist., Taipei City 100, Taiwan (R.O.C)

電　　話：(02)2370-3310
傳　　真：(02) 2388-1990
印　　刷：京峯彩色印刷有限公司（京峰數位）

定　　價：360 元
發行日期：2021 年 10 月第一版
◎本書以 POD 印製

國家圖書館出版品預行編目資料

水滸有點派：跟著梁山一百零八將在宋朝熱血革命 / 劉燁 , 山陽著 . -- 第一版 . -- 臺北市：崧燁文化事業有限公司 , 2021.10
　面；　公分
POD 版
ISBN 978-986-516-596-3(平裝)

1. 水滸傳 2. 研究考訂
857.46　110002538

官網

臉書